RIESALIA

Die Steppenwölfin

und andere Kurzgeschichten

Friederike Twardella

> Sind es Flügel, die uns verbinden,
> sind es Träume, ist es unser gemeinsames Lachen,
> sind es unsere Stimmen…
> - alles fließt zusammen
> in das große Meer der Verbundenheit.
>
> Und welche Täler wir auch durchschreiten,
> wie dunkel es mitunter auch sein mag
> - wir spüren dennoch Freiheit in uns,
> können den Horizont sehen
> und die Sonne in und über allem,
> weil wir verbunden sind.

**Danke für diese Verbundenheit, Riesalia,
die über das hinausgeht, was wir „Leben" nennen.**

Für Riesalia und für alle, die mit ihr
in den Geschichten des Buches (jede wie ein anderes Leben)
auf den Spuren dessen wandeln wollen, was in uns steckt,
die sich verwandeln lassen wollen.
Ich wünsche euch allen den Mut, die eigene Vielfalt zu leben,
neue Möglichkeiten zu entdecken, was wir sein können.
Und nicht zuletzt wünsche ich euch allen,
die Kraft der Verbundenheit mit anderen zu finden und zu teilen.
Manchmal ist diese Kraft leicht, behende, erheiternd,
wie ein Windhauch, der über unsere angestrengte Stirn streicht,
manchmal kann sie trösten und erfreuen
und manchmal kann sie Berge versetzen.
Sie kann uns nicht aus allem befreien,
in dem wir gefangen sind,
aber in dem, was wir teilen,
erfahren wir dennoch eine große Freiheit.
Das ist die Freiheit des Vertrauens.

Friederike Twardella

RIESALIA

Die Steppenwölfin

und andere Kurzgeschichten

Friederike Twardella

Bibliografische Information der Deutschen Nationalbibliothek

Die Deutsche Nationalbibliothek verzeichnet diese Publikation in der Deutschen Nationalbibliografie, detaillierte bibliografische Daten sind im Internet über http://dnb.d-nb.de abrufbar.

Impressum:

© 2016 (Neuauflage.
Erstauflage 2012)
Friederike Twardella
Herstellung und Verlag:
BOD - Books on Demand,
Norderstedt
Titelbild: Friederike Twardella
ISBN: 9783741240591

Inhalt

Vorwort 7
Wellenreiterin Riesalia 9
Freundschaft hinter Mauern 31
Zur goldenen Riesi 59
Die Millionärin 62
Der Felsbrocken 68
Endstation Sehnsucht (Wiedererkennen) 75
Die Steppenwölfin 83
Unter den Steinen von Rom 138
Die Zauberkraft der Freude 159

Vorwort

„Es gibt beinahe nichts Unwesentlicheres als das Alter eines Menschen. Diese Tatsache gilt speziell für das Verständnis zwischen zwei Personen. Alter darf niemals als trennender Faktor betrachtet werden." Dies könnte ein Ausspruch der zentralen Person dieses Buches sein: Riesalia, eine 74-jährige Frau.

Im Mittelpunkt aller Geschichten um diese außergewöhnliche Frau stehen ihre zentralen Eigenschaften: Humor, Lebensfreude, Ruhe, Kraft. Die 74-jährige hat zahlreiche Abenteuer zu bestehen und ist dabei trotz des hohen Alters kerngesund und gelassen. So ist Riesalia in einer Geschichte Clownin im Zirkus, ein anderes Mal Fremdenführerin in den Katakomben von Rom, Schaffnerin in der Bahn und in der Geschichte „Die Steppenwölfin" ist die 74-jährige Sheriff im wilden Westen…
Jede Geschichte ist dabei wie ein anderes Leben zu verstehen.

Neben der realen Erlebnisebene bieten die Geschichten viele Reflektionen über Lebensfragen, viel Tiefsinn und Weisheit. Gleichzeitig ist immer Riesalias augenzwinkernder Humor dabei. Die Schranken des Alters, die Riesalia in allen Geschichten überwindet, stehen dabei für sämtliche Schranken, die uns in unserem Leben zu behindern scheinen. Diese Schranken können aus gesundheitlichen Problemen, Mutlosigkeit, Angst und Einsamkeit bestehen. Das Buch will Mut machen, dem eigenen Leben noch viele Möglichkeiten offen zu halten.
Wo beginnen diese Träume, woraus können wir die Kraft für diesen Mut beziehen?
Die Quelle für all das ist unsere Phantasie!
Auch dazu will dieses Buch anregen!

Zentrales Thema in mehreren Geschichten ist zudem die Kraft der Freundschaft. Kein Wunder: denn dieses Buch ist nicht nur bildhafte Präsentation der vielen Facetten einer Person, sondern auch der Dank für eine tiefe Freundschaft, die beinahe 30 Jahre Bestand hatte und die allen Höhen und Tiefen standhielt.

Jene 74-jährige Person existierte tatsächlich und ebenso die Freundschaft, mit über 40 Jahren Altersunterschied. So möchte dieses Buch neben all den anderen wichtigen Themen auch zu der Überwindung der Scheu zwischen Alt und Jung ermutigen.

Wahres Verständnis kommt von innen und kennt die Schranken des Alters nicht. Dasselbe gilt für alle Lebendigkeit -

doch lest selbst!

Friederike Twardella

Wellenreiterin Riesalia

1

„Komm, Ferdinand, hilf mir das Segel zu straffen!"
Braungebrannt stand Riesalia am Wasser und blickte ungeduldig der nahenden Flut entgegen.
„Ich will noch vor dem Abend auf hoher See sein", unterrichtete sie ihren Sohn, der in seinem zerfetzten T-Shirt wie ein armer Fischer aussah.
„Ach, Ferdinand, wie oft hab ich dir gesagt, du sollst dir was Anständiges anziehen!" mokierte sie sich auch jetzt wieder. Müde und entnervt sah Ferdinand ihr ins Gesicht. „Mutter, ich bin 38. Ich werde ja wohl noch selbst darüber entscheiden können, was ich anziehe. Mein Kleiderschrank ist rappelvoll mit den knallgelben und roten Neonklamotten, die du mir geschenkt hast, mit zartrosa Blazern und weißen Anzügen, doch ich lebe nun mal gerne auf einfacherem Fuße. Wann wirst du endlich lernen, das zu akzeptieren?"

Doch Riesalia war mit ihren Gedanken bereits ganz woanders. Hinten am Horizont hatte sie ein jähes Blitzen von solcher Intensität gesehen, dass ihr der kalte Schauer über den Rücken gelaufen war. Und da - lief dort nicht eine Gestalt über dem Wasser spazieren?

Es fröstelte Riesalia vor so viel Magie und sie zog die weiße Seidenbluse enger um ihren zarten, sportlichen Körper.
Mit ihren 74 Jahren war sie zwar nicht die Jüngste der Surferinnen, die sich diesen Sommer auf Sylt tummelten, doch sie war mit Sicherheit nach 20 Jahren Surferfahrung immer noch die Beste von allen. Befriedigt lachte sie in sich hinein, als sie daran dachte, wie oft sie bereits in der Zeitung gestanden hatte.

„Fitness im Alter - eine sportliche Seniorin bricht alle Schranken der Vernunft und zeigt uns neue Möglichkeiten!
Weshalb sollte im Alter ruhiger gelebt werden?
Was sollen all die Vorsichtsmaßnahmen und Bedenken?

Riesalia von Bernsheim, gut betuchte Sozialprophetin und Hobbysurferin, belebt auch diesen Sommer wieder den Strand von Sylt..."

So hatte man in der gestrigen Tageszeitung über sie geschrieben und Riesalia fühlte sich pudelwohl bei dem Gedanken, dass vermutlich ihre gesamte Dienstagsgruppe (eine fröhliche Runde älterer Damen, die sich allwöchentlich zum Stricken traf) den Artikel gelesen und den ganzen Abend über sie gesprochen hatte. Sie liebte es, im Mittelpunkt der Aufmerksamkeit zu stehen.

„Schneller, Ferdinand!" gab die braungebrannte Surferin jetzt ihrem Sohn die Sporen. Ferdinand präparierte das Surfbrett für seine Mutter und klemmte auch eine Kugel Bienenwachs unter das Trittbrett. Das war das Geheimnis von Riesalias Perfektion, die sie auf dem Wasser zeigte. Mit Hilfe dieser Bienenwachskugel...- aber, halt, was rede ich? Am Ende kriege ich von Frau von Bernsheim eine Anzeige auf den Hals gehetzt. Ein Geheimnis ist nun mal ein Geheimnis.

Und dann flog sie über das Wasser, ein kleiner Neonball voller Lebensfreude. Riesalias Lachen klang weit über das Meer. Ferdinand blickte ihr kopfschüttelnd nach, grinste aber dabei liebevoll in sich hinein. Ja, sie war schon verdammt eigen, seine Mutter, da hatten die Zeitungen Recht. Doch er fand es stark, dass sie sich von allen Konventionen frei machte und sich so gab, wie sie eben war. Sie war wie die blühende Jugend und wenn er nicht seine Brille aufgehabt und gewusst hätte, dass dort draußen auf dem Wasser seine eigene Mutter tobte, so hätte er sich tatsächlich in dieses jugendliche herzerfrischende Lachen verlieben können, das weit über den Strand zu hören war.

Schon kamen die ersten Schaulustigen herbei. „Ist das nicht Riesalia von Bernsheim, über die so viel in den Zeitungen stand?" fragten sie und zückten ihre Fotoapparate. Im Handumdrehen war Ferdinand von ca. 20 Leuten umringt und gab die ersten Interviews seines Lebens.
„Hat Ihre Mutter ein Geheimrezept für ihre unglaubliche Stärke?" wurde er gefragt.
„Werden Sie in Mutters Fußstapfen treten?"

„Sind Sie der Trainer Ihrer Mutter?"
„Woher kommt diese sagenhaft jugendliche Gesinnung Ihrer Frau Mutter?"
„Ist es wahr, dass Ihre Familie von den Gorillas abstammt und daher diese riesigen Kräfte zu erklären sind?"
„Ist Ihre Frau Mutter wirklich Vegetarierin?"
Diese und unzählige weitere Fragen rieselten über Ferdinands schmalen Kopf, während er konzentriert seine surfende Mutter im Auge behielt. Immerhin war sie doch 74 Jahre alt und sollte es einmal vorkommen, dass sie die Kontrolle über das Surfbrett verlor und im Ozean baden ging, so wollte er (sofern er in der Nähe war) sofort zu Hilfe eilen.

So beantwortete Ferdinand die Fragen nur mit halbem Ohr. Schließlich winkte er entnervt ab und sagte: „ So, nun ist es aber genug. Ich bin schließlich nicht zum Arbeiten hier, sondern mache Urlaub. Wenn Sie mich nun bitte in Ruhe lassen würden..." Und dann stand er wieder allein am Wasser, vor ihm die Fluten und seine wildfröhliche Mutter, die voller Begeisterung in all dem badete, was für sie purstes Leben war.

Riesalia ließ sich treiben, und umarmte den Wind, der ihr frontal entgegenströmte. „Welch eine Lust, zu leben!" schrie sie dem Brausen entgegen und lachte. Mit einem Mal war ihr, als ob das Surfbrett von einer geheimnisvollen Hand getragen würde und sie glitt direkt auf das offene Meer. Sie spürte eine starke, ruhige Kraft, die das Brett hielt und sie empfand tiefstes Vertrauen. Was immer geschehen mochte: sie wusste, es würde zu ihrem Besten sein.

Und dann sandte der Wind ihr Fragen, Fragen, die ihr mitten ins Herz gingen und die ihr ganzes Leben berührten. „Du kennst alle Leichtigkeit der Welt und du kannst lachen, dass Mauern zerbrechen - aber hast du je zutiefst gefühlt, was Trost bedeutet?" „Willst du in deinem Leben noch erfahren, was innere Verwandlung ist?" „Wie viel Liebe hast du gegeben in deinem Übermut und wo war die Stille in dir?"
Es waren Fragen, die sie zu etwas riefen, das tiefer ging und ihr sehr lohnend erschien. Dann wurde sie von einer Windhose

erfasst und in einen Strudel gezogen. Riesalia drehte sich minutenlang in dem wilden Wasser, bis sie auf einmal inmitten des Strudels ein helles Licht ausmachen konnte.

Und endlich war sie da, im Zentrum des Strudels, im Zentrum des Lichts. Inmitten des tosenden Wassers empfand sie eine überwältigende Stille und sie wusste, sie hatte sich entschieden. Sie hatte endlich alle Angst, die sie jemals empfunden hatte in ihrem Leben, hinter sich gelassen. Denn in ihrem Übermut und ihrer Fröhlichkeit war sie doch immer auch ein Stück vor sich selbst geflohen, vor jener Tiefe, die Fragen aufwerfen kann. Sie wusste auf einmal, sie würde immer genug Kraft haben, um hierhin zurückzukehren, an diesen Ort, wo sie die Angst überwinden konnte. Immer würde da eine Kraft sein, die sie trug und die sie hielt, die sie niemals alleine ließ.

Denn was die wenigsten Menschen wussten, war, dass sich hinter der wildlebendigen Frau von Bernsheim eine suchende Seele befand, die weitaus mehr vom Leben wollte, als nur Lachen und Fröhlichkeit. Eine Seele, deren Kern eine Finsternis in sich trug, die das allerhellste Licht gebären konnte. Riesalia wusste auf einmal, dass ihre Zeit auf dem Wasser zu Ende war. Vor ihrem inneren Auge tauchten Berge auf, die eine Urkraft aussandten, nach der sie sich so lange schon gesehnt zu haben schien. Sehnsuchtsvoll streckte sie ihre Arme aus und fiel ins Wasser...

„Mutter, endlich!"
Als Riesalia 3 Stunden später die Augen wieder aufschlug, sah sie geradewegs in die besorgten Augen ihres Sohnes Ferdinand. Beruhigend lächelte sie ihm zu. „Alles klar, mein Sohn, ich lebe noch." „Na, deinen Humor hast du jedenfalls nicht verloren", seufzte Ferdinand erleichtert auf.
„Nein, mein Junge, das werde ich nie, komme, was wolle. Aber ich habe sogar etwas dazu gewonnen und eine Entscheidung getroffen: ich gehe in die Berge."

2

3 Monate später war es dann soweit.
Begeistert sahen Riesalia und Ferdinand den Männern zu, die ihr Haus ausräumten und alles in den großen LKW verluden, der vor dem Bernsheim'schen Hause stand.
„Ach, es war eine schöne Zeit mit dir", winkte Riesalia dem Haus zu, das sie inzwischen an zwei liebe alte Freundinnen zu einem Geschenkpreis untervermietet hatte. Von ihrem ausladenden Sparbuch hatte sie sich lockeren Gemüts das wirklich urig-gemütliche Haus im Schwarzwald leisten können. Ferdinand, der Gute, hatte - teils aus Bequemlichkeit, teils aus Abhängigkeit, teils aus Anhänglichkeit - beschlossen, seiner Mutter die Stange zu halten und mit in den Schwarzwald zu ziehen. Er arbeitete gern für seine Mutter, war seit Jahren ihr Gärtner, Frisör, Fahrer, Koch, Organisator, Bodyguard... So waren sie sich schnell einig gewesen, wie die Zukunft zu gestalten war.

Endlich standen sie dann vor dem neuen Haus und Riesalia lief eine fette Gänsehaut über den sportlichen Rücken. „Dieses Haus und die kommende Zeit werden mein Leben gründlich verändern", sagte sie zu ihrem Sohn, den gleichermaßen ein tiefes Schweigen erfasst hatte. Auf einmal wussten beide: hatten sie auch noch so oft an der Vergangenheit festgehalten und mittels dieses Festhaltens versucht, die Zukunft im Griff zu haben, so war doch das, was sie jetzt erwartete, ein einziges bewegliches Mysterium, eine Sonne, deren Lauf sie beide niemals bestimmen konnten und die sie beide mit ihrem warmen Licht sehr reich beschenken und wärmen würde.

Wenige Tage darauf zog Riesalia bereits los auf ihre erste Bergtour. „Soll ich dich nicht begleiten?" fragte Ferdinand besorgt. „Mutter, du bist nicht mehr die Jüngste und die Berge hier sind gefährlich!"   „Gefährlich! Ha! Sohnemann, ich werde dir gleich mal zeigen, wer hier gefährlich werden kann, wenn du von Alter sprichst! Ich gehe allein. Alles klar, Kollege?"
„Sicher, Mutter", gab Ferdinand eingeschüchtert klein bei. „Ich wünsche dir einen prima Tag. Pass trotzdem ein bisschen auf dich auf, ja?" bat er verlegen, da funkelten ihn schon wieder ihre

wilden Augen an, die ihm zu sagen schienen: „Pass lieber auf dich selber auf, Junge, bevor ich dich gleich zu Hackfleisch mache!"

Oh, ja, Ferdinand wusste, seine Mutter konnte wütend werden wie ein wilder Orkan. Wenn ihr großes Brausen begann, zog er blitzschnell alle Ohren ein, doch meist nützte ihm das wenig, da sie schneller explodieren konnte, als er „piep" sagen konnte.
Ihr empfindlichstes Thema war und blieb das Alter. Sie wollte nichts darüber hören, dass sie 74 Jahre alt war, sich schonen und vorsichtig sein sollte, die Beine hochlegen und sich hängen lassen wie eine alte Primel. „Alt werde ich noch früh genug, mein Junge", pflegte Riesalia zu Ferdinand zu sagen. „Aber jetzt, jetzt bin ich auf dem Zenit meiner Jugend angelangt und es macht so viel Spaß, in der Sonne meines Lebens zu tanzen! Du glaubst doch nicht im Ernst, dass ich mir das von ein paar billigen Zahlen auf dem Papier nehmen lasse! Oh, Ferdinand, wer mich vom Leben abhalten will, muss verdammt früh aufstehen! Und eins sage ich dir: ich werde längst über alle Berge sein, wenn diese Person kommt und versucht, mich zu halten. Hier bin ich, eine freie Frau voller Lebensfreude und das werde ich immer sein, das kann mir nichts und niemand nehmen."

So wusste Ferdinand nur zu gut, dass jeder Widerspruch vergebens war, dass jeder Versuch, sie dennoch in die Berge zu begleiten, seine Mutter nur fuchsteufelswild gemacht hätte. „Lass die Berge stehen, Mutter!" schien ihm daher der passendste Wunsch, den er ihr noch mitgab, bevor sie dann hinter der Kurve verschwand. Ferdinand atmete seine Anspannung aus. Seine Mutter zu hüten, das schien ihm oft schwerer als eine wilde Horde Bienen zu bezwingen. Aber wollte sie denn überhaupt behütet werden?
Sicher, er war ihr Begleiter, ihr Bodyguard, ihre Stütze in allen Situationen, doch den Abenteuern des Lebens wollte sie geradewegs ins Gesicht sehen, ohne dass er ihr im Wege stand, das war ihm schon klar. Ach, manchmal fiel es ihm gar nicht leicht, diese Einsicht stehen zu lassen und er fühlte sich oft besorgt und verantwortlich. Und wenn sie dann so unabhängig und kreuzfidel vor ihm stand, kam er sich auf einmal vor wie ein

kleiner Junge, seines Spielzeugs beraubt. Nutzlos fühlte er sich dann und klitzeklein. Vielleicht war es diese Verantwortung, die er für seine Mutter empfand, die ihn so klein machte. Erwachsen werden hieß wohl, die eigenen Flügel auszustrecken, die eigenen Wege zu gehen, selbst wenn das eines Tages heißen sollte, seine Mutter sich selbst zu überlassen. Davor fürchtete er sich oftmals, auch wenn er wusste, eines Tages würde es soweit sein.

„Ach, das Leben ist wunderbar!" Riesalia hüpfte munter den Hügel hinauf, während der schwere Rucksack auf ihrem Rücken auf und nieder schwang. Die Sonne knallte ihr mitten ins Gesicht und trieb ihr den Schweiß auf die Stirn. „Danke, Sonne, dass es dich gibt und danke, dass du mich immer wieder herausforderst mit deiner Kraft!" In Gedanken sprach Riesalia mit sich selbst, dem Leben und ihrer geliebten Natur. „Danke, Leben, dass du mich nicht stillstehen lässt, dass du mich weiterziehst in ungewisses Neuland, auch wenn ich noch so sehr an alten Gewohnheiten festhalten wollte. Danke, Welt, dass du da bist, mit all deinen Wundern und Geschenken, mit deinen Gefahren und Aufgaben, mit all dem Unbekannten, dass ich kennenlernen darf, wenn ich nur mutig genug bin. Wenn mir einmal der Mut ausgeht, dich, Welt, zu erkunden, dann will ich sterben. Denn Leben, das ist doch das Wandern und wenn ich noch so vieles aufgeben muss, um den nächsten Punkt meiner Wegstrecke zu erreichen. Lass mich niemals müde werden, all diese Wunder zu entdecken.

Und wenn ich meinte, die Welt, wie ich sie bisher kannte, sei das allergrößte Geschenk gewesen, das das Leben mir reichen könne, so lass mich niemals zu träge sein, zu wagen, hinter die nächste Wegbiegung zu schauen, wo neuer Glanz und neues Glück schon auf mich warten. Denn jede Station meines Lebens hat ihre Zeit. Und wenn ich über die Zeit an einem Platz bleibe und alle seine Früchte längst geerntet sind und ich mich wundere, warum ich mit offenem Mund verhungere, so habe ich zu lange festgehalten. Das Leben aber ist nicht das Festhalten, das Leben ist ein Strom, der mich trägt und der mir mehr als genug Kraft geben kann, etwas hinter mir zu lassen, was mir sehr viel bedeutet hat. Ich will mich voll Vertrauen tragen lassen, auch wenn der Abschied von dem Alten noch so schwer ist. Denn das

Neue, das auf mich wartet, ist für mich, die ich jetzt, zu diesem Zeitpunkt bin, das Allerbeste.

Für mich, Riesalia von Bernsheim, war es lange Zeit das Meer, das mich fest an sich band. Ich hätte nie gedacht, es jemals zu verlassen. Doch nun habe ich mich für die Berge entschieden und ich bin froh darüber. Meine Zeit am Meer wird immer wie ein funkelnder Regenbogen in mir wohnen. Doch jetzt kann ich frohen Mutes aus einer neuen Welt schöpfen, die mir so viel geben kann: die Berge. Danke, Leben, dass du mich führst und trägst." Während Riesalia so mit ihrer allerbesten Freundin, der Natur, sprach, folgte sie furchtlos dem steilen Weg, der sie an die Spitze des Berges bringen sollte.

Zunächst traf Riesalias Weg auf einen wunderschönen See. Die muntere Wandersfrau nahm sich Zeit für eine kleine Picknickpause, während derer sie ihre Augen weit in das blaue, funkelnde Wasser tauchen ließ.
Sie ließ ihre Sehnsucht tief in das verheißungsvolle Blau hinabgleiten, gab alle ihre Träume und Wünsche an das Wasser ab und sah zu, wie der kostbare Schatz aus ihrem Innersten leise schaukelnd auf den Boden des Sees sank.

Wie oft hatte sie in ihrem Leben um Ziele gekämpft, hatte ihr Herzblut gegeben für Dinge, die sie ersehnte, sich dabei die Ellbogen blutig gerissen und ihrem Herzen viele Schrammen zugefügt und ihrer Stirn, die sie in jedem Kampf weit oben gehalten hatte, für alle Welt zu sehen: „Hier komme ich, Riesalia von Bernsheim." Was war es wert gewesen, all das Kämpfen, all das Mühen? Und war der Schmerz, es niemals zu erreichen, nicht schärfer gewesen als ihre gewitzte Zunge, mit der sie die Welt zu täuschen und hinter der sie ihre Angst zu verstecken versuchte. Im Wirbelsturm auf dem Meer, da hatte sie sich zum ersten Mal ihre Angst eingestanden und sie hatte einen Ort in sich selbst gefunden, wo sie zur Ruhe kommen konnte. Sie hatte beschlossen, in die Berge zu gehen und ihre Angst bei der Hand zu nehmen. Sie wollte nicht mehr nur die berühmte, starke, wohlhabende Sportlerin sein, sie wollte endlich Mensch werden und sich selbst mit all ihren Schwächen annehmen.

Die Zeit des Kämpfens war vorbei. All der Kampf gegen Fäuste, die sie gegen sich gerichtet sah, die vielleicht niemals da waren. Manchmal hatte sie sich selbst gefragt, warum sie der Welt stets dieses Gesicht hingehalten hatte, das von Siegen nur so zu strahlen schien. Es war dieses Gesicht, das Unantastbarkeit verhieß und alle einzuschüchtern wusste, das Respekt erheischte und ihr Sicherheit gab, dass niemand sie verachtete. Aber hatte sie sich nicht im tiefsten Innern bei dem ganzen Spiel selbst verachtet, weil sie es niemals zu schaffen schien, einfach zu sich selbst zu stehen? Jetzt war das Image weg, hier konnte niemand sie sehen und bewundern. Hier waren nur sie selbst und die Berge und erleichtert atmete Riesalia auf.

Ruhig erhob sie sich und stieg den steilen Weg weiter hinauf. Bald kam Geröll und sie musste ihren Fuß bei jedem Tritt gut absichern. Doch obwohl sie solchen Herausforderungen noch nie begegnet war, hatte sie keine Angst. Nein, da kam einfach wieder Freude in ihr auf, dass sie wieder etwas Neues erleben durfte, dass das Leben ihr dieses Geschenk machte, wieder ihre Kraft und ihren Mut beweisen zu können und Spaß zu haben an der Vielfalt der Herausforderungen.

Endlich stand sie dann oben auf dem Gipfel. Die umliegenden Berge waren allesamt von Wald bedeckt, so dass sie ringsum keine Menschenseele sehen konnte. Sie sah nur Berge, Grün und wunderschönstes Sonnenlicht, das sich wie ein liebevoller Mantel auf all das, was sie sah, zu legen schien.
So war ihr, als begegne sie der Bergwelt ganz von du zu du, nur sie beide. Das war eine Begegnung, nach der sie sich lange schon gesehnt hatte. Sie sprach lange zu den Bergen und erzählte ihnen alle ihre Wünsche, die sie für die Zukunft hatte und auf welch verworrenen Wegen sie in ihrem Leben bereits gegangen war. Die Berge lauschten ihr still und ihr war, als lächelten sie ihr ein freundliches Willkommen zu.

Und mit einem Mal sah sie im Spiegel der Berge ihre eigene Kraft, weit größer als sie sie jemals gesehen hatte. Gewaltig schien zu sein, was ihr da innewohnte, ruhig und fest.
Hatte sie es überhaupt nötig, sich wie ein Gockel aufzuspielen,

um der Welt Größe zu vermitteln? War da nicht viel, viel mehr an wahrer Größe, wenn sie das ganze Brimborium wegließ, das ihr Leben bislang mit Glanz erfüllt hatte? Was war all das Lob, all die Bewunderung gegen die stille Achtung, die sie jetzt endlich vor sich selbst empfinden konnte? Ihr war, als sei eine lebenslange Fratze des überlegenen Lachens aus ihrem Gesicht gefallen und hätte ihr Herz von einer eisig kalten Hand befreit.

Diese kalte Hand, die immerzu die Furcht, nicht gut genug zu sein, verstecken wollte. Die kalte Hand, die ihre Ohnmacht überspielen wollte. Diese Hand, die sich so oft nach anderen Händen hatte ausstrecken wollen und die mutlos neben ihren Körper gefallen war, an ihrem Arm baumelnd, von keinem Mut aus ihrem Innersten der Welt entgegengehalten. Diese Hand war immer ihre Faust gewesen und das Misstrauen hatte sie gefangen gehalten, eisern und ohne Gnade.

Ja, der einzige Weg, aus diesem Gefängnis zu entkommen, schien ihr das Eingeständnis ihrer Schwäche und Angst zu sein. Wie aberwitzig, dass sie genau auf diesem Weg wiederum ihrer wahren Kraft begegnete, die sich auf einmal vor ihr eröffnete wie der allerschönste Traum. Aber es war Wirklichkeit. Sie spürte die Kraft in jeder einzelnen Pore ihres Daseins und ihr 74jähriger Rücken pulsierte von unglaublicher Energie. Dies war ein Neuanfang und sie spürte zutiefst, dass sie immer Recht gehabt hatte, wenn sie davon gesprochen hatte, dass zu jeder Zeit des Lebens, wie alt ein Mensch auch immer sei, tiefgreifende Veränderungen möglich sind, mehr als genug Kraft dafür da ist, jederzeit.

Hier stand sie, eine alte Frau und doch fühlte sie den Geist von Veränderung und Wachstum so kraftvoll durch ihre Adern strömen. Wie oft hatte sie von anderen gehört, dass es in deren Leben für Veränderungen zu spät sei, angeblich weil sie zu alt seien und die Kraft fehle - es waren Leute um die 30 gewesen, 40, 50... Sie konnte darüber nur müde lächeln. Alt - was war das schon? *„Alt bist du dann, wenn du dich selbst für alt erklärst und nur dann"*, das war stets ihr Lieblingsspruch gewesen, denn die Zahlen auf dem Papier hatten für sie wenig damit zu tun, ob ein

Mensch die Möglichkeiten seines Lebens zu nutzen bereit war oder nicht. Meist war es Angst, nicht Alter, was Leute davon abhielt, Veränderung zu wagen. Und die Angst lähmte so sehr, dass diese Menschen ihre Kraft nicht mehr spürten und meinten, da sei nichts mehr in ihnen, was sie weitertragen könne.

Dabei kam die Kraft im Gehen. Die Erfahrung hatte Riesalia oft gemacht. Sobald sie sich in Bewegung gesetzt hatte und etwas angegangen war, da war es geflossen, da war dieser Strom in ihr, der sie spüren ließ, dass mehr als genug da war, immer. Es lag an ihr, es anzunehmen, es zu wagen, zu vertrauen - das wusste sie nur zu gut. Es war alles da, was sie für ihr Leben brauchte. „Ja", dachte sie nur, während ihre Augen die Bergwelt tief in sich aufnahmen. „Ja, es ist alles da und ich brauche keine Angst zu haben, ins Leere zu fallen. Solange ich mich bewege und lebendig bin, ist keine Leere da."
In Gedanken umarmte sie die Berge, umarmte ihre ganze Kraft und war von Herzen froh, endlich hier angekommen zu sein, hier, wo sie sich selber direkt in die Augen sehen konnte.

Am Abend feierten Riesalia und Ferdinand ein großes Fest, das sie das Bergfest nannten. „Ja, Ferdinand, denn ich war auf dem Berg - first time in my life - und außerdem sind wir doch auch über den Berg irgendwie, oder? Ich meine, es war ja auch eine anstrengende Zeit mit dem Umzug und all den Veränderungen. Wir hatten doch beide oft Angst, ob das alles so gut gehen würde. Und nun stehen wir vor dem Ergebnis unserer Mühen und ich muss sagen, ich bin äußerst zufrieden."

Munter erzählte Riesalia Ferdinand von den Erlebnissen des Tages, von allem, was sie gesehen und empfunden hatte. „Und was hast du gemacht, Junge?" wollte Riesalia schließlich wissen. Ferdinand führte sie durchs Haus, wo er gespült, gekocht, aufgeräumt und geputzt hatte. „Ich bin beeindruckt", sagte Riesalia ernst. Aber sie sah auch in seinen Augen die traurige, unerfüllte Leere, die er nicht auszudrücken wusste. Sie ahnte, dass er tief im Innern unzufrieden war, doch sie wollte es ihm überlassen, zu entscheiden, wann er darüber sprach oder auch wenn er gehen wollte. Sie ahnte wohl, dass der Tag bald kommen würde, doch sie hatte keine Angst davor. Zu stark war ihr Vertrauen in das Leben und sie wusste, alles würde zu ihrem Besten geschehen.

3

Mit der Zeit lebten sie sich in ihrem neuen Häuschen in den Bergen ein. Und dann kam der Winter, der strengste Winter, den sie je erlebt hatten, und Riesalia stromerte durch den Schnee, so oft sie nur konnte. Winter war seit jeher ihre Lieblingsjahreszeit gewesen.
Sie liebte es, die klirrende Kälte in ihrem Gesicht zu spüren. Ihre Augen leuchteten, wenn sie mit Eiskristallen spielte, Schneemenschen baute, durch den Schnee kugelte und dabei vor Freude juchzte. Sie war eine Tochter des Winters. Die resolute Klarheit der Kälte entsprach ganz ihrem stets nach den wesentlichen Dingen strebenden tiefsten Innern. Wenn sie ihre Stirn in den eisigen Wind hielt und sang, schien sie aller Welt ihre Stärke zeigen zu wollen, die darin lag, selbst der größten Macht und Dunkelheit zu trotzen.

Den Sommer mit seiner angenehmen Wärme und seinen leichten Winden zu lieben, das war für niemanden schwer. Doch dieser harten Zeit der Kälte das Herz zu öffnen, war stets eine Herausforderung für Riesalia gewesen. Manch einer hatte ihr nahelegen wollen, dass so ein zartes Herz doch im Angesicht dieser massiven Kälte erstarre. „Nein", hatte sie gelacht. „Die kalten Winde durchströmen mich wie einen Kanal und sie reinigen und stärken auf eine ganz wunderbare Weise. Zurück bleibt mein Herz, der Puls meines Lebens, nach jeder Winterzeit stärker und wärmer als je zuvor."

Riesalia glaubte an die Macht der Liebe, die sich von nichts zerrütten ließ. Manchmal saß sie abends lange mit Leuten aus der Umgebung, die sie eingeladen hatte, vor dem Kamin. Dann erzählte sie mit ruhiger Stimme von all den Verlusten ihres Lebens, denen sie ihre Stirn entgegengehalten hatte. Und wenn es noch so hart gewesen war, zurückzubleiben, sie hatte den Schmerz jedes Mal überwunden. „Je härter es war, umso größer war die Kraft, mit der ich es überwand, und die in mein Leben hineinwuchs, fest wie ein Baum. Ja, je schwerer es war loszulassen, umso größer wurde der Felsen auf dem ich stand. Mit jedem Verlust wuchs meine Kraft. Es mag paradox klingen, aber ich danke dem Leben dafür, dass es mir zumutete und zutraute, das zu verlieren, ohne dass ich nicht leben zu können meinte. Indem ich erneut auf mich gestellt war, konnte ich meine Kraft erfahren und dass ich durchaus getragen war, mehr als je zuvor. Die Macht der Liebe geht ihren Weg. Zielstrebig und klar schreitet sie ihren Weg voran und macht vor nichts Halt, das uns von unserem Weg abbringen könnte. Und gerade dann, wenn eine Zeit in unseren Augen sehr schwer aussehen mag, so kann gerade dies eine sehr wichtige Zeit sein, eine fruchtbare und vorantreibende Zeit, in der wir voller Liebe daran gehindert werden sollen, stillzustehen. Denn das Leben möchte uns tanzen sehen. Wenn wir aber am helllichten Tage zu schlafen scheinen in unserem Bedürfnis, alte Sicherheiten, die sich überlebt haben, festzuhalten, dann greift die Liebe auf eine Art um sich, die für uns zunächst zerstörend wirkt, die aber letztendlich befreiend ist. Wenn wir die Chance erkennen, die in dem Aufbruch liegt - auch wenn wir erst mal nur die Trümmer des Alten vor Augen haben - dann kann das Leben uns sehr reich beschenken."

Und wenn die Menschen, die ihr lauschten, in ihre vom Leben verzauberten Augen sahen, dann wussten sie, dass alles, was sie sagte, wahr war. Riesalia war dem Leben wirklich für all das dankbar, was es ihr abgefordert hatte, denn ohne all das wäre sie nie zu der geworden, die sie heute war. Wenn sie zu Ende erzählt hatte, reichte Riesalia meist die große gelbe Tasse mit heißem Kakao herum, aus der sie alle einen Schluck nahmen. „Auf das Leben!" sagte Riesalia und sah ihnen allen in die Augen. Und wenn sie dann in Riesalias Augen blickten, wussten sie, dass sie sich nichts sehnlicher wünschten, als immer wieder aus der randvollen gelben Tasse zu trinken, die das Leben war.

4

Dann kam der Tag, von dem sie lange schon gewusst hatte, dass er kommen musste: Ferdinand packte seine sieben Sachen und ging. Er hatte sich entschieden, bei einem sozialen Projekt in

Sizilien mitzuarbeiten. Die Stelle war gut bezahlt, seinen Fähigkeiten entsprechend, und er würde in einem wunderschönen Haus am Meer wohnen. „Grüß mir das Meer", bat Riesalia und sah mit sehnsuchtsvollen Augen in die Weite. „Ich werde euch beiden bald einmal besuchen kommen, dich und meine alte Liebe, die See."

„Bist du auch wirklich sicher, dass du allein zurechtkommst?" hatte Ferdinand sie in dem entscheidenden Gespräch über ihrer beider Lebenswege noch einmal gefragt. „Das ist so sicher wie das Amen in der Kirche, mein Sohn", hatte Riesalia geantwortet und ihm mit der ihr eigenen felsengleichen Ruhe in die Augen geblickt. Da wusste er, er konnte gehen, er war endlich frei. Nicht dass sie, seine Mutter, ihm diese Freiheit jemals verwehrt hatte, nein, er selbst war es gewesen, der sich hoch verantwortlich für sie gefühlt hatte. Er hatte seinem Leben keinen rechten Sinn abgewinnen können und als ihr Gehilfe hatte er sich irgendwie wichtig und nützlich gefühlt. Gleichzeitig hatte er sich oft abhängig gefühlt wie ein kleines Kind und das hatte ihn gelähmt, sich für sein eigenes Leben zu entscheiden.

Immer hatte sie als seine Mutter so stark und leuchtend, von allen umjubelt vor ihm gestanden und er hatte stets das Gefühl gehabt, wie sinnlos es doch sei, zu versuchen, ihr jemals gleich zu kommen. Er war ihr Schatten gewesen, scheinbar außerstande, jemals selber Sonne zu sein. Doch nun, hier in den Bergen, waren sie beide zur Ruhe gekommen, fernab der Presse, die sie am Meer stets umgeben hatte. Er hatte in der letzten Zeit sehr klar gesehen, dass seine Mutter, so alt sie laut Papier auch sein mochte, immer noch irrsinnige Kräfte in sich trug und dass es schlicht Schwachsinn war, zu glauben, sie käme allein nicht klar. Hatte er sich mit diesem Gedanken vielleicht immer an ihr festgehalten?

Jetzt jedenfalls, in der Stille der Bergwelt, hatte ihn die Sehnsucht nach seiner eigenen Erfüllung überkommen. Er war sich auf einmal leer vorgekommen wie ein schäbiges Wasserloch, grau und verwittert und auf irgendeine Art um Jahre älter als seine lebensfrohe Mutter. Wie hatte er dem Leben jemals Liebe und

Dankbarkeit entgegen gebracht? Er konnte sich nicht daran erinnern. Er hatte stets müde und resigniert an der Seite gesessen und zugesehen, wie seine Mutter tanzte. Er hatte vorgegeben, da sein zu wollen, für den Fall, dass sie hinfiel und sich ein Bein brach. Selber so zu leben, dass er hinfallen könnte, nein, das hatte er nie gewagt. Seine Fürsorglichkeit war ein wunderbares Versteck gewesen, wo er sich niemals seine Angst hatte ansehen müssen, seine Angst vor dem Leben. Nun endlich hatte er den Mut gefasst, es zu wagen, auf seinen eigenen Beinen zu stehen und zu erfahren, dass sie ihn sehr wohl tragen konnten.

Riesalia und Ferdinand umarmten sich noch einmal lange und fest. „Ich danke dir für alles, Sohn", sagte sie leise, „und glaube nicht, ich hätte einen einzigen Tag deiner Gegenwart bei mir nicht zu schätzen gewusst. Für mich warst du nie eine Randfigur, du hast dich nur immer so gefühlt. Geh und zeig der Welt, was in dir steckt!"

Dann sah sie durch ihren Schleier von Tränen nur noch, wie der Wagen um die Kurve bog und aus ihrem Blickfeld verschwand. Doch während sie noch den Abschiedsschmerz fühlte, sah sie groß und mächtig die Berge, die ihr Haus umstanden und sie wusste, sie war nicht allein.

<h2 style="text-align:center">5</h2>

Die Zeit, die dann kam, würde immer als die schönste des gesamten Lebensabschnitts in den Bergen in Riesalias Erinnerung bleiben, das wusste sie.
Es war nicht nur der Sommer, der dann kam, mit dieser haltlos leuchtenden Sonne, die ihr schier endlose Kraft zu geben schien. Es waren nicht nur die Berge, die ihr zur Seite standen wie alte Freunde, still und doch so stark. Es war nicht nur die Luft, die glasklar und voller Licht war.

Es war die Erfahrung, nach Ferdinands Abschied diese unbändige Kraft in sich zu erleben. Jedes Mal, wenn sie zu fallen glaubte, wurde sie doch wieder auf ein Neues aufgefangen von jener Kraft in ihrem Innern. Die schien stärker zu sein als all die

Berge zusammen. Sie wusste auf einmal, sie konnte sich auf sich selbst verlassen, sie wurde von innen getragen.
Es war nur die Angst, die ihr manchmal einflüstern wollte, sie würde es ohne Ferdinand nicht schaffen.

Manchmal war ihr die Hausarbeit zu viel und sie fühlte sich einsam. Dann kam es vor, dass sie stundenlang durch die Bergwelt streifte und dort um Hilfe bat. Und immer fand sie etwas, das ihr half, und wenn es die Feder eines seltenen Vogels war. Wenn sie dann nach Hause kam, das Geschenk der Berge in der Hand, dann war auf einmal alles, was ihr so entsetzlich schwer erschienen war, ganz leicht. Manchmal lehnte sie sich dann an den alten Eichenschrank und weinte stundenlang. Dann konnte sie all die Enttäuschungen und allen Kummer ihres Lebens beweinen, und ihr war, als würden die Berge, die sie in sich trug, sie fest umarmen.

Hier in den Bergen war der Platz, wo sie sich fallen lassen und Rückschau halten konnte, wo sie den Nackenschlägen ihres Lebens ins Gesicht sehen konnte, ohne wie so oft alles mit einem kraftvollen Lächeln zu überstrahlen. Sie wusste, diesen Prozess, der so wichtig für ihr Leben war, hätte sie in Ferdinands Beisein nicht erleben können. Hatte sie ihm, ihrem Sohn, jemals ihre wahren Schwächen eingestanden?
War er so abhängig gewesen und hatte er sich so klein und nutzlos gefühlt, weil sie stets versucht hatte, die Wolken in ihrem Innern mit hellstem Sonnenlicht zu überstrahlen? Wie auch immer, es war Zeit, sich selbst gegenüber bedingungslos ehrlich zu sein und die Showbusinessdame von einst für immer abzulegen, um endlich zur Ruhe zu kommen.

Manchmal ging sie durch den Garten und legte sich auf die warme Sommererde. Wenn die Vögel dann sangen, ließ sie sich von der Erde und dem Gesang weit fort tragen und gab alle Schwere ab. Dass sie so zu sich finden konnte, ohne nach außen irgendetwas darstellen zu müssen, das war ein wunderbares Erleben für sie, das größte Geschenk überhaupt. Es war, als würde ihr ein altes Geheimnis endlich enthüllt, als würde sie endlich begreifen, wer da neben der strahlenden Sportlerin noch in ihr ruhte. Es war ein Wesen mit Augen tief wie ein Brunnen, mit einem Herzen weit wie das Meer, mit Händen so zart wie eine Pflanze im Frühling. „Vor dir bin ich mein Leben lang weggelaufen", sagte sie, wusste, dass sie endlich stehenbleiben konnte und fühlte sich angenommen wie nie zuvor. Manchmal tanzte sie durch das Haus und hielt sich selbst fest umschlungen. Für immer wollte sie diese neu gewonnene Kraft bei sich bewahren, sich selbst ehrlich begegnen und von nun an auch der Welt dies andere Gesicht zeigen. Und während sie sich tanzend im Kreise drehte, war Riesalia glücklich, glücklich über sich selbst wie nie zuvor.

6

Als der Herbst nahte, war es dann soweit: Riesalia packte ihre Koffer und machte sich auf den Weg zu Ferdinand, nach Sizilien. Sie genoss die Zugfahrt und winkte voller Freude allen Feldern, Wiesen und Bäumen zu, an denen sie vorbei jagte. Es war wunderbar, die wilde Bewegung des Lebens zu spüren, das Quietschen der Gleise war wie Musik in ihren Ohren und sie lachte den vorbeiziehenden Wolken zu. „Hallo, Erde, du mein schönstes Geschenk", sagte sie leise. „Was bin ich froh, dass es dich gibt, du meine Schöne."

Und tief innen nahm sie alles an, was diese Erde ihr schenkte, all das Glück, all die Schönheit, all das Leben. Niemals wollte sie aufhören, dankbar zu sein, da mochte kommen was wolle.

Dann war sie endlich da. Braungebrannt stand Ferdinand am Bahnhof, um ihn herum tobten und johlten Kinder, die er ganz offensichtlich kannte. Er lachte ihr fröhlich zu und strich sich durch den neu gewachsenen Vollbart. „Hallo, Mutter", empfing er sie und nahm sie herzlich in die Arme. Und zum ersten Mal in ihrem Leben konnte sie ganz klar und deutlich, ohne jedes verhaltene Zögern, seine Kraft spüren. Die Unabhängigkeit und Loslösung taten ihm scheinbar sehr gut. Riesalia freute sich und hakte sich erwartungsvoll bei ihm ein. „Wohin des Weges, mein Sohn?" fragte sie und lachte: „Jetzt übernimmst du die Führung!" Ferdinand lachte ebenfalls und ging dann mit ihr zu seinem Auto. „Dann will ich dir mal mein Haus zeigen, Mutter, komm."

Am Abend, nachdem sie vorzüglich gespeist hatten, erhob sich Riesalia und sagte: „So, Ferdinand, und nun möchte ich meinem lieben alten Meer „Guten Tag" sagen, wenn du nichts dagegen hast."
„Geh nur, Mutter", sagte Ferdinand, „ich weiß das doch, dass du das jetzt brauchst."

Und dann standen sie sich wieder gegenüber, Riesalia und die See. Immer würde es sein wie das allererste Mal, immer würde es sie so tief berühren.
Sie blickte auf die wogenden Fluten und sah ihr eigenes Herz - Auf und Ab, Freude und Leid, das Kommen und Gehen, das ewige Strömen und die unendlich große Kraft, die darin lag, diese Bewegung des Lebens zuzulassen und nichts festzuhalten.
Immer hatte sie das Meer als ihren Spiegel gesehen, hatte im weiten Blau all ihre Sehnsüchte wieder gefunden und im wilden Tanz der Wellen all ihren Mut. Wie gerne war sie auf diesen Wellen geritten, wenn das Surfbrett unter ihren Füßen schwankte und sie sich ganz dem Wasser überließ. Das war die Kunst, die sie am allermeisten geliebt hatte: sich vom Wasser tragen zu lassen und dennoch mit ihren Händen im wilden Wind ihr Brett zu steuern.

Mitten auf dem Wasser hatte sie erfahren, was Leben für sie bedeutete, hatte entdeckt, wie sehr sie das Leben liebte. Die See war der Geburtsort ihrer Seele, ihr Anfang und ihr Ende, und sie würde sie immer über alles lieben, das wusste Riesalia.
Und auch wenn sie nun in den Bergen lebte und das richtig und gut für sie war, so würden diese Wellen und dieses Blau immer bei ihr sein, immer in ihr wohnen, sie tragen und erfüllen.

Lange stand sie am Wasser, ließ ihre Füße reinwaschen, wieder und wieder, lief am Strand entlang, den Kopf voller Träume, was ihr wunderbares Leben noch bringen mochte.
War dies ein Ende, nur weil sie nicht mehr am Meer lebte, das sie so sehr liebte? War dies ein Ende, nur weil sie 74 Jahre alt war und ihre Jahre vielleicht gezählt waren?
Nein, dies war ein Anfang, kein Abschied voller Kummer, sondern ein Ankommen voller Hoffnung in ihrem Leben, das sie mit all der

ihr innewohnenden Liebe verzaubern, gestalten und erfüllen wollte, solange sie lebte. Ihr Leben war doch jenes kraftvolle Lied, gesungen von der Stimme des Meeres, getragen von der ewigen Stärke der Wellen - wer wollte sie Gleichmut, Eintönigkeit und Verzweiflung lehren?

Wenn sie jemals glauben sollte, dass irgendein Abschied das Ende war, so würde sie versuchen, den Kamm der Wellen zu zerbrechen. Wie aber wollte sie das jemals schaffen, wie jemals diese unendliche Kraft am Strömen hindern, die sich durchsetzen würde gegen jeden Winter, jeden Kummer, jede Angst und sie weitertragen würde an jeden neuen Strand ihres Lebens?
Wie sollte es möglich sein, der Stimme des Meeres den Mund zuzuhalten und ihre Lieder zu ersticken? Das Meer würde immer für sie singen und sie weitertragen, so sehr sie sich auch sträuben mochte, so sehr sie vielleicht stillstehen wollen würde. Es hatte einfach keinen Sinn, sich gegen diese Macht stellen zu wollen. Es war die Macht der Liebe, die sie früher aufgrund des vielen Kummers ihres Lebens gefürchtet hatte, von der sie geglaubt hatte, sie würde sie zerstören, bis sie sich endlich nicht mehr gewehrt hatte gegen das wilde Pochen, das hinaus wollte ans Licht der Welt.

Wer war sie denn, dass sie im Dunkeln leben musste, dass sie ihr goldenes Licht verstecken müsste und heimlich in ihrer Wohnung tanzte? Wer war sie, dass sie sich voll trüber, mutloser Gedanken durch dunkle Straßen gedrückt hatte, in der Hoffnung, dass niemand sie sähe und erkenne?
Und doch war da immer die Sehnsucht gewesen, eines Tages so kraftvoll da zu sein, für alle zu sehen, und im Licht zu tanzen.

Wenn sie jetzt an dieses Leben dachte, das hinter ihr lag, so sah sie eine Straße voller Sterne. Dieser bunte Weg, den sie gegangen war, war vor ihr aufgeblüht, nachdem sie solange geglaubt hatte, sie habe nicht viel vom Leben zu erwarten.
Und dann auf einmal war sie aufgewacht, und sie hatte gewusst: was vor ihr lag, war mehr als sie je für möglich gehalten hatte - viel mehr Glück, viel mehr Freude, viel mehr Liebe - wenn sie es nur bejahte. Und sie hatte es gewagt, „ja" zu sagen, nach dieser

langen, langen Zeit des sich-Sträubens gegen den Fluss, gegen das Sich-Tragen-Lassen, gegen die Macht der Liebe, die sie mitreißen wollte ins Licht, mitten ins Leben. Da hatte sie den Fuß von der Bremse genommen und die Tür geöffnet und sich bereit gemacht für den Strom, der kommen würde, sie zu tragen.
Und hatte sie auch immer furchtbare Angst gehabt, sich tragen zu lassen - diesmal hatte sie gewusst, der Strom würde sie nach Hause tragen, mitten in ihr eigenes Herz, tief in ihre ureigene Kraft und wenn sie dort ankam , würde sie nie mehr solche Angst haben. Denn ihre größte Angst war doch stets die vor dem Leben gewesen und die zu fallen. Doch wie konnte sie fallen, wenn sie sich darauf einließ, getragen zu sein? So, wie sie sich vom Leben in die Berge hatte führen lassen, obwohl sie so lange am Meer überglücklich gewesen war, so wollte sie immer dieser inneren Stimme folgen, die sie trug.

Denn wenn es auch wehtat, zu gehen, so war doch das Glück, diese neue Welt zu erleben, den Abschiedsschmerz hundertmal wert. Wie könnte sie die Welt sehen, die ihr eine solch ungewisse Zukunft bringen mochte? Es war unmöglich, durch dieses Fenster zu blicken und ihr blieb nur eines: dieser inneren Führung zu vertrauen, die sie niemals fallenlassen würde und die nur das Beste für sie wollte. Für immer wollte sie in dieser Bereitschaft leben, sich dem anzuvertrauen, was das Leben für sie plante und nicht mit aller Macht die Fäden in den klammernden Fingern festhalten. Wie sollten Liebe und Glück sie erfüllen und tragen, wenn sie nicht losließ, wenn sie nicht „ja" sagte? Und sie wollte immer wieder „ja" sagen, „ja" zu jeder einzelnen Welle, zu jedem Kommen und Gehen, zu all den Sternen, die für sie leuchten wollten.

Dass sie sich damals aus der dunklen Kammer hatte reißen lassen von den kraftvollen Wellen, die sie ergriffen, die sie ins Leben riefen, das hatte sie zum Erfolg geführt. Sie war berühmt geworden und hatte lange Zeit ein Leben voller Kraft und Licht genossen. Nie hatte sie es bereut, sich der gewaltigen Kraft anvertraut zu haben, die sie aus dem Dunkel nach vorn gerissen hatte. Sie hatte damals lange mit der Angst gekämpft, so sehr ins Leben zu schreiten und für alle so voller Kraft zu sehen zu sein.

Doch jede einzelne Minute jenes kraftvollen Lebens war ein Geschenk gewesen und es gab keinen Zweifel mehr, dass sie nicht allen Grund hatte, sich selbst zu vertrauen. Sie war eine wunderbare Frau voller Kraft und Fähigkeiten und alle sollten es sehen.

Auf einmal gab es nichts mehr zu verlieren, nur zu gewinnen, und sie hatte sich nicht satt tanzen können in der Sonne, die auf einmal ihr ganzes Leben erfasste, wie ein warmer Strom, nach all der langen Zeit der Zweifel an sich selbst, der Kälte und der Angst. Nun war sie hier, Königin ihres eigenen Lebens, über das niemand regierte außer Riesalia selbst, und nichts und niemand konnte ihr mehr ihre Kraft nehmen. Sie hatte getanzt und getanzt und die volle Kraft des Lichts genossen, bis das Leben sie in die Berge gerufen hatte, damals im Wirbelsturm auf dem Meer. Und nun war sie wieder da, hier am Meer, wo alles seinen Anfang genommen hatte, und sie wusste, es würde niemals enden. Keine Macht der Welt konnte ihr dies jemals wieder nehmen, was ihr Ureigenes war: den Glauben an ihre Liebe und an ihr Recht auf Glück, ihr Vertrauen in ihre Kraft und das Getragen-Sein in ihrem Herzen.

„Weil Anfang und Ende eins sind, gibt es kein wirkliches Alt-Sein und keine Zeit, gibt es in Wahrheit keine Angst, sondern nur Liebe und ich kann sie sehen und mich ihr anvertrauen, wenn ich die Tür zum einen gewaltigen Meer öffne, zu meinem Herzen. Dort ist meine größte Kraft zuhause und erst wenn ich sie nicht mehr fürchte, sondern mit ihr zu leben bereit bin, kann ich aus Schutt und Asche aufstehen zu meiner vollen Freiheit, Wahrheit und Größe." Ja, das hatte Riesalia vor vielen Jahren für sich erkannt und in einem goldenen Rahmen im Hausinnern an ihre Tür gehängt. Wie ein Segen ruhte ihr Vertrauen in die Kraft der Liebe über ihrem heutigen Leben und sie fühlte sich warm eingebettet in den Strom der Zeit.

„Danke, liebes Meer", rief Riesalia noch einmal den Fluten entgegen, als sie dann wieder auf Ferdinands Haus zu schritt. Drinnen sah sie ihren Sohn mit einem Buch auf dem Sofa sitzen. Die Lichter des Hauses warfen ihr einen warmen Gruß entgegen und Riesalia freute sich auf ein schönes Gespräch mit ihrem Sohn, ganz von Kraft zu Kraft, frei von Abhängigkeit, Unterordnung und Angst. Sie war froh, dass er sich selbstständig gemacht hatte und ganz offensichtlich glücklich und zufrieden war. Welches schönere Geschenk hätte Ferdinand ihr machen können, als dies zu sehen?

Als sie dann in der Küche beieinander standen, legte Riesalia die Arme um ihn und sagte leise: „Möge das Meer dich für immer mit deiner eigenen Kraft verbinden und mögest du alles annehmen, was dir dein Leben schenken kann." Und als Riesalia in Ferdinands Augen blickte, sah sie, dass er sie verstanden hatte, dass auch er endlich eins mit den Wellen (seiner Kraft) geworden war.

Freundschaft hinter Mauern

1

„Was hast du denn angestellt, altes Haus?"
Riesalia wischte sich den Staub von der Stirn und blickte in das jugendliche Gesicht, das sie frech angrinste. Es war das erste Mal in diesen zwei Wochen, die sie nun bereits hier, im Sankt-Christophorus-Gefängnis verbrachte, dass jemand sie ansprach. Dieses Gefängnis war eine katholische Einrichtung für die harmlosen Fälle, für diejenigen, die im Grunde keine Gefahr für die Gesellschaft bedeuteten, die aber einen kleinen Denkzettel bekommen sollten.

„Ich habe beim Schlafwandeln einen Kiosk aufgebrochen und 300 Euro geklaut. Als ich morgens erwachte, lag das Geld neben meinem Bett und ich hatte keine Ahnung, wo es herkam. Aber meine Nachbarin, Frau Krüger, hatte mich beobachtet und alles der Polizei gemeldet. So habe ich eine Strafe von 5 Monaten bekommen. Langsam gewöhne ich mich an diesen Kasten und finde es ganz o.k. hier", erzählte Riesalia.

Die junge Frau lächelte Riesalia freundlich an und reichte ihr die Hand: „Mein Name ist übrigens Kastiana. Ich bin hier, weil ich ein paar Tieren die Freiheit schenken wollte. Eines Nachts bin ich einfach in das Tierversuchsheim eingebrochen und habe 50 Käfige aufgeschweißt. Was war das für ein Glücksgefühl, als die befreiten Tiere ins Freie rasten! Sofort begann die Alarmanlage zu läuten und kurz darauf wurde ich festgenommen. Ich war wie berauscht vor Glück und in dem Moment war mir tatsächlich alles egal. Lächelnd nahm ich die Handschellen entgegen und der Polizist tippte sich an die Stirn. Nun bin ich seit 4 Tagen hier und werde noch 6 Monate bleiben müssen. Wenn du magst, können wir einander in diesem tristen Laden ein wenig zur Seite stehen und uns die Tage verschönern. Magst du?" Auffordernd streckte Kastiana Riesalia die Hand entgegen. Diese sah ihr in die lachenden Augen und schlug ein.

Am Abend liefen die zwei schweigend durch den Gefängnishof. Über ihnen blitzte das Firmament und sprach zu ihnen von der Unendlichkeit des Alls, von Freude, Licht und Weite. Die Steine der Mauern, die sie umgaben, konnten nicht verhindern, dass die beiden doch in ihren Herzen jene Freiheit fühlten, wenngleich ihre Füße den Weg hinaus auch nicht gehen konnten, noch nicht. Es tat gut, nicht mehr allein zu sein und dankbar lächelten sie einander zu, als sie sich später trennten, um schlafen zu gehen.

Am nächsten Morgen wurde Riesalia von lautem Geschrei geweckt. „Ich will nach Hause, ich will hier raus, lasst mich raus! Ich dreh gleich durch, lasst mich doch endlich raus!" Schritte eilten durch den Flur, eine Tür wurde aufgerissen, sie hörte beruhigende Worte, sah durch den Schlitz in ihrer Tür, wie die Wärterin eine Spritze zückte und der alten Frau, die mal wieder einen ihrer Nervenzusammenbrüche hatte, einen Ruheschub verpasste. Ja, so einfach war das hier: wer ausrastete, wurde blitzschnell und sauber ruhig gestellt. Für alles gab es eine Medizin.

„Ist das nicht schön?" pflegte die Gefängnisdirektorin Frau Minz dazu zu sagen. „Bei uns braucht niemand zu leiden. Wir sind durch und durch eine soziale Einrichtung. Bei uns wird jedes Bedürfnis befriedigt – schnell, ruhig und bequem."
Ebenso verhielt es sich mit den Mahlzeiten. An langen Tischen wurden die Insassinnen abgespeist Zum Frühstück gab es Knäckebrot und Kakao und wer damit nicht zufrieden war, konnte im Anschluss daran noch einen Vitamintrunk bekommen.
„Ich will keine Klagen hören", sagte Frau Minz immer wieder, wenn mal Unzufriedenheit zu ihr durchdrang. „Alle erhalten hier die notwendigen Nährstoffe für höchste Gesundheit. Wählerisch braucht hier niemand zu sein. Das erspart uns und allen anderen jede Menge Aufwand. Wir alle halten uns an die Regeln und nehmen alles, wie es kommt. Der gut strukturierte Tagesablauf sorgt für ein Übriges, dass alles seine Ordnung hat und niemand auf dumme Gedanken kommt." Sie pflegte dann äußerst zufrieden zu schmunzeln. „Ja, bei uns ist noch niemand auf den Hund gekommen, höchstens auf die Katze." Gerne lachte die Gefängnisdirektorin, während sie ihre kleinen Scherzchen über

die ja ohnehin viel zu ernste Situation im Gefängnis machte. „Bedürftigkeit ist eine Zier, doch weiter kommt man ohne ihr. Wir sind hier schließlich kein Glückshaus, wo die Frauen in wohlige Zufriedenheit gebettet werden sollen. Mein Gott, sie sollen etwas lernen fürs Leben und wodurch ginge das besser als durch Härte und Entbehrung?"

Schon oft hatten diese Zitate von der Gefängnisdirektorin in der Zeitung gestanden und sie rühmte sich insgeheim ihrer so gescheiten strikten Art. Sie hatte dieses Gefängnis durchstrukturiert wie einen fein gestrickten Pullover und sie war nicht bereit, auch nur eine einzige Masche fallenzulassen. Hier sollte niemand hindurchfallen, sie wollte jede einzelne der Frauen festhalten und anbinden an ihren Platz in dem von ihr erdachten Gefüge. Was wollte sie mit dickköpfigen, eigensinnigen, mit von Sehnsüchten und Ängsten gebeutelten Insassinnen? Sie wollte sie gefügig, freundlich, gradlinig und korrekt, höflich, folgsam. Dann schließlich konnte die Gefängnisdirektorin sie irgendwann ruhigen Gewissens entlassen, darauf vertrauend, dass sie alle Kerben aus ihnen herausgeschliffen hatte, die der Welt unbequem werden konnten. Ja, Frau Minz war stolz auf ihre Führungskraft, auf ihre klare Hand und ihren Weitblick.
Sie hatte alles im Griff - so meinte sie.
Sie wusste nicht, wie dieses sorgsam aufgerichtete Gebäude ins Wanken geraten sollte, durch den Zusammenschluss zweier Seelen, durch eine Freundschaft mit der Kraft, Mauern zu sprengen.

2

Wenn Riesalia und Kastiana einander tagsüber nicht über den Weg liefen, so trafen sich die beiden Freundinnen abends, im Innenhof des Gefängnisses. Hand in Hand drehten sie dann ihre Runden und sprachen über Gott und die Welt. Es gab bald nichts, was sie voreinander verheimlichten und das Band ihrer Freundschaft wuchs von Tag zu Tag.

Manchmal träumte Riesalia von einer schwarzen Katze, die ihr Botschaften überbrachte. „Bleib", versuchte sie die Katze zu halten, doch diese kam und ging, wie sie wollte. Stets hinterließ sie ihr Kraft und Mut, doch sie blieb nie. Wenn Riesalia dann morgens erwachte, suchte sie den Boden nach schwarzen Katzenhaaren ab, doch sie fand nie eines. Es erschien ihr so wirklich und gleichzeitig wie ein Traum, doch die eigentliche Kraft schien darin zu liegen, zu lernen, der Katze ihre Freiheit zu lassen. Manchmal lag sie vorm Einschlafen lange wach und ihr war, als hörte sie die Katze singen. Es war kein klagendes Miauen, sondern eine sehnsuchtsvolle Melodie von einer inneren Freiheit und einem Glück, nach dem sie sich im tiefsten Innern sehnte. Und sie wusste, sie konnte dieses Glück nur finden, wenn sie der Katze ihre Freiheit ließ.

Es gab Tage, an denen rannte Kastiana durch den Innenhof wie ein junges Füllen. Dann brachte sie eine Kraft zum Ausdruck, die vor Lebensfreude nur so zu bersten schien und durch keine Mauern der Welt zu beugen war. Riesalia stand mit leuchtenden Augen am Rand und sah der Freundin zu, die in ihrer Lebendigkeit badete und sie spürte die Fluten, die zu ihr herüber spülten und sie einluden mitzukommen ins Abenteuer Leben. Nichts schien Kastiana dann aufhalten zu können und doch wusste Riesalia es besser, wusste von den Ängsten, die die Freundin mit sich trug. Wenn dann die Gefängnisdirektorin auftauchte und mit zusammen gebissenen Zähnen daran gemahnte, dass es Zeit zum Arbeiten war, zuckte Kastiana nur mit den Schultern und gehorchte. Die Flamme in ihren Augen jedoch brannte weiter, das konnte Riesalia sehen, wenn sie dann neben Kastiana an den Nähtischen stand oder über dem Ofen hing und kochte. Selbst durch den Dunst der brutzelnden Pfannen konnte sie das Feuer in Kastianas Augen sehen, das wild entschlossen war, zu brennen und der Welt sein volles Licht zu zeigen.

Nachmittags, auf den üblichen Spaziergängen hinunter an den reißenden Fluss der vor dem Gefängnis die wilde Landschaft durchbrach (immer in Begleitung einer Wärterin, versteht sich), hielten die Freundinnen einander bei den Händen und Riesalia konnte das ungeduldige Kribbeln spüren, das Kastiana oft durchströmte. Es war Kastianas unbändiger Drang nach Freiheit und Leben, es war diese Kraft in ihr, die immer wieder aufstehen und „Ja" sagen würde, komme, was wolle.

„Was hat dich so müde gemacht?" fragte Kastiana die Freundin auf einem dieser Spaziergänge. Sie wusste bereits einiges vom Leben der 74-jährigen, wusste, dass diese früher die Welt umreist und so manches Abenteuer erlebt hatte. Kein Weg war ihr zu weit gewesen, keine Herausforderung zu schwer, so schien es, und doch...

An ihrem nach innen gekehrten Blick konnte Kastiana sehen, dass Riesalia ein schwarzes Tuch vor das Fenster ihrer Seele gehängt hatte. Die Sonne dahinter war wolkenverhangen und oftmals kaum zu sehen. Warum hatte sie das Fenster zu ihrer Lebendigkeit zugehängt? Riesalia ließ ihren Blick über die Felder schweifen, die den Weg zum Fluss säumten.

„Ich bin viel herumgekommen in der Welt, das weißt du. Auch ich war einmal unersättlich nach Leben, so wie du. Ich habe meinen Preis dafür bezahlt. Ich habe mich leichtsinnig genannt und vieles bereut, in das ich offenen Herzens rannte. Weißt du, nicht alle Menschen sind achtsam mit dir. Viele trampeln auf den zarten Pflanzen deines Innersten herum, ohne es jemals zu merken und schreien laut, wenn du sie einmal nicht beachtest. Ich habe gelernt, dass es besser sei, mich einzuigeln, habe mir ein Schneckenhaus gebaut und mich warm angezogen, damit die lauen Lüfte des Lebens mich nicht mehr so berühren können. Es hat zu wehgetan und ich war oft einsam, weißt du. Und das schlimmste ist: irgendwann beschloss ich, dass es besser sei, dass ich einsam bleibe, dass niemand mich mehr so verletzen kann. Ich habe gelernt, mich in den steinernen Hallen meiner inneren Burg zu bewegen, ohne die Kälte zu spüren, die dort herrscht. Ich habe gelernt, mich mit dem zufrieden zu geben, was ich mir selber geben kann, habe den Hunger und die Sehnsucht nach menschlichem Miteinander mit manchem Becher Wein hinuntergespült, um zu vergessen, was ich einmal wollte.
Auch ich habe einmal geblüht und mich in jeden Sturm gestellt und standgehalten, so wie du. Und dann kam die Zeit, wo ich mich bewusst von meinen Blättern trennte, wo ich mir Fülle und

Blüte versagte, wo ich mir alles vom Mund absparte, was mich hätte satt machen können, einfach aus Angst, es wieder zu verlieren. Ich wollte nichts mehr verlieren, die Angst davor war einfach zu mächtig. Und während ich einherging und mir jeden Wunsch versagte, trocknete ich von innen aus. Ich versuchte, mich wie ein leeres Haus zu fühlen, jedes Gefühl von Schmerz aus meinem Innern zu tilgen und jeden Traum, der mein Herz hätte höher schlagen lassen, zu vergessen. Ich beherrschte mein Leben mit eiserner Hand und wusste doch oftmals nicht, ob ich das Recht noch hatte, es Leben zu nennen." Riesalia lachte heiser. „Einst war ich weit bekannt für meinen Schalk, für meinen unzerbrechlichen Optimismus, für meine beständige Kraft, die durch nichts zu erschüttern schien. Wo ist all das geblieben?"

Traurig hob Riesalia die Schultern und sah wie nach einer Antwort suchend in die Fluten des Flusses, an dem sie nun angekommen waren. Dann fuhr sie fort: „Irgendwann habe ich mit aller Kraft versucht, das Wasser meines Lebens am Fließen zu hindern, jede Bewegung zu vermeiden, die mich in Unbekanntes führen könnte, habe versucht, die Uhren zum Stillstand zu bringen. Ich übte mich in trübsinniger Gleichgültigkeit - dies schien mir die beste Haltung zu sein, um dem Leben gegenüber endlich nicht mehr verletzbar zu sein. Ich hatte Angst vor den Gefühlen von Hilflosigkeit und Ohnmacht, die mich überrollen konnten, wenn mir Dinge wirklich nahe gingen. Ich wollte obenauf sein, alles im Griff haben, unbesiegbar sein. Ha", sie lachte trocken und wischte ein imaginäres Etwas von sich.

„Du wirst es nicht glauben", fuhr Riesalia fort, „aber je mehr ich glaubte, durch meine gleichgültige, coole Haltung erhaben zu sein, umso ausgelieferter war ich. Ich merkte es nur nicht, rannte herum und hielt mich für wer weiß wie gerissen, bis es anfing wehzutun und mich zu quälen.
Nachts überfielen mich diffuse Schmerzen, ich hörte von irgendwoher Schreie, als wenn jemand in Not wäre. Etwas begann, in meiner Brust zu reißen und zu nagen und ich begriff mühsam, dass das, was ich mir als perfekte Burg geschaffen hatte, das Gefängnis war, in dem ich zu ersticken drohte. Doch wie herausfinden aus dem, was ich mir doch so perfekt zu Recht

gemeißelt hatte? Wie die Kraft aufbringen, all die Argumente zu hinterfragen, die ach so logisch klangen, und die besagten, dass doch so alles in bester Ordnung war? Ich kämpfte gegen den Drang zu leben, doch es riss an mir und ließ mich nicht los. Nacht um Nacht lag ich wach und kämpfte mit den Schatten meiner Vergangenheit. Sie alle riefen meinen Namen und wollten mich mit sich nehmen ins Nichts. Ich stemmte mich dagegen, doch sie lachten überlegen und riefen: „Du schaffst es nicht, versuch es erst gar nicht. Du hast dein Leben hinter dir. Hast du aus all dem Beschissenen noch immer nicht genug gelernt? Was willst du dort draußen - dir noch mehr Tritte in dein Herz abholen?" Mich gruselte vor neuen Verletzungen und doch begann ich zu kämpfen. In einer dieser Nächte zog ich schlafwandelnd los und brach den Kiosk auf. Nun stehe ich hier mit dir und kann endlich einmal über all das sprechen. Scheinbar war die Kraft in mir, die leben wollte, doch stark genug, dass sie sich ihren Weg hierher gebahnt hat, wo ich dich kennenlernen konnte, Seelenschwester."

Da nahm Kastiana die Freundin fest in ihre Arme. In der Geborgenheit dieser kräftigen warmen Arme konnte Riesalia auf einmal weinen. Wie viele Jahre waren vergangen, seit sie sich zuletzt einmal hatte halten lassen, wie viele Jahre hatte sie eine solche Wärme, solchen Trost vermisst? Es tat so gut, sich damit angenommen zu fühlen und es nicht nötig zu haben, mit einem frechen Scherz die Stimmung zu heben, so wie es früher oft ihr Job gewesen war.

Noch lange standen die beiden Arm in Arm auf der Brücke und blickten auf den wilden Fluss hinab. Und auf einmal sah Riesalia sich selbst, mitgerissen von den Fluten, in panischer Angst zu ertrinken. Weil sie die Angst und die Macht des Wassers damals nicht ertragen hatte, hatte Riesalia versucht, ihre Sehnsucht zu ertränken, hatte diese am Schopf gepackt und in die Fluten gepresst: „Weiche von mir, Unheil." Diese Härte hatte sie überleben lassen und doch war ihr schwer ums Herz, als sie sich jetzt vorstellte, mit sanften Händen ihren Kopf aus dem Wasser zu ziehen und sich wieder atmen zu lassen. Das Wasser abschütteln wie ein nasser Hund, sich wieder zur Sonne erheben

und noch frierend etwas Wärme suchen.
Das konnte sie jetzt wagen, denn die Wärme, die ihr Kraft gab, war ja da, hier, in Kastianas Armen. Dankbar lächelte sie die Freundin an und gab das Zeichen zum Aufbruch. Bald war Zeit zum Abendbrot und die Wärterin, die etwas abseits auf sie wartete, war erleichtert, dass es endlich heimwärts ging.
Hand in Hand bestiegen die beiden den Hügel und beide wussten auf einmal: gemeinsam würden sie noch so manches dunkle Tal durchschreiten und zuletzt das Tor zum Licht wieder öffnen.

3

Es geschah eines Morgens, bei der üblichen tristen Runde durch den Hof. Die 76 Frauen bewegten sich monoton und lustlos im Kreis, als auf einmal ein lautes Lachen von ganz hinten erscholl. Verdutzt drehten sich einzelne um und erblickten Kastiana, die wie ein kleines Mädchen von einem Bein auf das andere hüpfte. Unzählige Zöpfchen schwangen an ihrem Kopf auf und nieder und sie trug eine weite Clownshose. Im Gesicht prangten rote Herzchen und um den Hals baumelte eine Kette mit einem riesigen rosa Elefanten. „Heute ist der Tag der Liebe!" lachte Kastiana und schleuderte Konfetti über die verwundert blickenden Frauen. Sie tanzte die lange Reihe entlang und warf lauter bunte Papiersplitter über die geknickten Köpfe.
„So ein Tag, so wunderschön wie heute..."

Gerade wollte sie ein Lied anstimmen, da stürzte die Gefängnisdirektorin in den Hof. „Ja, ist denn das die Möglichkeit!" rief sie entsetzt. „Mädchen, ab in die Reihe! Ich will noch einmal ein Auge zudrücken, aber beim nächsten Mal gibt es 1 Woche lang Spaziergang-Verbot. Und nun geh rasch auf dein Zimmer, was Ordentliches anziehen. Mädchen, wie siehst du bloß aus, was ist denn nur in dich gefahren? Hast du schlecht geträumt? Ich möchte dich zu einem Gespräch unter 4 Augen bitten, um 12 Uhr in meinem Büro." Sie warf noch einen halb strengen, halb besorgten Blick auf Kastiana, die bereits in Richtung ihres Zimmers über den Hof lief. „Diese Jugend von heute", dachte Frau Minz. „Kein Benehmen, keine Disziplin. Ich muss wohl doch noch strengere Saiten aufziehen, damit die Kinder hier was fürs Leben lernen."

Nach dem Gespräch mit Frau Minz traf Kastiana Riesalia beim Mittagessen. „Na, wie war's?" fragte Riesalia gespannt. „Och", winkte Kastiana lässig ab. „Vor der hab ich keine Angst. Die hat ja Angst vor mir!" Riesalia fiel vor Staunen fast das Tablett aus der Hand, als sie fragte:
„Wie kommst du denn darauf?"
„Frau Minz hat mich gefragt, wie ich in einer solchen Situation nur so fröhlich sein könne", erzählte Kastiana. „Sie konnte es total nicht verstehen, dass ich einfach Freude am Leben habe! Ihr Mund hat gezuckt, als ich von der Freude an Sonnenuntergängen sprach und von meiner Begeisterung für die Natur. „Mädchen, Mädchen, wo soll das mit dir hinführen?" hat sie gesagt und mich sorgenvoll angeschaut. „Es ist meine Pflicht, dich lebenstauglich zu machen und dazu gehören Vernunft, Gradlinigkeit und Ordnung. Dazu passte deine Kleidung heute früh ja nun überhaupt nicht, geschweige denn dein Verhalten. Du kannst doch nicht hier die ganze Struktur ignorieren! Ich möchte dich schon um weit mehr Benehmen bitten." Völlig verunsichert wirkte die Frau auf mich, als hätte es ihr auf irgendeine Art gefallen, die sie sich nicht eingestehen wollte. Es fiel der Gefängnisdirektorin sichtlich schwer, streng zu sein und es hat mich wahrlich nicht eingeschüchtert. Im Gegenteil: der werde ich noch zeigen, was in mir steckt!" Riesalia runzelte etwas bedenklich die Stirn, konnte sich aber ein leichtes Grinsen nicht verkneifen, denn die verschmitzte Röte in Kastianas Gesicht steckte einfach an. Hier waren sie, hinter Mauern, und doch ließ sich diese junge Frau nicht die Butter vom Brot nehmen, und schien zu wissen, was sie trotz allem felsenfest wollte: Lebendigkeit.

In der Nacht traf Riesalia wieder die Monster ihrer Vergangenheit, die sie in den Schatten getrieben hatten. Die schweren Ungeheuer warfen sich über sie und wollten ihr den Atem nehmen. Sie kämpfte träumend mit der Bettdecke und wurde endlich von ihrem keuchenden Husten wach. Sie rieb sich die Augen und sah zum Fenster hinaus. Da sah sie weit in der Ferne über den Hügeln ein Licht. Es sah aus wie ein Komet, nur dass er nicht fiel, sondern stieg „Was willst du mir sagen, Licht?" fragte sie leise und wusste doch bereits in ihrem Innern die Antwort. „Gib nicht auf. Eines Tages werden die Monster der Vergangenheit keine Macht mehr über dich haben und du wirst frei sein."

Von nun an war oft Kastianas lautes Lachen im Hof zu hören. Doch immer, wenn jemand kam, um für Ordnung zu sorgen, war sie bereits verschwunden. Ihr kraftvolles Lachen schien eine Wunderwaffe zu sein, die unbesiegbar war. Wer auch immer dieses Lachen im Keim ersticken wollte, kam zu spät. Dann war sie bereits davongehuscht, leise darüber lächelnd, dass niemand sie einfangen und ihr die Freude nehmen konnte, so sehr sie es auch versuchten. Kastianas Lachen war wie die Musik aus einem fremden Land. Wenn das Lachen abends die Mauern hinunterglitt, um Kraft für den nächsten Tag zu sammeln, suchte mancher Wärter es vergeblich zwischen den alten Steinbrocken und wilden Pflanzen im Innenhof. Zu gut hatte es sich versteckt, um am nächsten Tag wieder aufzustehen, mit frischer Kraft, jung wie der Frühling, nicht zu bezähmen und voller Tatendrang.

Und doch hatte auch Kastiana ihre Ängste, wenngleich sie sich diese selten anmerken ließ. Allein Riesalia wusste davon. Wenn sie abends, nach getaner Arbeit, in dem alten Kellerraum saßen, der mit kleinen Tischchen spärlich als Aufenthaltsraum eingerichtet war und nur selten von anderen als von ihnen benutzt wurde (die meisten zogen sich auf ihre Zimmer zurück) erzählte Kastiana manchmal davon. Dann hielt Riesalia die zitternde Hand der Freundin, die sonst nur als „Lachkanone" bekannt war. Hier sah niemand das Zittern außer der vertrauten Freundin, die ihr Geborgenheit und Sicherheit gab. Ja, Sicherheit, über dieses Thema sprachen sie oft und das waren die Tage, an denen Riesalia Kastiana weinen sah. Es gab nicht vieles in ihrem Leben, was sie so sehr verwundet hatte, nicht vieles, was die Kraft des Lachens hätte in Frage stellen können. Und doch war es da, dieses Weinen, unbarmherzig und einsam, zerrissen und ohne Widerhall, in einem eisig kalten Raum festgehalten.
Wenn Riesalia dann Kastianas Hand hielt, schien alle Kraft daraus gewichen zu sein. Zurück blieben erstarrte, klamme

Finger, Zeichen eines langen aussichtslosen Kampfes, den die junge Frau ganz offensichtlich verloren hatte. Und sie konnte es sich nicht eingestehen und sie konnte es sich nicht verzeihen. War zu hilflos, um Hilfe zu erbitten, war zu blind in ihrer Not, um noch das Tageslicht zu sehen. War zu durstig, um den Kopf noch nach einem Schluck Wasser zu heben, war zu hungrig und zu einsam, um noch nach irgendetwas zu fragen. War zu verzweifelt, um noch ein einziges Wort dafür zu finden, war zu erstarrt, um auch nur einen einzigen Finger zu bewegen. Und mitten in dem Kampf gegen die weiße Wand der Erstarrung waren da doch ihre Augen, die sehen wollten, die sich öffnen wollten, um zu leben, die frei sein wollten - doch wie, doch wie, doch wie...? Es schien nur diesen einen Schmerz zu geben und keine Antwort auf die vielen Fragen in ihrem Kopf, die auf sie einhämmerten und ihr keine Ruhe ließen, die ihr ganzes Dasein in Frage stellten und sie zermürbten, bis sie sich selbst das Blut aus den Adern reißen wollte. Warum nur, warum, warum? Und sie wusste keine Antwort Und dann war da Riesalia, still und ruhig wie ein See in einem friedlichen Wald - diese Frau, die auf einmal da war, bei Kastiana, da wo sonst nur das Reißen gewesen war und das Tosen der vielen Fragen, das Zittern und das Sterben-Wollen.

Endlich war da jemand und konnte Kastiana Ruhe geben und ihr eine Hand reichen, um in der Gegenwart zu sein. Dass diese alten Kämpfe sie doch freilassen mögen für ein Jetzt, das wünschte Kastiana sich so sehr. Dass sie nicht mehr nur mit ihrem kraftvollen Lachen die Ängste fortpusten könnte, sondern auch mit einem leisen Lächeln. Dass es weniger anstrengend wäre, zu leben. Dass mitten in den reißenden Fluten in ihrem Innern ein Kanal sein könne, der sie mit der Quelle in ihrem Innern verbinden möge, mit dem Brunnen des eigenen Lichts, in dem doch alles gesammelt war, was ihr eigen war. Nichts und niemand konnte ihr das stehlen, was dort lag. Kastiana wünschte sich so sehr, mit dem Boden dieser Quelle fest verbunden zu sein und jeden Tag an einem langen Seil frisches Wasser daraus zu schöpfen, anstatt der Welt ihr Lachen entgegenwerfen zu müssen, damit die anderen nicht merkten, dass sie in Wahrheit am Verdursten war. Sicherheit, die gab es wohl nur in ihrem

Innern - vergeblich hatte sie die oft genug außen gesucht und sich dabei immer nur endlos von ihrer eigenen Kraft entfernt. Dabei hatte sie sich in fremden Netzen verstrickt und sich abhängig gemacht, war zur Schauspielerin auf einer fremden Bühne geworden und hatte für die Bühnenstücke der anderen ihr Bestes gegeben. Und war dieses Beste nicht für Kastianas eigenes Leben bestimmt? Konnte sie denn damit nicht ihr eigenes Schicksal an den Zenit heben? Sie war es leid, die Wege anderer mit den Blumen ihrer eigenen Felder zu bestreuen, anderen zum Erfolg und zu Kraft zu verhelfen, und das alles nur deshalb, weil sie immer geglaubt hatte, ihr eigenes Leben mache sowieso keinen Sinn!

Es musste doch möglich sein, die Zeiger ihrer Kraft-Uhr auf ihr eigenes Feld einzustellen, die Strahlen ihrer Sonne auf ihr eigenes Leben zu richten und endlich, endlich an sich selbst zu glauben. So wie sie war, war sie richtig! Wie oft hatte sie sich gewünscht, wie die anderen zu sein, leistungsstärker, durchstrukturierter, härter im Nehmen, cooler... Wie oft hatte Kastiana sich mit all denen verglichen, denen jeden Tag Lob und Anerkennung zuteilwurden. Und jetzt, jetzt endlich, wurde ihr auf einmal klar, dass sie gerade da, wo sie stand, richtig war, dass sie genau mit ihren Fähigkeiten und Aufgaben und ihrer ganzen Eigenart richtig und wichtig war, so und nicht anders. Nur wenn sie dies endlich erkannte und annahm, konnte sie doch das Beste aus ihrem Leben herausholen und erfolgreich sein! Nur wenn sie die Nadel des Plattenspielers ihres Lebens ihre eigenen Rillen verfolgen ließ, konnte sie doch ihre eigene Musik hören und den vollen Klang in die Welt tragen. Solange sie versuchte, ihre Nadel in die Rillen fremder Schallplatten zu drücken, würden die Töne schräg und unglücklich klingen und sie würde niemals das Glück erfahren, zu der Musik ihrer ureigenen Lieder zu tanzen.

Und doch war nur da, in diesem eigenen Tanz, die Kraft, die ihr jemals Sicherheit geben konnte. All die Versuche, anders zu sein, hatten Kastiana niemals Sicherheit gegeben, hatten die quälenden Fragen in ihrem Innern nur verstärkt und mit aller Macht an ihr gerissen. Sie wollte endlich zur Ruhe kommen nach

all dem Vergleichen, nach all dem Reißen, nach all dem Sturm. Endlich sagen, was sie wirklich sagen wollte, sein, die sie wirklich war, tun, was sie wirklich tun wollte, aussteigen aus dem Bühnenstück der anderen.
„Es ist dein Leben", sagte eine Stimme in ihr. „Entscheide dich jetzt dafür." Und Kastiana sagte „ja", sie nahm Riesalias Hand und sagte leise: „Ich brauche dich, ich schaffe es nicht allein. Ich bin so froh und dankbar, dass du da bist." Da wusste Riesalia, dass Kastiana endlich aufgehört hatte zu kämpfen gegen das, was sie sich so sehr wünschte: dass doch einmal jemand da wäre, ganz nah bei ihr - da, wo der Schmerz und der Kampf waren, da, wo die Sehnsucht war und all das Leben in ihr. Riesalia hielt Kastianas Hand lange warm und fest in der ihren und Kastiana ließ endlich die Anspannung des jahrelangen inneren Kampfes los. Hier waren sie, zwei Freundinnen, inmitten des Sturms. Sie hielten einander bei den Händen und kein Reißen der Welt konnte sie mehr davon abhalten, dass ihre Füße endlich den Boden der Gegenwart wiederfanden für ein kraftvolles Leben.

Der Wind, der ihnen am nächsten Morgen ins Gesicht blies, war eisig. Es war später Oktober und Kastiana und Riesalia waren beauftragt, die bunten Blätter im Hofinnern aufzufegen. Wie so oft versuchten sie, sich die Arbeit durch ein wenig Lachen und Erzählen zu verschönern. Die Wärter standen abseits mit Mienen, die teils ihre Kritik ausdrückten und teils aber auch eine heimliche Freude anmerken ließen. Ja, was diese beiden Frauen hier an Lebendigkeit einbrachten, das war neu, das hatte noch niemand gewagt. Wem war auch nach Lachen gewesen, hier, inmitten der tristen Mauern? Und doch, diese zwei wagten es und nahmen weiß Gott woher die Kraft, sich am Leben zu freuen. Das verbreitete einen Hauch von Farben und Licht, den viele insgeheim genossen.

4

Und so kam es vor, dass manchmal auch von anderen ein leises Kichern zu hören war, hinter verhaltener Hand zwar noch, aber doch hörbar. Das ließ die Gefängnisdirektorin missmutig die Stirn runzeln, diese Untergrundbewegung gefiel ihr gar nicht, war doch irgendwo viel zu leger. Und doch da war auch etwas in ihr, das mitlachen wollte. Es war wie ein kleines Kind in ihrer Brust, das sie mit großen Augen ansah, wenn sie streng sein wollte und all das Lebendige, was da keimte, unterdrücken wollte. Dieses Kind sah sie an und schien zu sagen: „Mama, bitte, lasse uns doch ein wenig Spaß am Leben haben." Wenn sie in diese zarten Kinderaugen sah, konnte sie einfach nicht „nein" sagen und so ließ sie den Entwicklungen im Gefängnis ihren Lauf.

Während Riesalia und Kastiana das Laub zusammenfegten, kam ein heftiger Windstoß und riss den mühsam erarbeiteten Blätterhaufen wieder auseinander. Auch dies nahmen die beiden mit Humor und gaben sich erneut der Arbeit hin. Ihre Augen tauchten tief in die Farben der Blätter, tranken den Sommerwind, in dem diese geschaukelt hatten, nahmen die Sehnsucht in sich auf, die in den zarten Adern pochte. Fortfliegen, hinaus aus den Mauern, weit in eine Welt voller Leben, frei sein. Wie sehr sehnten sich die beiden danach und waren doch hier, gefangen. Es blieb ihnen nichts, als die Freiheit aus den Farben der Blätter zu trinken und den Traum vom bunten Licht tief in sich aufzunehmen. Es war alles da, auch hier, auch wenn sie noch gehalten waren. Sie konnten die Kraft in ihrem Innern spüren und wussten, eines Tages würde sie sich durchsetzen gegen jedes kalte „nein" und gegen jede Angst. Eines Tages würden sie die Blätter im Wind sein und in goldenes Licht getaucht (zusammen) tanzen.

Hand in Hand liefen die beiden Freundinnen wie jeden Nachmittag den Weg zum Fluss hinunter. Die Sonne tauchte die bunte Landschaft in einen warmen Lichterzauber und das Wasser funkelte orange im Abendlicht. Kastiana ließ ihre Augen bis an den Horizont schweifen und auf einmal fühlte sie in sich eine unbändige Kraft. Es schien eine Kraft zu sein, die den Himmel aus seinen Angeln heben wollte. Etwas lang Unterdrücktes schrie und tobte in ihr und rief nach der vollen Lebendigkeit. Sicher, Kastiana hatte im Innenhof des Gefängnisses ihr Lachen ausgebreitet wie einen roten Teppich, sie war getobt, hatte sich verkleidet und Lebensfreude gezeigt.

Doch jene Kraft in ihr, die mehr wollte, die hatte sie stets gefürchtet und ihr den Mund zugehalten, ihr die Luft abgedreht. Kastiana hatte stets alles gegeben, um ihr Leben von Verstand und Vernunft regieren zulassen. War es nicht das Beste, Klarste und Sicherste, vernünftig zu sein? So oft diese wilde Kraft auch gedrängt hatte, Kastianas Selbstbeherrschung war stets stärker gewesen, hatte triumphierend obenauf gesessen und war keinen Zentimeter zur Seite gewichen. Und jetzt auf einmal schrie es in ihr, unbändig, laut und nicht länger zu bremsen.

Ja, wollte sie denn nicht mehr als alles andere Freiheit und war dies nicht die Freiheit, die ihr die lang ersehnte Luft zum Atmen schenken konnte? Wollte sie denn nicht Sicherheit in sich selbst und wo lag diese denn, wenn nicht in ihrer Kraft? Sie mochte lange dagegen ankämpfen - siegen würde letztlich die Kraft. Ihre Kraft würde sich einen Weg bahnen wie der wilde Strom und durch die Steine ihrer Strenge brechen, um endlich frei zu sein. Warum also nicht jetzt das „Ja" zum Losgehen geben, das „Ja" zu ihrer eigenen Kraft? Ihre Kraft, so unverständlich es für manche sein mochte, war ihre verwundbarste Stelle.

Ihre Kraft machte sie sichtbar und manchmal wollte sie unsichtbar sein, um nie mehr unterlegen zu sein. Aber wer wollte diese Frau, stark wie ein Baum, noch umpusten? Tief in ihrem Innern wusste Kastiana, dass es nur den einen Weg gab, um endlich frei zu sein, den sie am allermeisten fürchtete: den Weg in ihre gewaltige Kraft.

Dann stand Kastiana auf der Brücke über dem Fluss und schrie. Aus tiefster Seele schrie sie all ihre Sehnsucht über das Wasser, all ihren Zorn, all ihre Angst. Kastiana hob die Hände zum Himmel und schrie, schrie mit aller Kraft und wünschte sich, einmal im Leben, so geliebt zu werden wie sie war: zart und so stark zugleich, mutig und ängstlich, verzagt und unbändig, humorvoll und ernst, an keinem Punkt der Welt festzumachen, einfach weil sie eben alles war. Sie war alles und sie wollte alles, alles, was ihr vom Leben zustand und das war weit mehr, als sie bisher empfangen hatte. Sie schrie und schrie und wollte es endlich nicht mehr halten, was da aus ihr herausbrach wie ein wilder Orkan. Und das Wasser nahm alles in sich auf, ruhig und geduldig nahm es sie an. Dann legte sie ihre Arme um Riesalia und sah sie lange schweigend an. „So wie du bist", sagte diese nur und strich ihr liebevoll übers Haar. Da wusste Kastiana, dass Riesalia alles verstanden hatte und dass sie wirklich angenommen war.

5

Und dann kam mit aller Macht der Winter, die härteste Zeit des Jahres. Der eisige Wind nahm ihnen morgens bei der Hofrunde den Atem und zog mit herrischer Miene über das Land. Die Eiskristalle an den Fenstern waren wie zusätzliche Schlösser, die den Weg in die Freiheit versperrten. Ihr kaltes Klirren war wie höhnisches Gekicher, das sie daran erinnern wollte, dass all ihre Sehnsucht noch vergebens war, dass es für sie kein Entrinnen gab.

Diese eisige Kälte legte sich schwer auf das Gemüt aller. In diesen Wochen kam es vor, dass Riesalia und Kastiana miteinander zankten, dass die Fetzen nur so flogen. War es die Hitze, die ihnen fehlte, die sie wieder ins Leben rufen wollten? Streit gehört dazu, macht doch erst echte Freundschaft aus - ja, so dachten sie, doch es gab Tage, da taten sie einander wirklich weh. Ohne es zu wollen, trafen sie sich an den verwundbarsten Stellen und rissen schmerzliche Löcher in das feine Gewebe ihrer Freundschaft. Denn so stark das Band auch war - sie beide waren doch sehr verletzlich und wollten und mussten achtsam miteinander umgehen. Dies gelang ihnen nicht immer.

Die harte Kälte riss Kerben in Riesalias Gemüt und manchmal fuhr dieser eisige Wind mit zornigem Krachen aus ihrem Innern, mitten in Kastianas warme Augen. Kastiana, die ihr Lachen in dieser Zeit vergeblich suchte, war ausgetrocknet und wund, die Kälte brannte Narben in ihre Sehnsucht. All dies ließ sie an manchem zweifeln und wie ein Zwang legte sich ein Zerstörungsdrang auf ihr Gemüt, der das Kostbarste, diese Freundschaft, zu zerschlagen drohte.

Riesalia und Kastiana rangen mit der alten Finsternis, die sie in ihren Mauern hielt und warfen einander die alten Narben zum Fraß vor. Es war ein bitterer Kampf und sie wühlten tief in ihren alten Ängsten, sahen in den Augen der anderen die Dämonen der Vergangenheit, wie verflucht von der zitternden Ohnmacht, endlich doch aufzuhören, dagegen zu kämpfen. Sie waren einander Spiegel in ihrer Verzweiflung, in ihrer Wut, in ihrem Kampf, und wussten tief im Innern doch, dass sie die Freiheit, die sie so sehr suchten nur gemeinsam finden konnten. Und wie war das zu schaffen, wenn sie sich doch bluten ließen, einander Angst machten und in den alten Wunden bohrten? Wie, wenn sie Vertrauen zu zerstören drohten in dem Kampf um ihr altes steinernes Inneres, dass sie sich erhalten wollten, dass ihnen stets Schutz gegeben hatte? Auf einmal war all das Sehnen nach Freiheit nur Spott und Hohn und sie wollten aufgeben.

Es lähmte Riesalia, zu sehen, wie sehr sie die geliebte Freundin in ihrer Angst verletzte, und es tat ihr so weh. War sie deren Vertrauen überhaupt wert? Was für ein erbärmlicher Mensch war sie, dass sie Kastiana so traurig machte? Sie wollte sich verkriechen und nichts mehr von der Welt wissen, für die sie ganz offensichtlich sowieso nicht gut genug war. Auch Kastiana fühlte sich abgrundtief schlecht, weil sie der Freundin wehtat und deren schweres Kummerbündel noch mit Schmerz belud.

Was war sie bloß für eine erbärmliche Person? Kastiana kam es vor, als würde sie alles falsch machen, als würde ihr ganzes Leben nur aus Fehlern bestehen und als sei es das Allerbeste, sich lebendig zu begraben. Es war schwer zu ertragen, das verletzte Gesicht der Freundin zu sehen, die eigene Härte zu spüren, die sie wie ein Schutzschild zwischen sie beide stellen wollte und die auf sie selbst zurückfiel wie ein schwerer Stein. Dieser Stein war die Last ihres Lebens, dieses ständige Ringen um Selbstbeherrschung und Überlegenheit, um Zähigkeit und Ausdauer. An diesem Stein wollte sie sich die Zähne ausbeißen und sich das Gebiss so derartig zertrümmern, dass sie nie mehr etwas anderes würde kauen können.

Die Härte des Lebens war sie gewöhnt, oh, ja, doch wie wollte sie sich durchbeißen, wenn sie weich und nachgiebig war? Dann sicher würden die anderen wieder wie Hyänen über sie herfallen und sie aussaugen und nichts von ihr übriglassen als jenen Stein in ihrer Brust. Jener Stein, zu dem sie geworden war, grau, verwittert und alt, jener tonlose Felsen, ohne Traum und ohne Ziel, jenes kalte Gebirge aus ungeweinten Tränen, jene unerbittliche Mauer, durch die sie nichts mehr hindurchlassen wollte. Jener Stein, der jeden Sturm und jedes Gewitter gelassen überstanden hatte, der selbst im wildesten Hagel überlegen gelächelt hatte, der einfach durch nichts kleinzukriegen war.
Wie sollte sie leben, wenn sie jene Härte aufgab, wie sich schützen, wie stark sein? Die Angst saß wie ein Dorn in Riesalias Herz und riet ihr immerzu, den Stein bloß festzuhalten. Und dann auf einmal wusste sie, dass sie wählen musste: der Stein oder die Freundin.

Mit diesem Stein in der Hand würden sie einander niemals wirklich Wärme schenken können, würden einander Angst einjagen und bedrohlich erscheinen, beide Wächterinnen des eigenen Herzens, Kämpferinnen für das eigene Überleben. Und gab es denn keinen Weg im Miteinander, wo sie ohne die Steine in der Hand achtsam miteinander sein konnten?
Es war Zeit, aufzuwachen aus ihren alten Träumen, die sie wie Monster verfolgten, Zeit, einander wirklich ins Gesicht zu schauen und Vertrauen zu schenken. Sie hatten beide Angst, aber dies war der einzige Weg in die Freiheit. Dies war der Schritt, den keine von ihnen allein gehen konnte, weil es dabei darum ging, einer anderen Person die Tür zum eigenen Herzen zu öffnen. Nur das konnte sie letztlich befreien.

Beide kämpften lange mit sich und miteinander und endlich waren sie es müde. Endlich sahen Riesalia und Kastiana ein, dass sie ihr Leben lang das alte Spiel spielen konnten und dabei immer den Monstern der Vergangenheit die Macht geben würden. Und dass es endlich soweit sein konnte, diese alten Mächte zu überwinden, endlich aus der steinernen Ohnmacht zu erwachen und neu zu beginnen, hier und jetzt.

Und sie wollten die Augen öffnen und einander ansehen. Die beiden Freundinnen wollten die andere nicht mehr als bedrohlich betrachten, sondern ihr endlich eine Chance geben, sich ihr zu zeigen. Sie wünschten sich wahre Begegnung und diese war nur möglich, wenn sie das Alte losließen und mutig das Jetzt bejahten. So reichten sie einander schließlich die Hände und legten der anderen den alten Stein hinein. Und Kastiana und Riesalia schleuderten die Steine weit von sich und nahmen einander in die Arme. Sie weinten lange und spürten doch, dass sie endlich wirklich bei der anderen angekommen waren. „Du bist es", sagte Kastiana und sah Riesalia lange an. „Schön, dass du da bist", sagte Riesalia und hielt Kastiana fest. Die Kälte der Mauern wich von ihnen, so dass die Wärme der Freundin endlich durchdringen konnte, bis ganz innen, wo der Stein gelegen hatte, dorthin, wo jetzt Freiheit war.

Und das Eis brach auf, Tropfen für Tropfen löste sich das gefrorene Wasser von der kalten Hand des Winters und strömte einer neuen Zeit entgegen. Nun kam es häufiger vor, dass die Frauen sich im Innenhof des Gefängnisses versammelten, um zu tanzen. Die Leitung dieser fröhlichen Feiern, die sie gemeinsam zu Mittagszeiten oder manchmal auch noch abends spät abhielten, hatten Riesalia und Kastiana.
Diese zwei Frauen, vom Winter gebeutelt und doch voll frischer Lebensenergie, wieder aufgestanden nach langem Kampf, mit einem Gesicht voller Lachen und Freude, sie rissen sie alle mit. Da hier Musik verboten war, fabrizierten sie die Klänge selber, indem sie sangen und in die Hände klatschten. Es gab keine unter den Insassinnen, die nicht dabei sein wollte, wenn Kastiana und Riesalia wieder durch den Hof riefen: „Zeit zu tanzen, Frauen!" Dann schwenkten viele ihre bunten Tücher und so manches ausgelassene Kreischen erfüllte den Hof. Anfangs hatte die Gefängnisdirektorin versucht, diese ihrer Meinung nach gottlosen Feiern zu unterbinden. Doch das hatte einen Kampf angestachelt und immer häufiger war es vorgekommen, dass die Frauen nachts gefeiert hatten. Und die Wärter hatten nichts dagegen unternommen, hatten behauptet, sie seien gegen diese Übermacht nicht angekommen. Da hatte Frau Minz doch klein bei

geben müssen und hatte ganz offiziell die Tagesfeiern erlaubt, damit wenigstens nachts Zucht und Ordnung herrschten.

Manchmal saß die Gefängnisdirektorin kopfschüttelnd am Fenster, wenn die Frauen unten tanzten. „Was ist nur aus meiner gut durchstrukturierten Gesellschaft hier geworden?" fragte sie sich, vor ihren Augen die bunt durcheinander wehenden Tücher und in ihren Ohren all das ausgelassene Gelächter. Doch es gab auch jene andere Stimme in ihr, jenes kleine Kind, das ihr tief in die Augen sah und sagte: „Sei doch ehrlich, Mensch, das tut dir doch gut!" Dann zuckte sie hilflos mit den Schultern und konnte doch ihren Blick nicht abwenden von all der geballten Lebendigkeit. Es schien Frau Minz zu verzaubern, schien sie aufzubrechen wie eine harte Nussschale. Und auf einmal wurde der Kern dahinter sichtbar, ein weiches Inneres und eine lang versteckte Sehnsucht nach Leben, die sie oftmals sehr erschreckte. Doch sie ließ es zu, berührt zu sein. Dieses Gefühl war wie ein Hauch von Engelsflügeln auf ihrer Haut, von der die Eisschicht abgesplittert war und die auf einmal wieder fühlen konnte.

6

Das neue Jahr brachte so manches Unerwartete. Zwei andere Insassinnen schlossen Freundschaft, was bei der eisigen Atmosphäre vorher unvorstellbar gewesen war. Hier und da kamen Gespräche auf, blitzte Interesse aneinander in den Augen der Frauen auf und sie begannen einander die Hände zu reichen, wo vorher nur Misstrauen, geballte Fäuste und Angst die Stimmung beherrscht hatten. Immer häufiger wurden gemeinsame Freizeitaktionen organisiert, bei denen das Motto „Lust auf Leben" war: Handballspiele, Fußball, Tischtennisturniere, Seidenmalerei, Musikworkshops, Lagerfeuerabend, Plätzchenbacken ...Den Ideen und Anregungen der Frauen waren keine Grenzen gesetzt, auch nicht von Seiten der Gefängnisdirektorin.

Diese schien in ihrer knallharten Gradlinigkeit aufgebrochen wie eine Stahltür und dahinter offenbarte sich wie ein lang gehütetes Geheimnis der leise, nicht zu verscheuchende und stetig wachsende Wunsch nach mehr. Mehr Licht, mehr Lachen, mehr Lebendigkeit und Freude. Sie sagte es nie, doch sie alle sahen es ihren Augen an, die scheu blitzten, wenn sie an den Tischen vorüber eilte, wo die Frauen laut lachend bastelten. Sie alle konnten jene zarte Pflanze in ihr sehen, die sich ihren Weg zwischen den alten Pflastersteinen von Zucht und Ordnung bahnte, die mit jedem Tag wuchs und die sich irgendwann durchsetzen würde. Eines Tages würde jene Pflanze, die so klein und zaghaft begonnen hatte, größer sein als all ihr Streben nach Sicherheit und Ordnung, größer als all ihre Angst.

Eines Tages würde Frau Minz aufstehen, sämtliche Papierstöße vom Tisch fegen und stattdessen mit vorsichtigen Händen Dinge aufstellen, die sie liebte. Und hatte es diese nicht all die Zeit gegeben, wenn auch heimlich im Schrank versteckt? Ja, dort verwahrte sie vor den Augen der anderen ihre Schätze, die ihr mehr bedeuteten als alles auf der Welt. Der alte Schmuckkasten aus ihrer Kindheit zum Beispiel, mit Perlen bestickt, oder die Seifendose aus Amerika, ein Geschenk von Tante Luise. Der Lieblingsgedichtband ihrer Urgroßmutter, die große weiße Muschel von Amrum und das gelbe Halstuch, das ihr vor 12 Jahren Renate geschenkt hatte, ihre kleine Schwester. Und so wie sie all ihre Schätze wieder bewusster wahrnam, kamen auch die Erinnerungen zurück und manchmal beschlich sie ein vehementes Gefühl der Sehnsucht, ihre Lieben einmal wiederzusehen. In den letzten 14 Jahren hatte nichts Privates Bedeutung gehabt für sie. Frau Minz hatte keine Menschenseele gesehen außer den Menschen im Gefängnis. Sie schlief in dem kleinen Zimmer über der Gefängnisküche und wenn sie einmal das Bedürfnis hatte, etwas anderes zu sehen als diese immer gleiche Welt, dann lief sie hinunter zu der Brücke am Fluss.

Manchmal stand die Gefängnisdirektorin dort und eine undefinierbare Sehnsucht beschlich sie wie ein Ruf aus weiter Ferne. Dann war ihr, als gäbe es noch viel mehr für sie als diese immer wiederkehrende Eintönigkeit des Gefängnisalltages, etwas anderes als ihre harte Strenge und ihre Lehre von Entbehrung und Verzicht. Auf einmal sah Frau Minz in den Fluten Lichter, die von einer anderen Sattheit sprachen, doch sie hatte weder den

Mut, noch die Kraft, diese Bilder zu verstehen. „So wie alles ist, ist es gut", dachte sie dann stets bei sich, „sauber, glatt, geregelt, alles paletti, Frau Minz, was willst du mehr." Und doch war da das leise Pochen und manchmal wünschte sie sich nichts sehnlicher, als dieses abzustellen, um endlich ganz hinter jener Nebelwand zu verschwinden, wo kein Messer der Welt sie treffen und nichts sie verletzen konnte. Denn schließlich war sie hier, Direktorin dieses Gefängnisses, weil sie am eigenen Leib erfahren hatte, was Kriminalität bedeutete. Damals, nach dem Überfall auf sie, der sie nicht nur mit 3 schweren Bauchnarben, sondern auch mit einem gewaltigen Schock zurückgelassen hatte, da hatte sie beschlossen, dass sie an einen Ort gehen wollte, wo sie klare Kontrolle ausüben und solche Geschehnisse vermeiden konnte. Sie, Sophie Minz, war jung, sie war stark, sie war fähig und sie war eine hochbegabte Führungskraft. Es war kein Problem gewesen, diese Stelle zu bekommen, vielleicht auch deshalb, weil es wenige Frauen gab, die an einem solchen Job Interesse hatten. In all den Jahren war sie hinter der Facette der knallharten Direktorin verschwunden und nie hatte jemand in Frage gestellt, was sie nach außen zeigte.

Erst das Aufkreuzen dieser beiden Frauen, Riesalia und Kastiana, hatte ihr Gebäude ins Wanken gebracht. Lange Zeit hatte Frau Minz versucht, dagegen anzukämpfen, was die beiden um sie herum und in ihr in Bewegung setzten. Sie hatte es anfangs als irrsinnig bedrohlich erlebt und ihre alte Welt wie ein non plus Ultra hingestellt, an dem nichts rütteln dürfe. Dann ab und zu hatte Sophie Minz es gewagt, die Freude beim Durchgerüttelt-Werden zu empfinden. Und jetzt schließlich war da eine Tür in ihr aufgegangen, wo der Gefängnisdirektorin auf einmal klar wurde, dass ihr Leben der letzten Jahre beileibe nicht alles war, was sie wollte. Da war viel mehr, wenn es auch leichter erschienen war, dies all die Jahre stur zu ignorieren.

Doch jetzt ließ es sich einfach nicht mehr ignorieren, es schüttelte Sophie Minz durch und rief sie in ein neues Leben. Und dann kam der Tag, da beschloss sie aufzuhören, dagegen zu kämpfen. „Komme, was wolle", sagte sie zu sich, „ich gehe mit dem Strom." Daher hatte die Gefängnisdirektorin auch nichts dagegen

einzuwenden gehabt, als die Laune-Veranstaltungen im Gefängnis eingeführt wurden - zwar nicht von ihr, aber was machte das schon?
Ja, sie war inzwischen sogar bereit, größere Entscheidungen an andere abzugeben und musste nicht mehr über alles bestimmen. Was hatte sie sich früher über Kleinigkeiten aufgeregt! Jetzt wuchsen in ihr eine Gelassenheit und Ruhe, die taten ihr einfach gut.

Auch die Insassinnen freuten sich an der Veränderung, die mit der Direktorin vor sich ging und so geschah es, dass eines Morgens ein riesengroßer bunter Blumenstrauß auf ihrem Arbeitstisch stand mit lieben Wünschen und Unterschriften der gesamten Truppe. Das war der Tag an dem die letzte Eisschicht brach. Etwas in Sophie Minz wurde frei, ein Vogel breitete seine Schwingen aus und verließ den dunklen Keller ihres früheren Lebens. Auf einmal wollte sie singen und tanzen, lachen und jubeln. Und sie lief hinunter in den Hof, rannte an all den verdutzten Gesichtern vorbei, die sie noch nie so erlebt hatten, mit leuchtenden Augen, ohne jegliche Haltung. Und sie wusste genau, wohin sie wollte. Geradewegs auf Riesalia und Kastiana lief sie zu und nahm die beiden fest in ihre Arme. Dann wandte Frau Minz sich zu den anderen Frauen um und rief laut: „Heute Abend feiern wir ein rauschendes Fest zu Ehren dieser beiden Frauen und dieser wunderbaren Freundschaft, die hier bei uns begann und hoffentlich noch lange halten wird!" Ein lautes Jubeln war die Antwort und Frau Minz stand inmitten dieser Menge, die sie früher regiert hatte, in der sie sich immer fremd und einsam gefühlt hatte und endlich, endlich war sie ein Teil des Ganzen und gehörte dazu.

7

Diesen Abend würde Frau Minz wohl niemals vergessen. Und nicht nur sie. Ein wunderschöner klarer Sternenhimmel wölbte sich über ihnen-und verzauberte alles. Und war es nicht Zauber gewesen, den diese beiden Frauen, deren Freundschaft sie heute feierten, an diesen Ort gebracht hatten, wo zuvor nur kalte Mauern geherrscht hatten? Wie war das nur möglich, dass sie jetzt alle dort standen, einander umarmten, zusammen lachten und hier, inmitten des Gefängnisses, glücklich waren? Lebensfreude war das Wundermittel gewesen, das ihre Herzen aufgeweicht hatte, Lachen, Freundschaft, Miteinander. Was war sie bloß für ein Trottel gewesen, dass sie so gegen all das angekämpft hatte, was jetzt ein einziger Segen war, dachte Frau Minz bei sich. Wieso hatte sie mit solch eiserner Hand all das zu verhindern versucht, was doch jetzt ein Geschenk war für sie alle? Es war die Angst gewesen, die Angst vor Veränderung, und auf einmal war sie froh, dass Riesalia und Kastiana sich mit solcher Hartnäckigkeit gegen sie durchgesetzt hatten.

„ Auf die beiden Ehrengästinnen, Kastiana und Riesalia!" rief die Gefängnisdirektorin jetzt und gab der Kapelle ein Zeichen. Diese spielte einen lauten Tusch und begann dann mit einem flotten Liedchen. Die ersten Frauenpaare taten sich zum Tanz zusammen. Sie wirbelten durch den Innenhof und schienen alles fortzufegen, was einst die Stimmung hier beherrscht hatte. Und Frau Minz war froh darüber. „Wer tanzt mit mir?" fragte sie jetzt munter zum Erstaunen aller. „Aber gerne doch", lachte Kastiana, nahm die zum Leben erwachte Gefängnisdirektorin bei der Hand und drehte sich mit ihr im Kreis. „Zufrieden mit der Lage in Ihrem Gefängnis?" fragte Kastiana und sah der Direktorin direkt in die Augen. „Mehr als das", antwortete Frau Minz und nickte ihr schweigend einen Dank zu.

Zwei Stunden später waren die langen Tische voller Salate leergeräumt und die Frauen gingen zum geruhsamen Teil des Festes über. Frau Minz erzählte aus ihrer Jugend, Wunderkerzen brannten, viele Hände wurden gereicht. Kurz vor Schluss stand Frau Minz noch einmal auf, um eine kleine Ansprache zu halten: „Ich möchte noch einmal betonen, dass es in meinem Leben wenige Dinge gegeben hat, die entscheidende Veränderungen gebracht haben. Meist waren die Anlässe zu größeren Umwandlungen doch trauriger Natur. Ich lernte aus Schrecken, zog aus Verletzungen und Schicksalsschlägen meine Konsequenzen. Selten lernte ich aus unerwartet Positivem. Meist sträubte ich mich gegen diese Art des Lernens, war es mir doch durch und durch suspekt.

Dass es Anlass gibt, an das Gute zu glauben, das sich gegen alle Macht des Negativen durchsetzen kann, das habe ich aus den Erfahrungen gelernt, die ich mit dieser Freundschaft hier gemacht habe, mit der Freundschaft von Kastiana und Riesalia!" Frau Minz hob ein wenig die Stimme, um fortzufahren: „Selten sind mir Frauen mit einer solchen Energie und Lebensfreude begegnet, mit einer Natur, die sogar mir standzuhalten wusste - Hut ab, meine Lieben!" Sie lachte einsichtig. „Und mehr noch: Frauen, die das Leben zu lieben wissen, mit all seinen Ecken und Kanten, die den Ängsten und Schmerzen die Stirn bieten und sich nicht einschüchtern lassen von der Macht der Vergangenheit. Frauen, ihr habt mich daran erinnert, dass auch ich einmal das Leben liebte und ich habe zu meiner Lebensfreude zurückgefunden. Es war kein leichter Weg für mich, das wisst ihr alle, doch dank euch, eurem zähen Widerstand und eurer unerschütterlichen Lebendigkeit habe ich es geschafft. Hier stehe ich und fühle mich wie neugeboren. Ich möchte euch allen danken und vor allem den beiden, die den Stein ins Rollen brachten: Riesalia und Kastiana!"

Und dann standen die beiden dort, vor all den jubelnden Frauen und inmitten des Hagels von Händeklatschen, Lachen und Triumph wussten sie beide: es war die Mühe wert gewesen und diesen langen, beschwerlichen Weg. All die Kämpfe, die Riesalia und Kastiana mit sich selbst und miteinander ausgefochten hatten, all das verzweifelte Aufbegehren gegen die alten Mächte und das stille, haltlose Sehnen nach Freiheit.
Und was konnte Freiheit mehr sein, als dieses Glück, das sie jetzt empfanden? Freiheit zu lachen, Freiheit, einander in den Armen zu halten, Freiheit sich von all den lachenden Frauen geliebt zu fühlen, Freiheit, selbst die
Gefängnisdirektorin glücklich zu sehen.

In einer Woche würden sie dieses Gefängnis verlassen, jenen Ort, an dem sie einander gefunden und gemeinsam so viel fürs Leben gelernt hatten. Diesen Ort, an dem sie die Macht der Mauern erfahren hatten wie noch nie in ihrem Leben, um sie endlich für immer zu brechen, um endlich frei zu sein.

8

An jenem Morgen wachte Riesalia früher als gewöhnlich auf. Sie blickte durch das verschmutzte Fenster mitten in den allerschönsten Sonnenaufgang. Ihr war kalt und sie zog die Decke fester um sich. Und als sie die wärmende Decke so an sich gepresst hielt, wusste sie auf einmal: das war es gewesen und sie hatte es gebraucht, all die Jahre. Wie ein schützender Kokon war diese Hülle um sie gewesen, die nichts an sie heranließ, jene knallharte Mauer, sie war so wichtig gewesen. Hinter jener weißen Wand war friedlicher Einklang gewesen, dort hatte sie Sicherheit gesucht und gefunden. Und war es auch jene Sicherheit gewesen, durch die sie nichts mehr hatte fühlen können, die Lebendigkeit verhindert hatte, so hatte doch gerade das ihr Überleben gesichert. Hinter jenen Mauern war ihr Zuhause gewesen, hier lebte sie ruhig, fest und unerkannt. Sie hatte jene Stille gebraucht, um sich von all den Schmerzen zu beruhigen, die sie zu zerfressen drohten. Jene Wand, härter als der härteste Stahl und jenes Urteil, mit dem sie alle, alle dort draußen als Feinde gesehen hatte. Jenes gradenlose Beil, das sie über all die ihre Nähe suchenden Gesichter hatte sausen lassen, jenes spöttische Lachen, dass sie tatsächlich glaubten, ein Durchdringen zu ihr wäre möglich.

Und nun war jemand zu ihr durchgedrungen, jene mutige, kraftvolle, junge Frau, Kastiana, die mit ihrer wildlebendigen Art an ihren Mauern gerüttelt und sie schließlich mitgerissen hatte, mitten hinein, ins Leben. Mit ihr zusammen wollte sie jeden Stein dort draußen umdrehen, um das Leben darunter zu entdecken, wollte nichts mehr so stehen lassen, wie es immer gewesen war, sondern die Umdrehung der Erde bejahen, die sie bewegen würde, jeden einzelnen Tag. Und war das Konstante, Stabile und Halt-Gebende auch stets die Mauer gewesen, so war es jetzt die Kraft in ihrem Innern, die leben wollte. Aus den Steinen der Mauer war ein Felsen geworden, jener Felsen, auf dem sie stand. Hier war sie, alt und dennoch ungebrochen, weil sie an das Leben glaubte. Gemeinsam mit ihrer Freundin hatte sie die Freude am Leben wiederentdeckt und sie fühlte sich jung, voller Energie und Tatendrang.

Ruhig schob Riesalia die Decke zur Seite und stand auf. Von draußen waren die ersten Geräusche des Tages zu hören. Heute war der Tag an dem sie beide entlassen wurden, Kastiana und Riesalia. Eine Zeit ging zu Ende, eine Zeit hinter Mauern, die etwas in ihr befreit hatte, eine Zeit, die sie, so hart und unerbittlich so manches hier gewesen war, niemals vergessen würde. Riesalia öffnete die Tür und da stand Kastiana vor ihr und strahlte sie an. „Kommst du?" fragte sie und streckte ihr die Hand entgegen. Und Riesalia nahm ihre Hand.

Draußen wölbte sich ein Regenbogen über den beginnenden Tag. Die leuchtenden Farben schienen die beiden in ihre gemeinsame Zukunft in Freiheit zu rufen. Jede einzelne der Farben war eine Verheißung, erzählte von Freude und Glück eines neuen Lebens. Hinter der weißen Wand waren keine Farben gewesen und keine Lichter, nur eintöniges Grau in Grau, das zwar allen Kummer abhielt, aber auch alle Freude. Und jetzt endlich hatten sie wieder den Mut, Mut zur Freude. Auf einmal war Riesalia, als hätte sie nie begonnen, um niemals den Lichtern eines abfahrenden Zuges nachzuweinen. Als hätte sie nie die Augen geöffnet, um sie niemals schließen zu müssen. Sie hatte so entsetzliche Angst vor Verlusten gehabt, dass sie stets Angst gehabt hatte, ihr Herz überhaupt an etwas zu hängen. Denn war Verlust nicht wie Sterben? Aber was war Leben, wenn sie nicht wagte, ihr Herz zu öffnen? Dies war das Tor zur Freiheit, ihr Herz.

Sie wollte die Angst, weit hinter sich lassen und endlich Vertrauen, Liebe und Kraft über ihr Leben entscheiden lassen. R wollte losgehen, den Wind in den Armen, und endlich ohne Furcht all das annehmen, was ihr doch zustand, seit jeher. Jene Fülle, die ihr Leben in Wahrheit war, jenes Leuchten, das sie verzaubern konnte, jener Mut, der die Weichen ihres Lebens neu einstellen konnte, jenes Vertrauen.

„Mit dir möchte ich neu anfangen", sagte Riesalia zu Kastiana und umarmte die Freundin.

Vor dem Tor hatten sich alle Frauen zum Abschied versammelt und auch Frau Minz fehlte nicht. Viele Umarmungen und gute

Wünsche strömten auf die beiden Freundinnen ein.
Die Gefängnisdirektorin hatte Tränen in den Augen.
„Wir kommen mal zu Besuch", versprachen ihr Riesalia und Kastiana.

Als sie dann das Gefängnis hinter sich ließen und in die Weite hinaus schritten, nahm der Wind sie bei der Hand, ruhig, sanft und sicher, behutsam, sorgsam, fest, und strich ihnen durch die Haare. Die Ebene, die vor ihnen lag, war ihr Leben - weites, zu bestellendes Land, das auf die Liebe und die Arbeit ihrer vollen Hände wartete. „Nun sind wir frei", sagte Kastiana und sah Riesalia in die Augen. In ihren Augen konnte sie den Himmel sehen, der offen war wie ihre Hände, die sie ihr entgegen streckte. Kastiana nahm Riesalias Hände fest in die ihren und sagte: „So wie wir diese Freiheit gemeinsam gefunden haben, will ich noch manche Freiheit mit dir teilen. Denn mit dir zu sein, das hat mich so frei gemacht."
„Ja", nickte Riesalia. „Das will ich auch."
Und ihre Füße folgten ihren offenen Augen.

Zur goldenen Riesi

Im Gasthaus „Zur goldenen Riesi" brannte noch Licht.
Müde und zerschlagen von einem langen Tag trat ich ein.
„Hey, hallo!" erscholl es von hinter der Theke. „Wer ist denn da?
Meine Ehrengästin macht mir mal wieder die Ehre ihres Besuchs!
Altes Haus, was kann ich dir anbieten?"
„Einen Erdbeergrog, bitte, aber mit ordentlich Haselnuss-Aroma und Zimt!"
„Sekündchen", trällerte meine alte Freundin Riesalia, die die Besitzerin des Lokals war. Ihre lila getönten Locken schimmerten im Licht der Barlaternen.

In jeder Ecke des urgemütlichen Raumes hatte Riesalia alte englische Laternen aufstellen lassen. Wenn sie Lust dazu hatte, schmiss die Chefin zusätzlich zum Laternenlicht noch ihre Nebelorgel an. Dann waberte echter Londoner Nebel über den Boden des Lokals und Riesalia seufzte jedes Mal zufrieden auf: „Wie in der alten Zeit! Weißt du noch, Kastiana?"

Natürlich wusste ich. Damals hatten wir uns in England kennengelernt, mitten im kältesten Londoner Winter. Immer wieder sehe ich die Bilder vor mir: eine gesetzte Dame von Welt, so schien es mir, saß neben einer Laterne auf dem Boden. Die Arme um die Laterne gelegt, sang sie ein altes Lied.
„Spinn ich oder träum ich?" fragte ich mich, da rief die Gestalt mir aus dem. Nebel zu: „Hey, Mädel, setz dich zu mir, ich will dir was erzählen!" Vorsichtig schlich ich mich an die scheinbar leicht verwirrte Dame heran. Diese rief lachend: „Ich beiße nicht!"
Ja, so lernten wir uns damals kennen, im Londoner Nebel, Riesalia und ich.

Ich merkte bald, welcher Schalk und welche Lebensgerissenheit, welches Naturwunder sich hinter dem Anschein der gesetzten Dame verbarg. Sie hielt von Anfang an nicht damit hinter dem Berg, sich mir wirklich zu offenbaren. Und, oh ja, sie war eine

Offenbarung! Ich war zunächst starr vor Staunen, welch frischer und verquerer Lebensgeist (so gar nicht eingeordnet wie die anderen älteren Damen) sich hinter ihrem Outfit Marke „Nobeldame von Welt" verbarg. Wir lachten viel und als wir uns zum Abschied die Hand reichten, wussten wir, dies würde eine Freundschaft für immer sein.

Ich rieb mir die Stirn und kehrte in die Gegenwart zurück. Thekenlicht und eine lachende Riesalia strahlten mir entgegen. „Ferdinand, hol bitte noch ein Fass Erdbeergrog aus dem Keller", rief sie ihrem Sohn zu. Der tippte kurz zum Gruß an seine Matrosenmütze und bewegte sich in Richtung Treppe.

Seit seine Mutter das Lokal „Zur goldenen Riesi" eröffnet hatte, war Ferdinand von schier besinnungsloser Hochachtung für Riesalia. Er bewunderte ihre Zähigkeit, mit der sie mit 60-jährigen Männern an der Theke Armdrücken machte. Sie verlor kein einziges Mal. Und jedes Mal schmiss sie, die Siegerin, im Anschluss daran eine Ehrenrunde.

„Auf die Königin der Biere, unsere Riesalia", grölten die Männer dann und erhoben voller Respekt ihr Glas vor der Chefin. Und Riesalia stand da, das ganze Gesicht voller schelmischer Lachfältchen. Es gab keinen Gast, der sie nicht mochte und sie hatte nach ca. 2 Jahren eine feste Stammkundschaft aufgebaut.

Auch heute, nach rund 20 Jahren hinterm Tresen, sah Riesalia immer noch aus wie frisch poliert. Manch einer hätte sie heiraten wollen im Laufe der Jahre. „Ich bleib meinem Tresen treu", war stets ihre kopfschüttelnde Antwort gewesen. Das Lokal strahlte von ihrer Lebendigkeit und Wärme und wie immer fühlte ich mich pudelwohl.

Auf einmal kam Ferdinand wie von Hyänen gehetzt die Treppe hochgerannt. „Mutter, der Erdbeergrog..." stammelte er.
„Er ist alle." Zum ersten Mal in meinem Leben sah ich meine alte Freundin blass werden. „Das darf doch nicht wahr sein!" rief Riesalia. Graue Ränder traten unter ihre Augen und sie zitterte. Rasch warf sie die Nebelorgel an und nahm meine Hand.

„Weißt du noch damals in London?" fragte sie.
„Ja, sicher", sagte ich. Erleichtert seufzte sie auf. Die Erinnerung mit mir zu teilen, gab ihr Kraft. „Hab Mut, alte Freundin", sprach ich ihr zu. „Morgen kommt doch die neue Lieferung Erdbeergrog!" Sie nickte still und ich wusste, sie würde es durchstehen bis zum nächsten Tag.

Die starke Besitzerin des Lokals „Zur goldenen Riesi", die alle Männer beim Armdrücken bezwang, saß vor mir und zitterte wegen eines Tages ohne Erdbeergrog. Ich konnte es kaum fassen.

„Jungs, ich schmeiß noch eine Runde!" rief sie mit belegter Stimme in den Raum hinein und ich wusste, sie würde es schaffen. Auch morgen würde die Sonne wieder aufgehen über dem Gasthaus „Zur goldenen Riesi" und einer kreuzfidelen Lebensfanatikerin. Ja, da stand sie und sah mich an,
die allseits beliebte „Pranken-Wirtin", wie manche sie liebevoll nannten, die gute alte Riesalia.

Die Millionärin

„Der wahre Reichtum liegt in unserem Innern - da, wo Ruhe ist, wohnen unermessliche Schätze in uns." An einem diesigen Freitagnachmittag fuhren wir, Rusanna und Kastiana, zu jener alten Dame, die nach oben genannter Definition von Reichtum Millionärin ist. Die gute Seele öffnete uns die Türe mit knallorangen Lockenwicklern in den Haaren.

„Immer herein!" jodelte Riesalia und wir folgten diesem Ausbund an Humor in ihr kuscheliges kleines Hexenhäuschen. Die Millionärin hörte gerade die amerikanische Hitparade im Radio. „I love to dance!" rief sie und wirbelte herum, dass wir fürchteten, ihre wundervollen Lockenwickler würden alsbald den Erdboden küssen. Doch nichts dergleichen geschah. Mit einer gigantischen Ruhe klebten die Lockenwickler in Riesalias Haaren fest - es war erhebend. Ehrfürchtig nahmen wir in ihren Wackelsesseln Platz. Diese kuscheligen Geräte hatten die Eigenart, ihre Besitzer umher zu schütteln.

„Ich liebe es, meine felsengleiche Ruhe durch diese Erschütterungen auf die Probe zu stellen", lachte die Millionärin. „So verstärke ich die Erfahrung meines seligen inneren Gleichgewichts. Ist es nicht wundervoll?" Sie strahlte uns an, während meiner Kollegin Rusanna schon fast das Mittagessen hochkam. Scheinbar war Rusanna keine sehr in sich ruhende Person, da das Schaukeln der Sessel sie so erschütterte. Ich selbst ertrug es mit einem gelassenen Augenzwinkern.

„Wariumkibutz!" sagte Riesalia und deutete auf Rusanna. „Wie meinen?" keuchte eben jene erschöpft. „Wariumkibutz!" wiederholte die Millionärin geduldig. „Ich weiß, ihr möchtet etwas über meine Ruhe erfahren, eben deshalb seid ihr hier. Und jetzt erlebe ich eure Unruhe! Innere Verwirrung und Instabilität der Seele, Unsicherheit, Panikzustände, Chaos - all das fasse ich in meiner Theorie lebendiger Felsen als „Wariumkibutz" auf, was das Gegenteil des Felsens ist, versteht ihr?" Rusanna hustete nervös. „Na gut", sagte Riesalia. Gnädig beugte sie sich vor und schaltete einen Knopf unter ihrem Sessel ab. Sofort standen alle Sessel still. "Danke!" seufzte meine Kollegin inbrünstig und ging erst mal zur Toilette.

Später am Nachmittag hatten wir bereits viele wichtige Themen besprochen und Riesalia versorgte uns mit ihrer Lieblingsspeise: in Hagebuttentee gekochte Kohlrabi, mit Rosinen und Erdbeeren gefüllte Kartoffeln und zum Nachtisch Vanillepudding mit Pfefferbohnen. Es war himmlisch. Gemeinsam schlürften und schmatzten wir drei, bis wir uns im siebten Himmel wähnten. Riesalia stellte ihre Lieblingsmusik an: „Zelebrierte Einsamkeit in der Imbissstube". Dies war eine Meditationsmusik, die zugleich wundervoll entspannte und uns an Bratwürstchen mit Pommes frites denken ließ. „Wie ist das nur möglich?" dachte ich. Diese Musik war ein ebensolches Rätsel wie die Millionärin, erhebend in ihrer tiefen Stille und erschreckend in ihrer irdischen Schlichtheit. Die Lockenwickler auf Riesalias Kopf begannen zu glühen wie eine Million untergehende Sonnen und Riesalia wiegte summend zu der Musik hin und her.

Zwei Stunden saßen wir drei in die Musik versunken, bis wir so tief entspannt waren, dass wir uns wie Felsen fühlten. Meine Füße schienen am Boden zu kleben, mein Rücken war kerzengerade und energiegeladen, während meine Haare zu Berge standen, soviel Energie zischte durch den Raum.

Ja, diese Frau war eine Millionärin an Ruhe und Kraft. Riesalia konnte sie uns allein durch ihre Gegenwart und ihre Lieblingsmusik bis in jede tiefste Zelle unseres Seins einverleiben.

Ich atmete tief durch, als plötzlich ein Zittern durch Rusanna lief und dann saß meine Kollegin plötzlich zu einem Kind geschrumpft auf der Erde und schrie hilflos: „Schaut mal, wie klein ich auf einmal wieder bin!"
„Ach, du liebe Zeit!" kommentierte Riesalia, trotz des Schreckens vollkommen gelassen. „Rusannas „Wariumkibutz"-Anlage hat sich mit der starken Stille und der Musik nicht vertragen. Nun ist

sie wieder zum Kind geworden. So alt war sie also, als sie jene innere Ruhe noch kannte: sechs Jahre."

Ich schlug die Hände vors Gesicht, um nicht sehen zu müssen, wie Rusanna weinte. Das kleine Mädchen hatte sich in den Sessel gelegt, der ihr nun ein Bett war und schluchzte erbärmlich. „Na, na, na", murmelte die Millionärin und strich dem Kind über den Kopf. „Wird ja alles wieder gut." Dann lief sie in die Küche, um sogleich mit einem Korb voll Möhren und Kartoffeln wiederzukehren. „Dieses Gericht beruhigt und heilt mich immer unheimlich", gab sie bekannt.
„Ich werde es jetzt im ganzen Raum verteilen, um die Schwingungen auszugleichen, die Rusanna zu Fall brachten." Mit großen Schritten ging die Millionärin umher und schleuderte Kartoffel- und Möhrenstücke durchs Zimmer. Bald war der ganze Boden bedeckt. Riesalia lachte zufrieden.

„Nun unterstreiche ich diesen Effekt durch Musik", sagte Riesalia und legte seelenruhig ihre LP „Im Donner zuhause" auf. Diese Meditationsmusik war von lautem Donnerkrachen und heftigen Jubelschreien untermalt.
„Ich habe diese Musik selbst vor 33 Jahren in einem furchtbaren Unwetter in Alaska mit meiner damaligen Band „romantische Vulkangeburten" aufgenommen", erklärte Riesalia strahlend. „Es war himmlisch! Beinahe wären alle unsere Tonbandgeräte durch die Blitze zerstört worden, aber letztlich gelang es uns doch, dieses Wunderwerk an Musik und Naturgeräuschen zusammenzustellen." Riesalia unterbrach ihre magischen Handlungen kurz, um uns von jenem Abenteuer zu erzählen.
„Die Orkane waren so heftig, dass ich erfasst und durch die Luft geschleudert wurde. Ich schwebte in 500 m Höhe und hörte mit einem Mal die wunderbare Musik, die wir danach dann komponierten. Das alles war also Bestimmung! Erst hatte ich Angst, dort oben, aber plötzlich erfasste mich eine so starke Ruhe, wie ich sie nie zuvor gekannt hatte. Ich fühlte mich sicher und getragen. Und eben jene Ruhe trug mich sanft zu meiner Band auf den Boden Alaskas zurück. Sie kreischten aufgeregt, denn sie hatten um mein Leben gebangt. Ich umarmte sie alle und gab ihnen Trost und Stille. Ja, meine Lieben, dort oben, in

500 m Höhe habe ich zu jener felsengleichen Ruhe gefunden, die mich heute auszeichnet und wegen der ihr, wie viele andere, zu mir gekommen seid. In den schrecklichsten Momenten, wo uns Angst und Qual zerreißen wollen, dort können wir sie finden. Dann kann uns kein „Wariumkibutz" mehr zerreißen, kein wackelnder Sessel, kein Erdbeben und kein Streit. Dann sind wir in uns selbst zuhause."

Ich sah die Millionärin mit den Sonnen im Haar an und wusste, es war alles wahr, was sie sagte. Ich sah sie vor meinem inneren Auge durch die Luft fliegen und spürte die Intensität ihrer inneren Gelassenheit mehr als zuvor. Ich hatte ihr Geheimnis verstanden, ihr Geheimnis, das sie uns allen zu enthüllen bereit war, das aber für die meisten ein Geheimnis blieb, da sie es nicht begriffen. Ich aber sah sie fliegen und fühlte im selben Moment den Felsen in mir, ruhig und stark.

Ergriffen saß ich da und schaute nur die Millionärin an, als sie plötzlich aufstand und seufzte: „Kinder, ich hab gar nichts Süßes für euch da! Aber vielleicht kann ich euch mit Hilfe meiner magischen Verbindungen weiter helfen, speziell natürlich der verwirrten Rusanna."

Sie klatschte dreimal in die Hände und plötzlich waren wir zu viert im Raum. Mitten im Zimmer stand eine Lichtgestalt, die kichernd an einem Schild knabberte, auf dem „Wunschberatung" stand.
„Grüß dich, Mo", sagte Riesalia zu der Lichtgestalt.
„Ihr habt alle einen Wunsch frei", sprach Mo ruhig.

Rusanna wollte nur eines: wieder ruhig und fest werden. Es geschah auf der Stelle. Riesalia wünschte sich ein zweites Haus, da sie meinte, sie fühle sich die letzte Zeit etwas beengt in ihrem Helm. „Kein Problem", meinte Mo und im Nu stand ein brandneues Traumhaus auf Riesalias Wiese. „Super!", sagte Riesalia. „Nun kann ich bei Regen einfach das Haus wechseln und brauche mir um die Restaurierung des Daches keine Sorgen mehr zu machen." Gemeinsam gingen wir in das neue Haus. Es war komplett eingerichtet mit wunderschönen Möbeln und allem Drum und Dran. Selbst die Tiere fehlten nicht.

Drei Katzen, siebzehn Vögel und vier Hunde tobten durchs Haus und begrüßten Riesalia wie eine Altbekannte. „Ganz nach meinem Geschmack", nickte die Millionärin. „Einfach prächtig."

„Und nun zu dir." Mo sah mich erwartungsvoll an. „Ich wünsche mir eine erfüllte und wunderbare Zukunft", sagte ich. Mo lächelte mich warm an. Da hörten wir ein Brummen über dem Haus und liefen in den Garten. Was war das? Über Riesalias Haus schwebte ein riesiges Raumschiff, das glückverheißend auf uns herunter sah. Was mochte mir dieses kosmische Schiff bringen? Plötzlich öffnete sich eine Tür des Luftschiffs und eine Leiter fiel herab. Drei kleine Elfen kamen herunter geklettert Sie trugen je ein Tablett. Die erste reichte mir ihr Geschenk: es war ihr Lachen. Sie lachte mir so warm und herzlich zu, dass es in mich einfuhr und ich wusste: meine Zukunft wird mich glücklich machen.

Die zweite Elfe reichte mir ein magisches Blatt voll Segenswünsche für alle wichtigen Bereiche meines Lebens. Es war ein goldenes Blatt, das sich in Luft auflöste, nachdem ich es gelesen hatte. Wie ein Blitz fuhr der Segen in mich ein und Gewissheit und Hoffnung erfüllten mich. Ich brauchte es nicht mehr schriftlich. Ich hatte es in mir.

Zuletzt kam die dritte Elfe zu mir. Sie reichte mir einen magischen Teller. „Dies ist dein Leben", sagte sie feierlich. „Iss und trink. Es wird nie leer werden. Von allem wird genug da sein für dich. Du bist versorgt." Und ich nahm den magischen Teller in meine Hände und wusste sie hatte Recht. Der Baum des Lebens, der auf dem Teller abgebildet war, würde mir immer reiche Früchte schenken, beständig, liebevoll, reichlich und treu.

Dankbar sah ich die drei Elfen an, die mir zu Füßen saßen. Sie sprachen gemeinsam ihre besten Wünsche für mich in den Teller, sahen mir ins Gesicht und sagten dann: „Wir trauen dir zu, diesen Weg zu gehen, der für dich bestimmt ist. Du hast alle Fähigkeiten, die du brauchst. Liebe und Kraft umgeben dich. Wir sind bei dir." Ich dankte ihnen mit Tränen in den Augen. Dann nahmen wir Abschied und im Nu waren die drei wieder verschwunden. Vollen Herzens standen wir zwischen Riesalias

beiden Häusern. Ich sah Rusanna an und meinte: „Wie ist es dir zumute? Mir scheint, du hast am wenigsten gewünscht und am wenigsten bekommen. Oder?"
„Oh, nein", lachte Rusanna. „Was mir am wichtigsten war, war aus meiner Verwirrung freizukommen. Es war ein furchtbarer Zustand. Ich habe mich gefühlt wie ein Apfel im Schlafrock, der durch die Zitronenpresse gejagt wird."
Halb ernst, halb lachend sahen wir Rusanna an.
„Du hast erkannt, dass nichts größer, nichts wesentlicher ist, als innere Ruhe", gratulierte Riesalia ihr. „Du hast auf jeden anderen Wunsch verzichtet und nur dies eine gewählt. Ich sage dir: alles andere baut auf dieser Ruhe auf. Alles andere wird folgen. Aus dir kann eine sehr weise Zauberin werden!"

Riesalia lief in den hinteren Teil ihres Gartens und kam mit einem riesigen Strauch in den Händen zu uns zurück. „Als richtige Hexe, die ich ja bin, muss ich schließlich Misteln im Garten haben", erklärte Riesalia uns. „Diese magische Pflanze ist zu vielerlei Zauberei gut: als Verjüngungsmittel, zur Erheiterung (also als Witz - Gebräu), zur Hautpflege, für Nanoskami-Tee (der 200 Jahre alt werden lässt) und zur Tierheilung. Weiterhin ist diese Pflanze zum Erhalt der Fitness so wertvoll (damit ich jeden Tag meine 10 Runden ums Haus joggen kann, die Treppenstufen hoch hüpfen kann - ihr wisst, ich nehme aus Prinzip nur jede zweite), zum Herbeizaubern magischer Hilfe und für jede Art von Wunde. Von meinen Mistelchen gebe ich aus Prinzip nur an magische Hände ab."
Riesalia lachte mir entschuldigend zu: „Du, meine Liebe, hast sie ja sowieso, all diese Fähigkeiten. Aber Rusanna fängt gerade erst an, ihre magischen Kräfte zu spüren."
Riesalia überreichte Rusanna den Mistelstrauch mit den Worten: „Ich wünsche dir alles erdenklich Gute,
du Meisterin deiner Selbst."

Als Rusanna und ich dann heimfuhren, nach diesem ereignisreichen Tag bei der Millionärin, fühlten auch wir uns reicher als je zuvor. Rusanna hielt den Mistelstrauch fest in der Hand und sagte: „Was für ein Tag! „Wariumkibutz" ist vorbei. Jetzt kommt das Leben!"

Der Felsbrocken

Tief im Wald wohnte die kleine Hexe Riesalia. Sie war eine liebe, alte Frau, die mit vielen Tieren ihr Haus teilte. Da waren ihre Hunde Django und Filzlaus, ihre Katzen Prösterchen, Molli, Dotti und Tatze, ihre 32 Vögel, die Mäuse im Keller und jede Menge frei lebende Tiere in ihrem Garten. Wenn die kleine Hexe nicht gerade mit ihren Tieren beschäftigt war, den Garten pflegte oder las, zauberte sie, was das Zeug hielt. Sie hatte ein ganzes Haus für sich und die Tiere. Das wäre für sie viel Arbeit gewesen, wenn nicht – ja, wenn sie nicht hätte zaubern können.

Abends, wenn sie nach einem langen Tag voller Tobereien mit den Tieren und dem vielen Besuch, den sie stets bekam, müde in den Sessel fiel, war sie froh, ihren treuen Zauberbesen zu besitzen. „Fidi", rief sie, und schon kam der treue Zauberbesen um die Ecke geflitzt. Dann säuberte Fidi erst einmal das Haus, während Riesalia ein wenig las. Sie liebte es, vor ihrem roten Kamin zu sitzen und zu lesen. Wenn der Besen Fidi nach getaner Arbeit wieder zur Tür hereinkam, war Knöterich dran. Knöterich war Riesalias magischer Wischlappen, der allabendlich spülte, die Bäder reinigte und die Vogelkäfige säuberte. Das war viel Arbeit und deshalb hatte Riesalia den Lappen liebevoll Knöterich getauft. Denn der gute Lappen maulte oft. Aber er tat seine Arbeit treu und zuverlässig.

Zu guter Letzt war da noch Heinrich, Riesalias magischer Kochtopf. Heinrich betrat scheppernd das Wohnzimmer, in dem Riesalia gemütlich über ihrem Buch dösend vor dem Kamin saß, sobald der Lappen Knöterich mit seiner Arbeit fertig war. Nun war das ganze Haus sauber, nun konnte geschmaust werden. „Was beliebt Ihr heute zu speisen, verehrte Chefin?" fragte Heinrich, der Kochtopf, seine Besitzerin, die Hexe Riesalia. Diese brauchte nicht lange zu überlegen, denn schon lange bevor Heinrich gekommen war, hatte sie sich, in die Flammen des Kamins blickend, ausgemalt, was sie heute schlemmen wollte. „Mein lieber Heinrich, heute ist mir nach Kartoffelpüree mit Sahnetorte und heißem Apfelsaft", sagte sie dann zum Beispiel. Riesalias Lieblingsgericht war: Salzheringe, eingelegt in Erdbeerquark und dazu eine ordentliche Portion Nudelauflauf. Die gute Frau hatte ihren ganz eigenen Geschmack und sie liebte es, stundenlang zu schmausen. Wie bereits erwähnt, bekam die Hexe Riesalia viel Besuch. Jeden Tag kamen Kinder, Jugendliche und Erwachsene zu ihr, um ihren Rat, ihre Fröhlichkeit, ihre Gutmütigkeit und ihre magische Hilfe zu erleben.

Eines Abends, Riesalia kaute gerade an einem wundervollen Schnitzel mit Rhabarbersoße, das der liebe Kochtopf Heinrich ihr bereitet hatte, da klopfte es an der Tür. „Wer kann denn das so spät noch sein?" murmelte Riesalia leise vor sich hin, während sie zur Tür eilte. Es war schon 22 Uhr und um diese Zeit bekam Riesalia normalerweise keinen Besuch mehr. Als Riesalia die Tür öffnete, stand der kleine Junge Lollo vor ihr. Mit vollem Namen hieß der Junge Ludovico, aber alle nannten ihn nur Lollo. So auch Riesalia: „Lollo, was machst du denn um diese Zeit noch im Wald?" rief sie. „Frau Riesalia, Sie müssen mir helfen! Meine Katze ist verschwunden!" rief der Junge aufgeregt. „Ich habe Ihnen doch erzählt, dass ich zum Geburtstag ein kleines Kätzchen bekommen habe, meine Jovita. Sie ist verschwunden!" Der Junge begann zu schluchzen. „Können Sie mir nicht helfen, Jovita wieder zu finden? Sie können doch zaubern!" Ein hoffnungsvolles Leuchten erhellte die tränenverschmierten Augen des Jungen. „Komm erst einmal herein und beruhige dich, Lollo", sagte Riesalia, ganz die Ruhe selbst. „Wir werden schon einen Weg finden, dein Kätzchen Jovita wieder zu dir zu bringen."

Ja, die kleine Hexe Riesalia hatte in jeder Situation eine felsengleiche Ruhe, die ihr von einigen Leuten den liebevollen Spitznamen „Felsbrocken" eingebracht hatte. Dieser Spitzname beinhaltete, neben der Anspielung auf ihre felsenhafte Ruhe und Sicherheit, eine Anlehnung an die alten Erzählungen über Hexen in der früheren Zeit: damals sollen sie ja immer mit ihren Besen über ihren Lieblingstreffpunkt geflogen sein, den Berg mit Namen Brocken. Nun führte Riesalia, der Felsbrocken, den weinenden Jungen Lollo in ihr Wohnzimmer. Die beiden nahmen in den riesigen, kuschelweichen Sesseln Platz und sahen einander an.

„Nun beschreibe mir bitte ganz genau, wie dein Kätzchen Jovita aussieht", bat Riesalia Lollo. Der Junge erklärte: „Jovita ist weiß mit schwarzen Pfötchen und am Hals hat sie eine braune Stelle. Und sie hat eine Narbe am Bauch."
„Ah, das ist gut!" rief Riesalia laut. „Dann kann ich den Narbenzauber machen." Lollo sah die Hexe verwundert an. „Ja, mein Junge, ich habe schon überlegt, mit welchem Zauber ich jetzt am besten arbeiten kann. Erst dachte ich, ich nehme die Kristallkugel und den Zauberstab, aber nun gibt es noch einen leichteren Weg. Wenn ein vermisstes Wesen eine Narbe trägt, kann ich es mittels des Narbenzaubers zurückholen. Komm, ich werde es dir erklären!" sagte die Hexe. Gemeinsam kletterten die beiden die morsche Holztreppe in den Keller hinab. Dort unten roch es nach verfaulten Kartoffeln, selbstgekochtem Erdbeersirup und allerlei Zauberei. Denn hier war sie, Riesalias Hexenküche.

Mit großen Augen blieb Lollo in der Tür zur Hexenküche stehen, als er all die Gläser und Krüge voll mit dampfenden Flüssigkeiten sah. Da waren riesige Regale, gefüllt mit unzähligen Fläschchen, in denen Körner, Kräuter, Mixturen, Perlen, kleine Steine, Federn und viele andere Dinge abgefüllt waren. Lollo kam aus dem Staunen nicht mehr heraus. In einer Ecke der Hexenküche stand der große Zauberspiegel. In der Mitte des Raumes aber stand der große Hexenkochtopf. Nein, das war nicht der Topf Heinrich, der das Essen für Riesalia kochte, sondern ein riesiger, gusseiserner Topf zum Zaubern.

Die Hexe Riesalia schritt nun zielstrebig durch den Raum und suchte eifrig die Zutaten für den Narbenzauber zusammen: hier ein Katzenhaar, dort einen verlorenen Kinderzahn, ein Stück Baumrinde und einiges mehr. Sie warf alles in den großen Kochtopf. Zu guter Letzt gab sie eine ordentliche Menge ihres magischen Erdbeersirups dazu. „Der hilft immer", lachte sie Lollo zwinkernd zu. Dann sang Riesalia das *Narbenzauberlied*:

„Kleine Narbe, großes Zeichen,
weise du uns den Weg,
bring uns bald auf den Schwingen des Winds
Verloren-Geglaubtes zurück.

*Kleine Narbe, so wie du einst die Wunde schlossest,
um sie zu schützen, so öffne dich nun,
um aus der Wunde ein Wunder zu machen.*

Lass es geschehen!" rief Riesalia dann laut. Sie nahm Lollo bei den Händen und sagte zu ihm: „Und nun lass uns tanzen. Wir tanzen um den Kochtopf herum und singen dabei den Namen deiner Katze." Immerzu den Namen „Jovita" singend tanzten die beiden dann um den Kochtopf herum, bis Riesalia den Jungen schließlich anhielt. „So, nun ist es genug getanzt", raunte sie. „Jetzt bist du an der Reihe. Zuerst musst du dir mit Kohle den Namen deiner Katze auf die Stirn schreiben, dann musst du einmal in den Zauberspiegel lächeln und zuletzt musst du einen Löffel des Hexentranks aus dem Kochtopf trinken und dabei ganz fest an dein Kätzchen denken." Lollo tat, wie ihm geheißen: mit Kohle schrieb er sich „Jovita" auf die Stirn und trat dann vor den Zauberspiegel. Er überwand die Sorge um sein Kätzchen und lächelte zuversichtlich in den Spiegel. Schließlich stand er vor dem Kochtopf, in dem das Narbenzaubergebräu brodelte. Er schluckte, sah fest entschlossen zu Riesalia hinauf und nickte. Da nahm Riesalia den goldenen Zauberlöffel und füllte ihn mit Narbenzaubertrank. Eilig schluckte Lollo es hinunter, während er mit geschlossenen Augen und seine Daumen fest drückend an seine Katze Jovita dachte.

Da erklang ein leises Miauen aus der hinteren Ecke der Hexenküche. „Jovita!" rief Lollo glücklich und siehe da: sie war es tatsächlich! Da stand das verloren geglaubte Kätzchen mit dem weißen Fell, den schwarzen Pfötchen, der braunen Stelle am Hals und auch die Narbe fehlte nicht. Allerdings war die Narbe durch den Zauber aufgesprungen, um das Wunder der Heimkehr des Kätzchens zu bewirken. Lollo sah besorgt auf die offene Wunde.

„Kein Problem", sagte Riesalia, ganz der Felsbrocken. „Einfach ein bisschen Reis-Sonnenblumen-Creme drauf, die heilt fixer als du husten kannst." Der Junge sah Riesalia dankbar an, als diese der Katze die Heilcreme aus Reis und Sonnenblumen auf die Wunde strich. Im Nu war wieder die alte Narbe da. Lollo jubelte

entzückt. „Was für ein Glück, dass du dich damals am Stacheldraht verletzt hast, Jovita", sagte er zu seiner Katze und streichelte sie zärtlich. Dann sah er die alte Frau an. „Denn, Frau Riesalia, wenn das nicht passiert wäre, hätten Sie nicht Ihren genialen Narbenzauber machen können!"
„Ja, manchmal sind sogar Wunden zu etwas gut", seufzte die alte Frau nachdenklich. „Aber, Lollo, auch ohne die Narbe hätte ich es geschafft, dir dein Kätzchen herbei zu zaubern. Nur dass es so der leichteste und beste Weg war." Der Junge schritt auf die kleine Hexe zu und umarmte sie fest. „Ich bin Ihnen so dankbar, Frau Riesalia! Was kann ich zum Dank für Sie tun?"

„Du musst gar nichts tun, außer mit deiner Katze glücklich sein", antwortete Riesalia, der Felsbrocken. „Aber wenn du möchtest, kannst du hinausgehen und vielen Kindern von mir erzählen. Viele Kinder denken, alte Menschen seien immer streng, wollten nur Benehmen und Gehorsam von Kindern und seien sowieso von einem anderen Stern. Erzähl ihnen, dass es möglich ist, dass Kinder und alte Menschen einander wie Gleiche behandeln, verstehen, respektieren und mögen. Alle alten Menschen tragen doch ihr inneres Kind in sich und die Kinder sind oft schon sehr weise. Niemand ist im Herzen nur alt oder nur jung. Kinder und alte Menschen können zusammen spielen und lachen, genauso wie ernsthaft miteinander sprechen, einander helfen und sich zusammen am Leben freuen. Sie können einander trösten und auch mal streiten. Sie können ebenso richtig miteinander befreundet sein. Nicht alle alte Menschen sind offen und bereit für solche liebevollen Kontakte mit Kindern und nicht alle Kinder wollen diese Verbindung mit alten Menschen. Aber auf beiden Seiten gibt es interessierte und offene Herzen und die können einander finden. Oftmals können Kinder leichter den ersten Schritt auf die alten Menschen zu machen als umgekehrt, weil Kinder sowohl innerlich wie äußerlich meist die Beweglicheren sind. Also sag deinen Freundinnen und Freunden, allen Kindern dort draußen, dass sie ruhig versuchen sollen, auf alte Menschen zuzugehen, wenn sie sich solche Freundschaften wünschen. Ich glaube, sie werden viele offene Türen finden."

„Ja", versprach Lollo. „Das werde ich tun, Frau Riesalia. Ich werde den Kindern von Ihnen erzählen, wie nett Sie sind und dass es sicher viele alte Menschen gibt, die nett zu uns sind. Wir werden sie suchen und sie finden. Danke für alles! Und nun gute Nacht! Ich schaue morgen mal vorbei, wie es Ihnen geht", rief Lollo, während er dann, sein Kätzchen Jovita in den Armen, die morsche Holztreppe hinauflief.

Riesalia hörte die Haustür knallen und wusste, dass der Junge nun mit seinem Fahrrad durch den dunklen Wald jagen würde. Er würde heil zuhause ankommen, das wusste sie – denn sie hatte ihm einen Schutzzauber mit auf den Weg gegeben. Ruhig kletterte Riesalia jetzt die morsche Holztreppe hinauf. „Krach!" machte es und das Holz, angestrengt durch die Rennerei des Jungen vorher, zerbrach unter den Füßen der alten Frau. Doch nicht umsonst wurde diese faszinierende, kleine, alte Frau „Felsbrocken" genannt: während sie so zwischen den heilgebliebenen Treppenstufen hing, eingekeilt, die Füße frei schwebend, lachte sie so sehr, dass ihr die Tränen die Wangen hinunter liefen. „Fidi!" rief sie ihren magischen Besen. „Heinrich!" rief sie ihren fabelhaften Kochtopf. Alle drei kamen herbei geeilt und alsbald war das ganze Kellergewölbe von schallendem Gelächter erfüllt. Nachdem sie genug gelacht hatte, sprach die kleine Hexe Riesalia schnell den Flugzauber, der sie mit einem raschen, kräftigen Schubs durch die Luft hinauf in die Diele beförderte.

Dort stand sie dann und blickte in ihren Garderobenspiegel. Neben ihr hatten Fidi, Knöterich und Heinrich Platz genommen. „Ach, ihr Lieben", sagte Riesalia zu ihren treuen Hausgehilfen. „Ich bin zwar eine alte Frau mit einigen Falten, mit meiner lustigen selbstgeschnittenen Frisur (die mir so schnell niemand nachmacht!) und einigen Altersschwächen, aber es ist schön, dass ich noch lebe! Ich finde mich, ehrlich gesagt, ziemlich prima!" Die drei Hausgehilfen Fidi, Knöterich und Heinrich jubelten und klatschten laut zum Zeichen heftiger Zustimmung. Durch diesen Jubel wurden die Tiere geweckt. Verschlafen blinzelnd kamen die Hunde Django und Filzlaus herbei gelaufen und die Katzen Prösterchen, Molli, Dotti und Tatze ließen auch nicht lange auf sich warten. Ohne recht zu wissen, worum es eigentlich ging, stimmten die sechs Tiere in den Jubel der Hausgehilfen mit ein. Davon erwachten schließlich die 32 Vögel und stimmten sogleich fröhlich zwitschernd in das Freudenkonzert zu Ehren der von ihnen allen geliebten Riesalia mit ein.

„Jetzt bin ich in Stimmung, mit euch allen eine Mitternachtsparty zu feiern", rief Riesalia mitten in das Getöse. Der Kochtopf Heinrich applaudierte scheppernd. „Juchhu!" rief Knöterich, der Lappen, und wischte vor Freude den Garderobenspiegel sauber. Und der Besen Fidi tanzte beschwingt. „Ich gebe eine Runde meines selbstgekochten Erdbeersirups aus!" gab Riesalia lauthals bekannt. Da stand sie, eine kleine alte Frau, inmitten des Getöses jubelnder Tiere, Kochtöpfe, Besen und Lappen. Dies war ihre Welt, ihr Zuhause, nichts und niemand konnte ihr das nehmen. So schnell konnte sie nichts umschmeißen – weder Lärm, Probleme, Altersschwäche oder Sonstiges. Denn schließlich liebte sie ihr Leben, so alt sie auch sein mochte, und diese Liebe zum Leben war der Felsen, auf dem sie stand, sicher und fest.

Als Riesalia dann den Erdbeersirup austeilte und all die glücklichen Gesichter ihrer Tiere und Hausgehilfen sah, war sie von Herzen zufrieden. Im Kreise ihrer Lieben nahm sie ein großes Glas voll Erdbeersirup in die Hand, prostete allen zu und rief: „Ein langes und frohes Leben wünsche ich euch allen!"

Endstation Sehnsucht (Wiedererkennen)

„In etwa einer Stunde erreichen wir Southampton", informierte die Schaffnerin die alte Dame, die mit einem Buch in der Hand am Fenster saß und sie durch riesengroße Brillengläser ansah.
„Die Frau könnte glatt meine Schwester sein", dachte die Zugbegleiterin bei sich und rückte ihr Namensschild gerade, das an ihr Jackett geheftet war: „Riesalia Mengersdorf, Schaffnerin". Mit ihren 74 Jahren war sie die Älteste im Team des Zugpersonals und wurde von allen sehr respektvoll behandelt. Manch einer der überwiegend männlichen Kollegen staunte, wenn Riesalia in ihrem jugendlichen Gemüt einen Schwank aus ihrer Jugend erzählte, wenn sie ihren Humor zeigte, der mit den Jahren gewiss nicht abgenommen hatte. Sie wusste Witze zu erzählen, die das gesamte versammelte Team bei Laune halten konnten und sie strahlte mit feuerroten Wangen, wenn der Chef dann oftmals sagte: „Was täten wir bloß ohne dich, altes Mädchen? Was wäre das hier für ein öder und trüber Haufen?" Tatsächlich gab es viele, denen die Arbeit mit Riesalia Spaß machte, die betonten, dass ein solch fröhliches Miteinander die Arbeitsmoral um einige Grade erhöhe.

Riesalia selbst tat ihre Arbeit gern und war nun schon seit 50 Jahren Reisende dieser Art. Sie liebte das Reisen über alles, sie liebte es, die Welt zu sehen von all ihren bunten Seiten. Wie hätte sie von all dem Wunderbarem jemals mehr sehen können, als hier, in ihrem Beruf als Schaffnerin? Riesalia fand es toll, kostenlos durch die Lande zu reisen und sogar dafür bezahlt zu werden!

Mit 20 Jahren hatte sie beschlossen, ihr Leben auf diese Art zu planen und sie hatte es nie bereut. Lange Jahre hatte sie in Deutschland gearbeitet, war der Deutschen Bahn treu gewesen, dann war sie eine Zeitlang in Japan gewesen, in Amerika, in Norwegen und in Russland.

Viele andere Länder hatte sie auf kurzen Reisen gesehen, aber Fuß gefasst (sofern man bei diesem ständigen in-Bewegung-Sein davon sprechen kann) hatte sie nur in wenigen. Seit 5 Jahren lebte und arbeitete sie nun in England. Da sie die englische Sprache sehr liebte, war sie in diesem Land sehr glücklich.

Beschwingt strich sie sich nun ein paar graue Locken aus dem Gesicht, schob ihre Schaffnerinnenmütze zu Recht und fragte die Reisende: „Haben wir uns nicht irgendwo schon einmal gesehen?" Diese sah sie weiterhin mit großen Augen an und antwortete schließlich: „Ich habe das Gefühl, ich sehe Sie jeden Tag, wenn ich in den Spiegel blicke. Ich bin noch keiner Person begegnet, die mir so ähnlich war."
„Wo sind Sie geboren, wenn ich fragen darf?"
Riesalia sah der Dame direkt ins Gesicht. „In Berlin", antwortete diese wie aus der Pistole geschossen. „Ich auch", sagte Riesalia nur, und auf einmal wurde es sehr still in dem Waggon.
„12.3.1926?" fragte die Dame. Riesalia nickte nur, während sich in ihrem Kopf alles zu drehen begann. „Das gibt's doch nicht, das gibt's doch gar nicht", dachte sie in einem fort. „Bleiben Sie in Southampton?" fragte Riesalia. Die Dame nickte. „Da es die Endstation des Zuges ist, haben wir dort Aufenthalt bis morgen früh. Wenn Sie möchten, würde ich gern mit Ihnen heute Abend etwas trinken gehen. Ich habe das Gefühl, wir haben uns eine Menge zu erzählen. Hätten Sie Lust?" fragte Riesalia. „Aber gern", antwortete die Dame. Sie vereinbarten Zeit und Ort des Treffens und dann ging Riesalia, den Kopf voller Gedanken, den Gang entlang, um bei den anderen Reisenden die Fahrkarten zu kontrollieren.

Einen Moment lang blieb Riesalia am Fenster stehen und blickte auf die vorbei rasende Landschaft. Wälder und Hügel, grüne Wiesen, Seen. Nie hatte der Blick aus dem Fenster sie enttäuscht, wenn sie mit Fragen im Kopf auf ihren Reisen um die ganze Welt hinaus geblickt hatte. Stets hatte die Landschaft ihr eine Antwort geschenkt, immer hatte ihr Blick hinaus Riesalia Türen geöffnet in ein neues Verstehen ihres Lebens. Aber dies hier, dies war einfach zu unbegreiflich, als dass sie dieses Mal dort draußen eine Antwort gefunden hätte.

Doch war das Leben nicht eine Aneinanderreihung von Wundern? In all den Jahren hatte Riesalia so viel Unglaubliches erlebt. Sie hatte sich beschenken lassen von den Ereignissen, die Riesalia mit so viel Zauber und Liebe bewegt hatten. Warum nur hielten so viele Menschen das Leben für ein Jammertal? Sie selbst trugen doch den Schlüssel zum Erleben in der eigenen Hand. Riesalia hatte das Leben stets mit Liebe zu nehmen gewusst und aus allem, was ihr begegnete, ein Geschenk zu verstehen gewusst. Selbst als ihre Mutter starb, die sie sehr geliebt hatte, hatte sie in jenem Abschied das Leuchten gesehen, die Botschaft des Neuen, die dies wieder für ihr Leben hatte.

Doch nun war etwas ganz Unglaubliches in Riesalias Leben getreten, etwas, das sie noch gar nicht fassen konnte. Im Alter von 74 Jahren machte ihr das Leben ein ganz besonderes Geschenk: sie entdeckte, dass sie nicht allein war.
Sie hatte einen Zwilling!

„Blue Angel" hieß die Bar, in der die beiden Damen sich dann am Abend trafen. „Weiß Gott, du *bist* mein blauer Engel", dachte Riesalia, als ihr Zwilling, von Kopf bis Fuß in blaue Kleidung gehüllt, den Treffpunkt betrat. Immer noch konnte Riesalia es kaum glauben und rieb sich die Augen, um sich zu vergewissern, dass diese Erscheinung Wirklichkeit war. Ihr war, als würde sie nach all den Jahren zum ersten Mal sich selbst ins Gesicht schauen. War sie denn, ohne es zu merken, auf der Flucht gewesen, indem sie immer in Bewegung war und niemals zur Ruhe kam?

„Mein Name ist übrigens Rosalie", stellte sich die Blaugekleidete nun mit einem zaghaften Lächeln vor. „Und ich bin Riesalia", reichte diese dem Zwilling die Hand. Sie hielten sich bei den Händen und erzählten einander aus ihrem Leben. Es war wie ein Nach-Hause-Kommen nach langer, langer Fahrt. Es war Riesalia, als hätte sie all die Jahre auf ihren Reisen nach etwas gesucht, ohne es zu wissen. Und auf einmal hatte sie es gefunden.

Vor vielen Jahren, da hatte es einen Moment in Riesalias Leben gegeben, da hatte sie ein riesengroßes Loch in ihrem Innern verspürt. Erschrocken hatte sie sich gefragt, was dieses befremdliche Gefühl zu sagen hatte und es schnell wieder beiseitegeschoben. Ja, und nun wusste sie es auf einmal: das, was ihr gefehlt hatte, war eine Seelengefährtin, der sie alles erzählen konnte, was sie bewegte. Denn es gab nicht nur jene Welten in ihr, wo sie voller Humor und Leichtigkeit war, voller Liebe zum Leben und Freude. Es gab auch die dunklen Räume, in denen Sehnsüchte hausten, von denen sie nichts wissen wollte. Eine dieser Sehnsüchte aber war es, sich einmal einer anderen Seele voll und ganz mitteilen und zeigen zu können von ihrem tiefsten Innern. Diese Sehnsucht hatte Riesalia tief in sich begraben und keinen einzigen Gedanken daran verschwendet. Umso umwerfender war es nun, dass die Erfüllung jener Sehnsucht leibhaftig bei ihr saß, hier an der Endstation der Reise nach Southampton - hier war ihre **Endstation Sehnsucht**.

Denn wonach konnte eine Seele sich mehr sehnen, als nach wahrer tiefer Verbundenheit? Unglaublich, dass ein solcher Traum nun Wirklichkeit werden sollte, dass jener blaue Engel nicht nur eine Erscheinung, sondern greifbare Realität war, die Riesalia mit riesengroßer Freude erfüllte. Sie wollte singen, tanzen und nur noch dieser Freude Ausdruck verleihen, die sie wie eine Flutwelle erfasste. Stattdessen nahm sie Rosalie in ihre Arme und hielt sie ganz fest.

„Zwölf Jahre habe ich in Prag gelebt", erzählte Rosalie mit verträumtem Blick. „Diese Stadt habe ich wirklich geliebt. Ich hatte ein kleines Lebensmittelgeschäft und viele liebe Freundinnen um mich herum. Ich war selten allein in dieser Zeit. Von 1983 bis 1987 lebte ich in der Türkei und setzte mich für Völkerverständigung ein. Ich habe immer gern mit Menschen gearbeitet. Erst vor zwei Jahren ereilte mich jenes Gefühl, dass mir sagte, ich solle mich zurückziehen, mich auf mich selbst besinnen. Ich kaufte mir einen niedlichen Ruhesitz in Holland, nahe bei der Insel Texel. Vom Dachfenster aus kann ich hinüber schauen zur Insel. Mindestens einmal die Woche fahre ich auf die Insel Texel und erkunde mit dem Fahrrad jeden Winkel dieses wundervollen Fleckchens Erde, das ich von Herzen liebe. Von meinem kleinen Häuschen auf dem Festland aus sind es nur ein

paar Minuten bis zum Strand. Jeden Abend vor dem Schlafengehen gehe ich für ein paar Schritte hinunter ans Wasser. Das Meer ist meine ständige Begleiterin geworden. Ich spreche mit dem Wasser und es antwortet mir. Jede Welle trägt ihre Botschaft zu mir herüber und ich nehme all das dankbar an. Ich liebe es, mein Auge weit über das Wasser schweifen zu lassen und bin so voller Freude, dort zu leben. Manchmal, in der letzten Zeit, hat mich ein seltsames Gefühl überkommen, wie ein Rufen. Mir war auf einmal, als könne es noch mehr geben, als mit dem Meer zu sprechen. „Hast du jemals einem Menschen so viel anvertraut wie mir?" fragte mich das Wasser und ich musste verneinen. Dieser Gedanke war mir so fremd und ich war verwirrt. Sicher, ich war all die Jahre von unzähligen Menschen umgeben, doch stets war eine Mauer dazwischen, die uns trennte. Nie ist mir ein Mensch so nah gewesen wie das Meer.
Vor zwei Wochen nun war mir, als zöge mich eine geheimnisvolle Kraft nach England. Eine innere Stimme gab mir die Weisung, nach Southampton zu reisen. Da ich England und die englische Sprache liebe, hatte mein Verstand nichts gegen diese Eingebung einzuwenden. Ich spürte, dass mich dort irgendein schicksalhaftes Ereignis erwartet, ohne zu wissen, was es sein könnte. „Na, dann lassen wir uns mal überraschen", sagte ich zu meiner Katze Miu, die ich selbstverständlich dabei habe."

Mit einem strahlenden Lächeln zog Rosalie ihren weiten blauen Pullover ein kleines Stück hoch. Darunter wurde für Riesalia etwas Weiches, Schwarzes sichtbar. Verwundert strich Riesalia über das weiche Fell des Kätzchens. „Miu ist allerhand von mir gewöhnt und verhält sich stets ruhig und brav, wenn ich sie mitnehme in die weite Welt. Ob ich hinüber fahre nach Texel, in den Supermarkt gehe oder eine weitere Reise unternehme - sie ist immer dabei. Sie weiß genau, dass sie zuhause bleiben müsste, wenn sie nicht brav wäre. Sie begleitet mich nun schon seit 12 Jahren und wir sind zusammengewachsen wie Pech und Schwefel. Solch enge Verbundenheit hätte ich mir immer mit einem Menschen gewünscht." Rosalie lachte verlegen und blickte Riesalia von der Seite an. „Als ich dich im Zug sah, wusste ich, dass du es warst, die mich gerufen hatte, dass unsere

Begegnung der Grund meiner Reise ist. Ich freue mich sehr, dich endlich gefunden zu haben, dich, die ich mein Leben lang suchte. Ich hatte so oft das Gefühl, dass es eine Ganzheit gäbe, von der ich Teil bin und dass der andere Teil irgendwo dort draußen in der weiten Welt ist. Ich wusste nicht, wo ich hätte suchen sollen. Nun mussten wir so alt werden, um einander zu finden! Aber ich bin froh und dankbar, dass es überhaupt geschehen ist!" Rosalie reichte Riesalia ihre faltige Hand. „Ich habe viel gesehen von der Welt, aber dich zu sehen, das ist das größte Geschenk. Danke!" Während Riesalia meinte, ihr müsste das Herz überspringen vor Freude, hielt sie die Frau in ihren Armen, bei der sie nach all den Reisen endlich ein Zuhause fand.

„Wo bist du aufgewachsen?" war die unvermeidliche Frage, die Riesalia schließlich an ihre Zwillingsschwester richtete. Diese sah sie traurig aus ihren grauen Augen an und erzählte: „Direkt nach meiner bzw. unserer Geburt wurde ich ins Kinderheim gebracht. Dort lebte ich bis zu meinem 18. Lebensjahr. Ich wusste nur, dass meine Mutter eine arme Frau gewesen war, die weder Kraft noch Geld gehabt hat, mich aufzuziehen. Und wo hast du deine Kindheit verbracht, Riesalia?"

Riesalia sah die Zwillingsschwester an und ihr war es schwer ums Herz, ihr diese Wahrheit mitteilen zu müssen. „Ich bin bei unserer Mutter aufgewachsen", begann Riesalia zu erzählen. „Sie hat mir nie gesagt, dass es einen Zwilling gegeben hat. Wir hatten wenig Geld, doch irgendwie ging es immer. Mutter hatte ein sehr unstetes Wesen. Mal lebten wir in Gemeinschafts-Baracken, wo viele Leute um uns herum waren. Dann wieder zog sie mit mir durch die Lande, von Ort zu Ort. Manchmal lebten wir für ein paar Monate bei fremden Leuten. Erst, als ich in die Schule kam, wurde sie ein wenig standfester. Da lebten wir längere Zeit in Amsterdam. Dadurch kann ich perfekt Holländisch."

„Tatsächlich?" Rosalie, die ja mittlerweile in Holland lebte, sah voller Freude auf. Sie ließ eine niederländische Floskel fallen und sie lachten herzlich. „Es tut weh, das zu hören, dass du bei Mutter lebtest, während ich erzählt bekam, es wäre unmöglich gewesen, dass ich bei ihr aufgewachsen wäre. Aber da kannst du ja nichts dafür, Riesalia." Rosalia sah die Schwester wehmütig an und fragte: „Wie war sie denn, unsere Mutter?"

„Oh", begann Riesalia, „sie war nicht nur unstet, sie war auch sehr launisch. Vom einen auf den anderen Augenblick konnte sie die Stimmung wechseln. Manchmal sprach sie tagelang kein Wort mit mir, weil sie aus irgendeinem banalen Grund sauer auf mich war. Mitunter war sie mürrisch und maulig ohne Ende. Und doch, ich habe sie geliebt. Auf ihre Art hat sie doch stets das Beste für mich versucht, gerade so, wie sie es konnte. Ich weiß, im Grunde ihres Herzens hat sie mich geliebt, auch wenn sie es nicht immer zeigen konnte. Und ich bin sicher, dass sie auch dich geliebt hat, trotz allem."

Die beiden Schwestern hielten einander bei den Händen. Hier waren sie, beide mit einem Leben voller Unruhe und Bewegung hinter sich, ohne je einen Felsen gefunden zu haben, der sie tragen konnte, etwas, das Halt und Ruhe gab. Doch jetzt hatten sie einander gefunden und vielleicht war dieser Hafen die Quelle der Geborgenheit, die sie stets gesucht hatten.

„Komm mich einmal besuchen in meinem Häuschen nahe der Insel Texel", bat Rosalie Riesalia schließlich. „Da kannst du sicher sein", antwortete diese. „Sobald ich Zeit habe."

Nach einem langen gemeinsamen Abend trennten sie sich wieder - Riesalia, um am nächsten Tag wieder ihrer Arbeit als Schaffnerin nachzugehen und Rosalie, um noch ein paar schöne Tage in England zu verbringen. „Bis bald, Schwesterherz", sagte Riesalia und nahm Rosalie in die Arme. „Bis bald, Kleines", antwortete diese und drückte Riesalia fest an sich.

Dieser Abschied war ein Anfang, das wussten sie beide, der Beginn einer wundervollen Schwesternschaft. Dieses Bündnis würde für alle Zeit, die noch vor ihnen lag, bestehen. Die beiden Schwestern fühlten sich wie neugeboren, sie fühlten sich reich beschenkt. Und so war es nicht Kummer, der beim Abschied überwog, sondern Freude.

Als Riesalia dann wieder mit dem Zug weiter reiste und aus dem Fenster blickte, da konnte sie auf einmal auch jene Antwort in der Landschaft finden. Vielleicht musste es so sein, dass sie einander so spät trafen.

Irgendwo lag hinter allem, was geschah, doch ein tieferer Sinn. Riesalia war einfach dankbar über diesen Gewinn einer Schwester, egal, wie alt sie sein mochte. Jeder Tag war doch ein Neubeginn. Warum das Leben nicht jetzt von neuem beginnen, jetzt, wo sie eine Seelengefährtin hatte?

„**Endstation Sehnsucht**" - dachte Riesalia - „jede Sehnsucht findet ihre Erfüllung, früher oder später. Wir dürfen sie niemals begraben."

Die Steppenwölfin

1

„Wenn der heiße Atem der Steppe nach dir greift, dann überleg dir gut, ob es sich für dich lohnt, zu kämpfen."

Es gab eine Zeit, da hatte Riesalia diesen Spruch nicht verstanden. Lange bevor sie hierher, nach Bad Rivers, gezogen war, lange bevor ihr Schicksal als Wüstenheldin sie ergriffen hatte.

Damals, als sie zum ersten Mal diese Worte gehört hatte, da hatte sie noch als edle Dame in einem reichen Haushalt in Chichunga Waters gewohnt. Die alte Teetasse von Tante Ruby in der Hand, hatte sie leicht zu zittern begonnen, als der Reverend, der zu Besuch war, diese Worte zitierte, und ihr war es heiß und kalt den Rücken hinuntergelaufen. Es hatte sich angefühlt wie die Verheißung von etwas, das sie noch nicht ermessen, nicht greifen konnte. So fern und doch so nah war ihr ein Bild ihrer Zukunft erschienen, sie selbst in Cowboykleidung auf einem Pferd, lachend, forsch. Sie hatte sich flink am Kopf gekratzt, um dieses erschreckende Bild zu verscheuchen, das so gar nichts von ihrer angepassten noblen Welt hatte.

Da stand sie, eine Frau von Welt, verheiratet mit Jimmy, dem Besitzer sämtlicher Drugstores des Ortes. Sie hatte Geld, sie hatte einen festen Stand, sie war bekannt, angesehen, beliebt. Ihr Mann las ihr jeden Wunsch von den Lippen. War es ein silbernes Teeservice, so stand am nächsten Abend eines auf dem großen Tisch im Wohnzimmer. Ihr sollte an nichts fehlen, so hatte er stets gesagt. Und doch fehlte ihr einiges und es nagte in ihrer Brust.

Ihren Mann sah sie mit den Jahren nur noch abends vorm Schlafengehen, mit mürrischem Blick über der Zeitung hängend, genervt, wenn sie fragte, wie es denn mit einem kleinen

Gespräch sei. „Liebes, ich bin todmüde, habe einen anstrengenden Tag gehabt. Meinst du nicht, es wäre fein, wenn du mich einfach mal in Ruhe ließest?" war seine Antwort. Und wenn sie dann dastand und ihr das Gesicht fast vor Enttäuschung zu Boden fiel, dann sah er noch nicht einmal hin. Denn dann hatte er seinen Kopf schon längst wieder über die Zeitung gebeugt, die ganz offensichtlich viel interessanter war. So war es zum einen der Kontakt zu ihm, der Riesalia fehlte, und zum anderen war es Freiheit. Seit Jahren fühlte sie sich wie in einem Gefängnis. Sie wünschte sich nichts sehnlicher, als diese Türen aufzubrechen und hinauszuschreiten in ihr Leben. Nicht mehr als brave Nobeldame süßlich lächelnd Tee servieren, nicht mehr schweigend vor Enttäuschung mit zusammengebissenen Zähnen einschlafen, nicht mehr die stille Wut verspüren, dass alles, was Jimmy sagte, im Grunde leere Versprechen waren, da es ihr schlicht gesagt, an allem fehlte.

Und dann war jener Tag gekommen, an dem sie, randvoll bis obenhin mit jener Unzufriedenheit über ihr Leben, diesen Satz des Reverends gehört hatte, und die Worte hatten sie bis auf den Boden ihrer Seele getroffen. Auf einmal hatte sie gewusst, dass es da einst etwas in ihr gegeben hatte, für das es sich tatsächlich gelohnt hatte, zu kämpfen und dass es das irgendwo in ihr auch immer noch gab. Doch so sehr sie es auch versuchte, sie konnte es nicht mehr spüren. Das erschreckte sie mehr als die Macht, mit der der Satz sie traf. Es traf sie, dass sie spürte, es gab Leben dort draußen, hinter jenen Mauern ihres Lebens, dort gab es Versuchungen, Entbehrungen, Leid, Kampf, Tod, Abenteuer, Risiken, Leben!
Bei Gott, sie wollte hinaus, und nicht länger das lange weiße Kleid tragen, ihrem Mann die Pantoffeln reichen, während er ihr noch nicht einmal ins Gesicht sah, schlafen gehen mit dem Bewusstsein, dass dieses Leben eine Tretmühle war, aus der es kein Entrinnen zu geben schien. „Schluss damit!" schrie eine Stimme in ihr.

Als der Reverend gegangen war, hatte sie in aller Eile die wichtigsten Dinge in einen Koffer gepackt, Jimmy einen kurzen Abschiedsbrief geschrieben, sich die einzigen langen Hosen, die sie besaß, angezogen, die Pistole ihres Mannes eingesteckt, und los ging es. Da gab es kein Zögern, kein Zaudern, als sie aus der Haustüre trat und ein letztes Mal zurück blickte. Still und verlassen lag das prächtige Haus vor ihr, doch es konnte sie nicht mehr in seinen Bann alter Sicherheiten locken und es entriss ihr auch keine Träne, zu gehen. Nach all den Jahren stillen Wartens auf das Leben hinter all diesen leeren Zeiten, war sie auf einmal von einer Entschlusskraft, die sie pfeilschnell auf den Bahnhof zutrieb.

Sie schaute nicht links und rechts, sie grüßte die Leute nicht, um sich von nichts aufhalten zu lassen. Sie wollte nur fort. Sie löste eine Karte nach Bad Rivers, jenem Ort, wo das Leben noch toben sollte, so hatte sie gehört. Dieser Ort lag zudem viele Stunden von ihrer alten Heimat entfernt. So würde sie genügend Abstand zu ihrem Mann und ihrer Vergangenheit haben, um ganz in Freiheit ein neues Leben zu beginnen.

Als sie dann endlich im Zug saß und die Häuser und Felder an ihr vorbei rasten, da spürte sie zum ersten Mal seit langer, langer Zeit den Hauch von Freiheit. Riesalia atmete tief durch und lehnte sich mit zufriedenem und erwartungsvollen Blick zurück. Was immer ihre Zukunft bringen würde, es würde nicht mehr jene verstaubte gleichmütige Routine, sondern ein bunter Regen von Ereignissen sein, die sie durchrütteln würden und ihr endlich wieder vermitteln würden, dass sie lebte, dass sie fühlte, dass sie Mensch war.

Ruhig lächelnd schlief sie ein, den Spruch, der ihr Stein des Anstoßes gewesen war, auf den Lippen: *„Wenn der heiße Atem der Steppe nach dir greift, dann überleg dir gut, ob es sich für dich lohnt, zu kämpfen."*

2

In Bad Rivers angekommen, hatte Riesalia schnell eine kleine Unterkunft gefunden. Sie wohnte nun unter dem Dach zur Miete bei einer alten Dame. Geld hatte sie genug mitgenommen, um einige Jahre davon in Ruhe leben zu können.

Die ersten Monate verliefen recht ruhig. Riesalia lebte sich im Ort ein, wurde vertraut mit einzelnen Menschen, ließ ihr früheres Leben hinter sich und wurde heimisch in Bad Rivers. Sie hatte sich noch 3 Paar Lederhosen, schwere Jacken und einen Cowboyhut gekauft. Wenn ihre grauen Strähnen unter dem schwarzen Hut hervorlugten und das Alter dieser forschen Lady verrieten, kam manch einer über die Lebendigkeit und Kraft dieser Frau ins Staunen. Einmal wurde Riesalia von einem kleinen Jungen auf der Straße angesprochen. "Sag mal, bist du eigentlich 45 oder 70?" wollte dieser wissen, scheinbar außerstande, sie an der richtigen Ecke einzuordnen. So ging es vielen. Doch was war die richtige Ecke und war Riesalia überhaupt einzuordnen? In ihren Adern strömte das Blut einer 20-jährigen und sie konnte über die Straße hüpfen wie ein Kind. Genauso gut konnte sie die Verkäuferin in dem kleinen Lädchen an der Ecke so ausführlich über Gott und die Welt informieren, dass jene meinte, vor ihr stünde das wandelnde Lexikon der Weisheit. In solchen Momenten schätzte man sie wegen ihrer Lebenserfahrung und ihres breiten Spektrums von Wissen auf ca. 80 Jahre. Auf einem Sommernachtsball im Juni, als sie die ganze Nacht durch in ihrem schneezauberblauen Kleid tanzte und die ganze Stadt mit ihrer vollkommenen Leichtigkeit und Frische in Erstaunen setzte, wurde sie auf 40 Jahre geschätzt.

Immer wieder zeigte sie sich anders, sie schien unzählige Gesichter zu haben und zeitlos zu sein. Daher gaben die Leute es bald auf, zu versuchen, Riesalia in irgendeine Schublade zu stecken und auf irgendein Alter festlegen zu wollen. Diese Frau schien sich auf wundersame Weise zwischen Raum und Zeit zu bewegen und frei zu sein von den Schranken der Wirklichkeit. Und frei, ja, frei fühlte Riesalia sich tatsächlich, seit jenem Tag als sie Chichunga Waters verlassen hatte. Ihr war, als sei mit jenen vermeintlichen Sicherheiten eine Last von ihren Schultern gefallen, die sie seit Jahren zentnerschwer zu Boden gedrückt hatte. All die Gleichmütigkeit, Einsamkeit, die Zwangsjackenstimmung, die nagende Unzufriedenheit, die fest verschnürten Sehnsüchte, die verbissene Wut, die innere Leere, waren von ihr gewichen.

Auf einmal war da eine Weite in ihrer Brust, die sie spüren ließ: dies war ihr Leben, ihr Geschenk und sie konnte, durfte und wollte sich endlich satt essen im Lande der Verheißungen, das ihr Leben war. Doch jene Verheißungen waren nicht immer bequem. Es gab einige Herausforderungen dieses neuen Lebens, die konnten ihr den Atem nehmen, ihr auch schon mal den Schlaf rauben, sie traurig machen oder gar verzweifelt.

Aber - mein Gott, was hätte sie in all den trostlosen Jahren ihrer Ehe für die Freiheit gegeben, überhaupt wieder etwas fühlen zu können! Mit der Zeit liebte Riesalia es regelrecht, Herausforderungen ins Gesicht zu sehen, die ihr zu schaffen machten, die kein Kinderspiel waren. Und als dann der Sheriff verstarb und die Stelle neu besetzt werden sollte, da zögerte sie nicht lange und bewarb sich für dieses Amt. „Was denn, eine Frau als Sheriff?" rief der Bürgermeister entgeistert, als er davon hörte und kratzte sich verwundert am Kopf. „Die kann ja nicht ganz klar im Kopf sein!"

Es gab auch ein paar Leute im Ort, die Riesalia, deren Alter mittlerweile allen bekannt war, für zu alt hielten. Immerhin war die Frau 74 Jahre alt. Doch als der Wahltag sich dem Ende neigte, staunten all die, die an dieser eisernen Lady gezweifelt hatten, nicht schlecht: die Masse der Leute hatte sich tatsächlich für Riesalia entschieden, sie war als neuer Sheriff gewählt!

Am nächsten Morgen hielt Riesalia eine Ansprache vor dem ganzen Ort. „Freunde und Freundinnen!" rief sie beherzt in die Menge, die jubelnd zu ihren Füßen stand. „Es mag eine Zeit gegeben haben, wo Unrecht und Gewalt, Zwietracht, Mord und Hass diesen unseren Ort regiert haben. Es mag eine Zeit gegeben haben, wo man sich seines Lebens auf offener Straße keinen Moment lang sicher sein konnte. Was immer auch gewesen ist: ab heute sorge ich für Recht und Ordnung in dieser Stadt und, glaubt mir, ich werde es mit ganzem Herzen tun. Ich werde alle Kraft meines Körpers und meines Geistes in diese Aufgabe stecken und Bad Rivers zu einer Gegend machen, die viele Menschen anlocken wird. Es lebe unsere Stadt, es lebe unsere Zukunft!" Lauter Jubel erfüllte die Straßen, als Riesalia dann die Straße entlangschritt, auf dem Kopf den großen Hut mit dem Sheriffstern und selbstsicher nach links und rechts grüßend.

„Lang lebe Riesalia!" rief die Menge ihr nach, denn die vorhergehenden Sheriffs hatten alle höchstens 4 Monate lebendig ihren Job ausüben können, danach höchstens noch im Geiste aus der Anderswelt. Riesalia wusste dies wohl, doch sie hatte keine Angst. Nein, dies war genau die Art von Herausforderung, die sie brauchte, um in voller Bandbreite zu erfahren, was Leben für sie bedeuten konnte, welch riesengroßes Ausmaß von Abenteuer, Dramatik, Spannung Gefahr und Sieg. Denn siegen würde sie über jede Herausforderung, dessen war sie sich sicher. Nicht umsonst war sie Riesalia, eine Frau voller Kraft und Dynamik, die endlich, im Alter von 74 Jahren zu ihrer wahren Berufung gefunden zu haben schien: Sheriff zu sein.

3

Die Pistole, die sie in der Eile des Abschieds von Zuhause eingesteckt hatte, leistete ihr von nun an gute Dienste. Es verging kein Tag, an dem Riesalia nicht Schießübungen gemacht hätte, und bald war sie die beste Scharfschützin des Ortes. Für Dienstagabends veranschlagte sie Frauenschießen im Hinterhof des Sheriffhauses.

Da fielen einigen Leuten die Augen aus dem Kopf, als sie dies hörten. Es gab vereinzelt zaghafte Proteste, doch im Allgemeinen wusste man, dies hatte wenig Sinn, denn es war inzwischen weithin bekannt, dass Riesalia keine Frau leerer Worte war.

Was sie sagte, das tat sie auch. Sie stand voll hinter ihrem Wort und war im ganzen Ort respektiert. Es gab bald keinen Diebstahl, keinen Mord, den sie nicht aufklärte und alle glaubten an sie. „Habe ich das nicht von Anfang angesagt?" wollte sich der Bürgermeister rühmen. „Diese Frau ist Gold wert, wählt sie, so waren meine Worte, ja, ja." Und wenn dann manch einer die Nase rümpfte, weil der Bürgermeister sich mit fremden Federn schmücken wollte, die ihm nun wahrlich nicht zustanden, dann scharrte er verlegen mit den Füßen und meinte nur: „Na, aber im tiefsten Innern hab ich's von Anfang an gewusst: die Frau ist Gold wert, ja, auf die ist 100 % Verlass!" Man gönnte ihm diese stille Einsicht, denn schließlich liebten sie alle Riesalia und wer wollte sich da noch um irgendetwas streiten.

Nach ca. 3 Monaten Amtszeit kam der Tag ihrer ersten größeren Herausforderung, ein Tag, den Riesalia und der Ort Bad Rivers so schnell nicht vergessen sollten. Es geschah fünf Tage, nachdem Julio geboren war, der Sohn der puerto-ricanischen Familie Zazenga. Es war ein siedend heißer Sonntagmorgen und Riesalia tropfte der Schweiß von der gebräunten Stirn, als sie wie jeden Sonntag in Richtung Kirche eilte. Gerade überquerte sie die morsche Brücke über den kleinen Fluss, den sie alle liebevoll „Tümpel" nannten, da drang ein entsetzlicher Schrei an ihre Ohren. „Nein, nicht mein Kind! Nehmt mich, aber nicht mein Kleines, es ist doch erst vor ein paar Tagen geboren!" Lautes Weinen zerriss den eben noch friedlichen Morgen und Riesalia eilte so schnell sie ihre Füße trugen zum Haus der Zazengas, von wo der Schrei gekommen war.

Diesen Weg war sie schon oft gegangen, aber stets in Freude, da sie die Familie sehr ins Herz geschlossen hatte. Im Ort gab es leider vereinzelt rassistisch gesinnte Leute, die Zazengas und weitere dunkelhäutige Familien mieden und mit Hass bedachten. Es gab Überfälle auf unschuldige Menschen, Gewalttaten, deren Grund lediglich die Hautfarbe der bedrohten Menschen war. Wie stumpfsinnig konnten Menschen bloß sein, dass sie einander wegen solcher Äußerlichkeiten so missachteten und bekämpften? Manchmal, wenn irgend so ein Esel mit weißer Haut sich lauthals dazu äußerte, wohl etwas Besonderes zu sein, dann fuhr Riesalia mit einem lauten Zischen dazwischen. Manche hielten diesen Laut, mit dem sie sich einzumischen wusste, wo immer böse Worte gesprochen wurden, für ein Fauchen. Doch niemand lachte mehr über sie, wenn sie so in Rage geriet. Oh, das konnte für ihr Gegenüber böse enden! Einmal hatte sie sogar den Bürgermeister, der sich rassistisch geäußert hatte, in Grund und Boden gewettert, so dass er schließlich wie ein begossener Pudel vor der Menge gestanden und sich tatsächlich vor allen laut und vernehmlich bei den Betroffenen entschuldigt hatte.

Danach war für alle klar: Wo Riesalia auftauchte, da wurde aufgeräumt mit allem Unrecht. Das gab ihnen eine Sicherheit, wie es sie noch nie gegeben hatte in Bad Rivers. Ja, sie alle waren stolz auf ihren Sheriff, die gute alte Riesalia, und wegen ihres beeindruckenden wütenden Fauchens hatte sie mittlerweile den Spitznamen „Die Steppenwölfin" weg, der mit viel Respekt die Runde machte.

Je näher Riesalia dem Hause der Zazengas kam, umso fester umfasste sie ihre Pistole. Nicht dass sie Angst gehabt hätte, dazu stand sie fiel zu fest verankert in ihrem Wunsch zu helfen. Alles für die Gerechtigkeit tun zu dürfen, schien ihr so ein Geschenk zu sein - sie hätte dies jederzeit bereitwillig mit dem Leben bezahlt. Wozu da auch nur eine Sekunde mit Angstgedanken verschwenden, wenn doch hier und jetzt ihre Kraft gefordert war, die sie nur allzu gern hundertprozentig einsetzen wollte? Leise umschlich sie eilig das Haus, während von drinnen weiter die Schreie erklangen.

Durch das verstaubte Fenster der Hintertür, durch die sie viele Male lachend eingetreten war, da die Vordertür seit Jahren zubetoniert war, konnte sie zwei maskierte Männer ausmachen, die mit Pistolen in der Hand Frau Zazenga an die Wand drängten. Der eine Mann hielt das Baby auf dem Arm und sagte böse lachend: „Weib, für deine dreckige Brut zahlt man uns drüben in Jersey Rivers gute 2000 Dollar. Ich weiß nicht, was sie mit den Blagen machen, aber das Geld ist es uns wert, nicht wahr, Johnny?"
„Halt die Klappe, Eno, wir wollten doch vermeiden, dass jemand unseren Namen mitbekommt!" Wieder einmal fühlte Riesalia sich in ihrer Theorie bestätigt, dass es mit der Intelligenz solcher Banditen oft nicht allzu weit her war. „Mit diesen zwei Trotteln werde ich aber mit links fertig", dachte sie und stürmte mit einem lauten Schrei die Küche, in der die Männer standen. Die Reaktion der beiden ließ jedoch nichts zu wünschen übrig. Blitzschnell hatte Eno Riesalia gepackt. „Schau nur, Johnny, ich werde nicht mehr! Es stimmt tatsächlich, was die uns über diesen durchgeknallten Ort erzählt haben! Hier gibt's tatsächlich ein Mädchen als Sheriff! Hahaha!" Die beiden Gangster wollten sich

vor Lachen nicht mehr einkriegen. Riesalia nutzte den Moment, um Frau Zazenga ein Zeichen zu geben: diese fackelte nicht lange und schleuderte ihre Bratpfanne in Johnnys Richtung. Volltreffer! Getroffen fiel der Mann zu Boden. Schnell eilte Frau Zazenga hinzu, um dem Verletzten das schreiende Baby aus den Händen zu reißen.
„Nichts da, Weib!" schrie Eno und richtete seine Pistole auf die Frau, die im Begriff war, den Raum mit dem Kind auf dem Arm zu verlassen. „Du bleibst hübsch hier und holst ein Seil, mit dem ich diese bekloppte Alte hier festbinden kann!" befahl er der verängstigten Mutter. Riesalia nickte ihr ermutigend zu, ja seine Anweisung zu befolgen. Sie spürte die immense Panik und den Druck, unter dem der Gangster stand, jetzt, da er die Situation allein ausbaden musste. Bloß keine falsche Reaktion, sonst war hier schneller jemand von ihnen tot, als sie zwinkern konnten, das spürte Riesalia instinktiv. Es ging jetzt darum, diesen Mann in Sicherheit zu wiegen, damit sie dann in aller Ruhe einen Plan aushecken konnte. So tat Riesalia ganz gebrochen, elend und alt, um Eno das Gefühl zu geben, er habe so gut wie gewonnen.

Und der Trick wirkte. „Na, Alterchen", klopfte er ihr nervös auf den Rücken, während er sie an den schweren Holztisch fesselte. „Holen die hier jetzt schon Sheriffs aus dem Altersheim! Mann-o-mann, was für eine arme Stadt, du liebe Zeit!" Er brummelte müde und drückte sie mit seiner ganzen Kraft auf den Boden, damit sie nicht mehr gefährlich für ihn werden konnte. Riesalia, die schon so manches eingesteckt hatte, konnte über diesen Versuch, sie zu schwächen, nur in sich hinein lächeln, tat aber so, als sei sie total k.o. und sank vornüber. Die Täuschung gelang und Eno wandte sich von ihr ab, in dem festen Glauben, sie sei außer Gefecht gesetzt. „So, Weib, und nun zu dir und deiner Brut", sagte er zu Frau Zazenga und richtete die Waffe auf sie. „Was soll der Geiz, ich nehme euch beide mit, dich und dein Balg. Erspart mir die Schlepperei und bringt mir zusätzlich noch ein paar Flöhe ein. Mein Gott, wir wollten uns erst nicht mit Erwachsenen die Hände schmutzig machen, denn das nennt man wohl Menschenhandel und wird heftig bestraft. Aber nun ist's mir auch einerlei. Nichts wie weg hier!" „Wieder ein Punkt für deine Blödheit", dachte Riesalia bei sich. „Du Trottel denkst wohl, ein Baby sei kein Mensch, sondern nur eine Puppe! Weit gefehlt, du Idiot! Auch das ist Menschenhandel!" Doch was hielt sie sich mit Selbstgesprächen und Wortklaubereien auf! Es galt jetzt, so schnell wie möglich den Knoten zu lösen, mit dem der Mistkerl sie hier am Holztisch festgemacht hatte. Zum Glück hatte sie in den ersten Wochen ihres Sheriffamtes viel Zeit damit verbracht, Knotentricks zu üben, da diese Problematik in ihrem Beruf ja quasi zur Tagesordnung gehörte. So dauerte es keine 2 Minuten und Riesalia hatte sich befreit. Blitzschnell erhob sie sich und rannte hinaus. Weit konnten die drei noch nicht gekommen sein, denn Frau Zazenga war von der Geburt noch geschwächt. Da sah Riesalia die kleine Gruppe auch schon, wie sie sich in Richtung Wald bewegte.

Leise lief sie hinterher, so schnell sie konnte. Endlich hatte sie sie bis auf ein paar Meter eingeholt. Sie liefen jetzt durch den „Wald", eine ca. 300 qm große Ansammlung von Bäumen, die gern von Kindern zum Versteckspielen benutzt wurde. Scheinbar wollte der Mann die beiden Opfer hier bis Einbruch der Dunkelheit verstecken. Und so war es auch. „Rücken an den Baum!" befahl Eno und drückte Frau Zazenga gegen das Holz. Er legte das schreiende Baby ins Gras und wollte gerade beginnen, die Frau festzubinden, da drückte Riesalia ihm ihre Pistole in den Rücken und sagte: „Ausgespielt, Eno. Dieses Jahr wird Weihnachten wieder hinter Gittern gefeiert. Überleg dir schon mal, was du geschenkt bekommen möchtest: einen Hammer, eine Meißel, ein Stück Beton oder einen Teller Wasser."

Seelenruhig nahm sie ihm das Seil aus der Hand und band ihn am Baum fest. Sicherheitshalber machte sie den schwierigsten aller Knoten. Den würde er in hundert Jahren nicht aufbekommen. „So, in ca. 3 Stunden wirst du dann von deiner zukünftigen Familie abgeholt, den Leuten von der nächstliegenden Strafanstalt. War nett dich kennenzulernen, alter Knabe!" Riesalia legte Frau Zazenga den Arm um die Schultern, die mit ihrem Baby im Arm noch die Schrecken des heutigen Tages verdaute. Sie brachte die beiden zurück zum Haus, nahm von dort Jonny mit in ihr Büro und sorgte dafür, dass die beiden

Männer kurz darauf in die Strafanstalt abtransportiert wurden. „Puh, das ist ja gerade noch mal gut gegangen", sagte sie zu sich. „Was denn", mokierte sich eine andere Stimme in ihr, „hast du etwa auch nur einen Moment lang daran gezweifelt?"
„Nicht wirklich", beendete Riesalia den inneren Dialog, um nach diesem aufregenden Tag endlich schlafen zu gehen. „Aber ein wenig Angst hatte ich doch."

4

Das Frauenschießen war schnell sehr beliebt unter den Damen des Ortes. Selbst die Frau des Bürgermeisters nahm daran voller Begeisterung teil. Waren die Frauen bisher als unwesentliche Minderheit links liegen gelassen und aus wesentlichen Bereichen des Lebens im wilden Westen ausgeschlossen worden, so stellte Riesalia sie munter und selbstbewusst in den Mittelpunkt.

„Frauen, wir sind das A und O dieser Gemeinde, der Anfang und das Ende. Wer uns unter den Teppich kehren will, hat die Welt ausradiert. Es ist ein Hohn, zu behaupten, Frauen könnten nicht schießen. Tatsache ist lediglich, dass Männer Frauen von dieser Kunst abhalten wollen, um sie abhängig und klein zu halten. Und so ist es mit vielen Bereichen unseres Lebens. Hören wir endlich auf, uns für dumm verkaufen zu lassen! Wir sind es keineswegs. Die Männer nehmen uns mit solchen Argumenten, wir könnten all das nicht, nur die Macht, damit wir nicht merken, wie unfähig sie selbst sich im Grunde fühlen und dass sie ohne uns nicht weit kämen. Frauen an die Macht!"

Wenn Riesalia so zu den Frauen sprach, glühten die Gesichter der jahrelang Unterdrückten vor Begeisterung rot auf und manch eine unter den Zuhörerinnen, beschloss, ihr Leben zu verändern. Ruby Red zum Beispiel, eine begeisterte jährige Teilnehmerin von Riesalias Frauenschießen, eröffnete bereits nach 3 Monaten den Bad Rivers- Frauenclub, einen Treffpunkt, wo es allabendlich die Möglichkeit gab, ganz unter Frauen zu trinken, zu reden, Ideen und Pläne auszuhecken, die ihre Welt von Grund auf umstrukturieren sollten. „Gemeinsam sind wir stark, Frauen!" sagte Ruby Red an einem dieser Abende zu den versammelten

Frauen. „Bad Rivers soll unser Ort werden, ein Ort im Zeichen der Frau."

Ja, es waren viele starke Frauen in Bad Rivers zuhause und je mehr diese ihre Kraft zusammentrugen, umso gewaltiger wurde der Einfluss, den sie auf nahezu alles im Ort hatten. So kam es beispielsweise, dass bei der nächsten Bürgermeisterwahl eine Frau gewählt wurde: Ruby Red.

Die Anzahl der Frauen, die sich die Freiheit nahmen, als Cowgirl herumzuziehen, wuchs ebenfalls. Es gründete sich eine Liga „Bad Rivers Cowgirls", ein Zusammenschluss von Frauen, die einander bei diesem mutigen und abenteuerlichen Unterfangen zur Seite stehen wollten. Oberhaupt dieser Liga war Randy News, eine Frau, die zwar erst seit kurzem in Bad Rivers wohnte, die aber bei Riesalias Frauenschießen schnell gezeigt hatte, dass sie flink, gewandt und mutig war wie keine andere. Ihre Pistole schien ihre beste Freundin zu sein.

Die 69 jährige Randy News war ebenso wenig zur Hausfrau geboren wie Riesalia und so kam es, dass diese beiden Seelenverwandten, denen nichts dringlicher auf der Seele zu liegen schien, als die Sehnsucht nach Veränderung, Freiheit und Selbstverwirklichung der Frauen, Freundinnen wurden. Es war eine Freundschaft, wie Riesalia sie ihr Leben lang vermisst hatte. Auch dies schien ein Geschenk dafür zu sein, dass sie diesen Schritt aus den alten Sicherheiten gewagt hatte. Wo immer sie Zweifel, Fragen und Probleme hatte, konnte sie zu Randy gehen, und ebenso war es anders herum. Sie waren für einander da wie Sonne und Mond und es war, als könne nichts auf der Welt sie jemals wieder trennen. Sicher, Randy zog in gewissen Abständen ruhelos mit dem Vieh über das Land. Aber spätestens nach ein paar Wochen war sie dann wieder da und Riesalia fuhr ihr voller Wiedersehensfreude über die zerzauste, wilde Mähne.

Randy hatte lange feuerrote Haare und wurde von manchem Mann der Stadt, der sie als unnatürliches Powerweib kritisch beäugte, „Urvieh" genannt. Darüber konnte Randy nur lachen, wusste sie doch nur allzu gut, dass diese Männer ihr im Grunde ihre Kraft, die ihnen fehlte, neideten. Sie brach den männlichen Ehrenkodex, nachdem sie als Frau klein und schwach in der Ecke hätte sitzen sollen, häkelnd, kochend, lächelnd. Stattdessen lief Randy breitschultrig durch die Straßen, spuckte ihren Kautabak in den Rinnstein, fluchte nach Herzenslust, machte abends im Frauenclub mit allen, die es wagten, Armdrücken und war bei den Frauen der Stadt überaus beliebt. Bei den Gemeindefesten saßen Randy und Riesalia stets nebeneinander. Wer die eine suchte, fand automatisch auch die andere. Wenn die beiden gemeinsam über die Straße schritten, Riesalia in ihrer Sheriffkluft und Randy mit ihren Cowgirl-Klamotten, beide derb und forsch und ohne Angst, dann blieb keine Frage offen, ob Frauen in diesem Ort das Sagen hatten oder nicht.

5

In der Hitze des Sommers zog Randy die Cowgirl-Kleidung über und machte alles für die nächste Runde über die Steppe bereit. Sie war munter und fröhlich wie immer und strich sich ein paar Locken aus dem Gesicht, als Riesalia ihren Pferdestall betrat. „Hey, altes Haus, ich wollte dir nochmal „goodbye" sagen, bevor du uns verlässt. Denk dran, wir freuen uns an deiner Freiheit, aber mehr noch freuen wir alle uns, wenn du wiederkommst." Riesalia nahm die Freundin in den Arm und drückte sie fest an sich „Hey, du zerquetschst mich noch, Sheriff!" lachte Randy und schnappte nach Luft.
„Weib, du wirst mir fehlen und umso mehr werde ich mich beim nächsten Wiedersehen an dir freuen." Randy gab Riesalia einen kurzen Kuss auf die Wange. „Pass gut auf unsere Herde hier auf, all die großen und kleinen Menschen und Tiere, damit ja alle noch leben, wenn ich wiederkomme." Riesalia sah die Freundin ernst an und sagte nur: „Du weißt, ich tue immer mein Bestes." Dann ging sie hinaus, um mit der Arbeit im Sheriffbüro zu beginnen.

Vor der Tür zu ihrem Büro wartete schon jemand auf Riesalia. Es war Marjorie Little, die Frau des Postmeisters. Seit 9 Wochen war sie begeisterte Teilnehmerin des Frauenschießens und ließ auch

keinen Abend im Frauenclub aus. Das hatte ihrem Mann schon lange nicht gefallen, doch nun schien es ernstlich Streit gegeben zu haben: Marjorie hatte ein dick geschwollenes blaues Auge. „Mein Gott, Marjorie, was ist passiert?" begrüßte Riesalia sie besorgt, wohl ahnend, was die Ursache dieses schmerzlichen Abzeichens war. Riesalia schloss ihr Büro auf und bat die am ganzen Körper zitternde Frau hinein. Als Marjorie auf dem Stuhl saß, begann sie zu schluchzen. „Du hast ja keine Ahnung, wie Frank in Wirklichkeit ist!" brach es urplötzlich aus der verzweifelten Frau heraus. „Alle denken, Mr. Little, der Postmeister, ist ja so ein korrekter und gepflegter Mann. Meine Güte, wenn die wüssten, wie es hinter dieser Fassade aussieht!" Erschrocken schlug sie sich mit der flachen Hand auf den Mund und sah Riesalia mit weit aufgerissenen Augen an. „Was ich dir erzähle, bleibt doch unter uns, oder? Meine Güte, Frank schlägt mich tot, wenn er erfährt, dass ich geplaudert habe!"
Wieder begann Marjorie schrecklich zu schluchzen.

Riesalia erhob sich von ihrem Arbeitsplatz, trat hinter Marjorie und legte ihr mitfühlend die Hand auf die Schulter. „Du kannst dich auf mich verlassen, Marjorie, niemand erfährt auch nur eine Silbe von mir." Marjorie blickte sie aus verweinten Augen an und sagte dann mit einem Seufzer, der aus tiefster Seele kam: „Riesalia, ich kann nicht mehr."

Zwei Stunden später hatte Marjorie sich alles von der Seele geredet und Riesalia sah ihr an, dass allein dies ihr schon gut getan hatte. Doch wie sollte sie ihr nun helfen?
Offensichtlich behagte es Frank Little ganz und gar nicht, dass seine Frau dabei war, ihre eigene Stärke zu finden. Er wollte sie klein, beeinflussbar, abhängig, ängstlich, zaghaft, weibchenhaft. Wenn sie dann vom Frauenschießen kam, mit derbem Schritt zur Tür hereintrat, einen kernigen Witz auf den Lippen, das gefiel ihm überhaupt nicht. Und als er sie dann anschrie, sie solle ihm die Pantoffeln bringen und sie ihm nur kichernd einen Vogel zeigte, da hatte er die Geduld verloren. „Bist du ein Mann, dass du es wagst, dich so zu benehmen?" hatte er sie angeherrscht und sich bedrohlich vor ihr aufgebaut. „Willst du mir Angst machen, du Zwerg?" hatte Marjorie gekontert, vom Frauenschießen noch so

voller Energie, dass sie wild entschlossen war, sich nicht den Wind aus den Segeln nehmen zu lassen. Angeschrien hatte ihr Mann sie im Lauf der Jahre oft, das war sie gewöhnt, davor hatte sie keine Angst. Aber dass er dann zuschlug, nein, damit hatte sie nicht gerechnet. Diesen Abend würde sie so schnell nicht vergessen. In ihr war eine Welt zusammen gebrochen und sie hatte zum ersten Mal nach all den Jahren dieser Ehe der Wahrheit ins Gesicht geschaut wie aggressiv Frank wirklich war, zu was er fähig war. All die Jahre hatte sie es latent gespürt, wenn er schrie, dass er auch bereit wäre zuzuschlagen. Nie hatte sie es gewagt, dagegen anzuschreien. Erst jetzt, ermutigt durch das Selbstbewusstseins-Training, das ein wichtiger Teil von Riesalias Frauenschießen war, hatte sie diese Schwelle überschritten und ihrem Mann die Stirn geboten. Die Antwort war seine Faust gewesen und endlich hatte sie schmerzlich begriffen, dass sie sich all die Jahre in die Tasche gelogen hatte. Stets hatte sie gedacht, ihr Mann sei lediglich verbal aggressiv und das sei alles nicht so schlimm, weil eben nicht körperlich. Wie sehr hatte sie sich belogen, um sich eine Welt zu erhalten, die auf lauter Schein erbaut war. Riesalias ermutigende Worte hatten Marjorie die Augen geöffnet und so war sie bereit gewesen, sich nicht länger bequem zu ducken, sondern sich zu wehren. Und wenn der Schlag auch tausendmal wehgetan und sie zutiefst entsetzt hatte - verdammt, es war endlich die Wahrheit. Und diese Wahrheit gab ihr endlich Kraft zu handeln, wo vorher nur Lähmung gewesen war.

So war Marjorie nun hier, bei Riesalia, und nachdem sie ihr alles erzählt hatte, war sie auf einmal nur noch froh darüber, dass sie endlich so weit war, der Wahrheit ins Gesicht zu sehen und Konsequenzen für ihr Leben zu ziehen. Es mochte alles nicht leicht sein, aber sie wusste, Marjorie war nicht allein. Riesalia und all die anderen Frauen standen ihr zur Seite. Ja, es waren so viele, die endlich begriffen hatten, dass es sich lohnte, für sich selbst zu kämpfen.

Drei Tage später hatte Riesalia auch formell alles erledigt, was zu Marjories Umzug dazu gehörte. Diese hatte in aller Stille ihre wichtigsten Dinge von zuhause abgeholt und war in das Haus

des Sheriffs gezogen. „Nun bin ich endlich nicht mehr allein", hatte Riesalia erfreut gelacht. Seit sie das Sheriffsamt angetreten hatte, hatte sie allein in diesem großen Haus gelebt, das noch etliche freie Räume besaß. Nun hatte sie Marjorie einen Raum gerichtet, der groß, hell und freundlich war, und Marjorie war richtig glücklich über ihr neues Zuhause. „Weißt du was?" lachte Riesalia, als sie alle Formalitäten erledigt hatte und ihr gemeinsames Wohnen in diesem Haus hieb- und stichfest war. „Ich ernenne dich zum Hilfssheriff, wenn du magst! Dann hast du noch dazu einen Job! Du kannst dann meinen Bürokram erledigen, kleinere Fälle übernehmen und mich bei größeren Aktionen begleiten. Hast du Lust?" Und ob Marjorie die hatte! Wie eine Eins sprang sie auf und warf die Beine zusammen. Ihre Augen strahlten vor Freude, als sie laut ausrief:
„Stets zu Ihren Diensten, Sheriff Riesalia!"

6

Die winzigen Händchen ihr entgegen gestreckt, lag das Baby vor Riesalia. Julio Zazenga war inzwischen 4 Monate alt. Zum Glück schien er den Überfall gut verdaut zu haben, denn er war ein munteres kleines Kerlchen. Als er Riesalia jetzt so anstrahlte, sah sie so viel Licht in seinen warmen dunklen Augen, dass sie das Kind aufheben und an sich drücken musste. „Ja, du bist schon was ganz Besonderes, mein Kleiner, und wir zwei haben eine besondere Verbindung." Ja, so schien es tatsächlich zu sein, denn jedes Mal, wenn Riesalia sich dem Haus näherte, gluckste das Kind vor Freude laut, noch bevor er sie gesehen hatte. Und wenn sie dann vor ihm stand, leuchteten die kleinen Augen so voller Freude, dass seine Mutter schließlich auf einen besonderen Gedanken gekommen war. So kam es, dass Frau Zazenga an diesem Tage ruhig an Riesalia, die Julio auf dem Arm hielt, herantrat, und begann: "Sag mal, Sheriff, du magst kleine Kinder wohl sehr, was?" Riesalia sah der Frau, die sie nun schon beinahe zu ihren Freundinnen zählen würde, erstaunt in die Augen. Wieso sprach diese mit so viel Vorsicht und Zurückhaltung zu ihr? Wo war die wilde Ausgelassenheit, mit der sie sonst stundenlang zu scherzen wussten? Wo war die lockere Vertrautheit, mit der sie einander so viel aus ihrem Leben mitgeteilt hatten? Was hatte Julios Mutter im Sinn? Riesalia brauchte kein längeres Rätselraten zu betreiben, denn jetzt brach es aus Frau Zazenga heraus: „Ich habe eine Idee. Ich trage diesen Gedanken schon einige Wochen mit mir herum. Ich weiß nicht, ob du einverstanden wärest, ob du überhaupt Lust hättest.."

„Ja, wozu denn, um Himmels Willen? Mach es doch nicht so spannend, Lola!" rief Riesalia. Frau Zazenga strich ihr gedankenvoll über den Arm und meinte: „Ich habe eine Menge Vertrauen zu dir, Sheriff, das weißt du. Wenn ich auch viele negative Erfahrungen mit anderen weißen Menschen gehabt habe in meinem Leben, so bist du das volle Gegenteil. Dein ganzes Wesen zeigt mir, was Menschsein heißen kann, ungeachtet der Hautfarbe. Ich habe Hochachtung vor dir. Nie ist mir so viel Respekt, Mitgefühl, Achtung und Wärme begegnet wie von dir. Ich danke dir dafür." Sie umarmte Riesalia innig und fuhr dann fort. „Vom ersten Tag an hattest du eine besondere Verbindung zu meinem Sohn und er liebt dich wie, ja, wie eine Großmutter. Du weißt, dass meine Mutter seit 7 Jahren tot ist. Seit Julios Vater drei Monate vor der Geburt seines Sohnes verschwand, lebe ich hier allein. Ich kenne einige Leute in Bad Rivers, doch du bist mir die Liebste und Vertrauteste von allen. Es gibt einzelne, die sich liebevoll um Julio kümmern, die ab und zu auf ihn aufpassen, wenn ich mal allein weg muss, und bei meinem Anliegen geht es mir nicht um Betreuung.
Riesalia, ich möchte dich fragen, ob du Julios Großmutter sein möchtest. Im Geiste seid ihr schon längst verwandt, doch ich möchte eure Verbindung festigen, stärken, dich ganz offen in unsere Familie mit einbeziehen. Ich wünsche mir den Segen deiner Begleitung für dieses Kind."

Tief berührt nahm Riesalia Frau Zazenga in den Arm. „Ich danke dir für diese Auszeichnung, für deine Wertschätzung und für dein Vertrauen." Riesalia sah dem Kind, das sie noch immer fest an sich gedrückt hielt, in die Augen und sagte: „Na, mein Kleiner? Du und ich - was meinst du dazu?" Julio lachte sie vergnügt an, als wolle er sagen: „Mach keine Witze, wir haben das doch längst abgesprochen!" Riesalia sah seine Mutter an und sagte leise:

„Du hättest mir kein größeres Geschenk machen können, Lola. Ja, ich nehme nur zu gerne an. Komm, lass uns feiern."

Diesen Tag würde Riesalia nie vergessen. Das kleine Bündel auf dem Arm tanzte sie in ihrer schweren Sheriffs-Kluft durch Frau Zazengas Haus und fühlte sich so glücklich und beschenkt. Wie schön es doch war, für andere da zu sein, für sie zu kämpfen und sie zu lieben, ihnen Obhut und Gewahrsam zu geben, sie einzuhüllen mit allem, was sie geben konnte. Sie wollte die ganze Welt umarmen und für alle da sein, doch da war nur dieses kleine Kind auf ihrem Arm. Und in diesem Augenblick verstand sie, dass es nicht auf die Menge der Leute ankam, denen sie Liebe und Kraft gab, sondern auf die Tiefe der Gefühle. Sicher, sie wollte in ihrem Amt als Sheriff für viele da sein, sie wollte die Frauen des Ortes zu ihrer eigenen Stärke führen und so manches Unrecht aus der Welt ausräumen. Doch nah bei ihrem Herzen wohnten einige wenige. Und zu diesen gehörte ohne Frage dieses Kind, das ihr so nahestand und dessen Großmutter sie heute geworden war.

7

Der Tag, an dem Randy mit der Herde wiederkam, wurde wie immer ausgiebig im Kreise der Frauen gefeiert. Im Mittelpunkt der versammelten Gruppe saßen die Heimkehrerin und Riesalia, Hand in Hand.
Mit vor Aufregung und Begeisterung rotem Kopf erzählte Randy von ihren neuesten Abenteuern. „Stellt euch vor, Mädels: ich parke die Herde gewohnheitsgemäß in der Nähe des Wasserlochs, da kommt so ein Volltrottel und piekt mich von der Seite an: „Hey, Puppe, was machst du denn hier? Habt ihr jetzt daheim Arbeitsteilung und dein Mann steht vor dem Herd und kocht?" „Mitnichten, Herzbube", antworte ich trocken, „ich lebe allein und steh auf eigenen Füßen." „Ja, Mädel, und auf verdammt starken, wie mir scheint, „sagt der Knabe voll Bewunderung, schräg von der Seite her. Und ahnt ihr bereits, Kinder, was dann kam?"
Der Raum hallte vom munteren Gelächter der Frauen wider, die

bereits wussten, was nun kommen musste. „Richtig, Mädels, ich spüre, ihr riecht den Braten!" Randy klopfte sich genüsslich auf

die Schenkel. Sie liebte es, im Mittelpunkt zu stehen, zu erzählen und in die Gesichter um sie herum zu blicken, die sie voller Bewunderung und Begeisterung ansahen.
„Ja", fuhr sie fort, „dieses verirrte Kalb von einem Mann wollte sich tatsächlich bei mir anlehnen!" Erneut erscholl lautes Lachen ringsum. „Er fragte mich tatsächlich mit vor Ernsthaftigkeit blinkenden Augen, ob ich seine Frau werden wolle. Nun war der Orkan von Gelächter, das den Raum zu sprengen schien, nicht mehr zu halten. Marjorie landete fast auf dem Boden, so riss es sie mit. „Du als Eheweib, Randy, zuhause vor dem Herd, mit Schütze, pfiff..." Marjorie wurde erneut von heftigen Kicher-Anfällen geschüttelt und musste sich bei Riesalia abstützen. Diese saß selbst mit Lachtränen in den Augen da und hielt sich den schmerzenden Bauch. „Frauen, so hab ich selten gelacht", gab sie zu. „Oh, Randy, du bist einfach die Beste." Und sie umarmte die Freundin von ganzem Herzen.

Später, als die anderen Frauen längst nach Hause gegangen waren, saßen Riesalia und Randy noch Arm in Arm auf der Treppe des Sheriffhauses. Über ihnen blinkten unzählige Sterne. „Sieh nur, Riesalia", rief Randy, „dort oben ist der große Wagen. Er ist es, der mich auf meinen Wegen durch die Steppe begleitet. Wenn ich auch manchmal Angst habe, dort in der Wildnis, wo kein Haus mehr steht und ich so ganz auf mich gestellt bin, so ist doch immer dieser Wagen bei mir. Er trägt mich, das spüre ich. Da fühle ich mich ganz beschützt." Riesalia sah die Freundin von der Seite an und strich ihr ein paar wilde rote Locken aus der Stirn. So robust, kernig und kraftvoll Randy auch sein mochte - auch sie wusste, was Angst war, auch wenn die wenigsten das glauben wollten. Viele dachten tatsächlich, das „Urvieh" müsse das Wort Angst erstmal buchstabieren lernen und im Lexikon nachschlagen, was es bedeute. Wie leicht die Menschen sich doch von Äußerlichkeiten täuschen ließen!
Ja, Randy hatte in Bad Rivers ihren Ruf als furchtloses unschlagbares „Urvieh" weg und sie selbst, Riesalia, war als „Steppenwölfin" sehr angesehen. Die Leute sahen sie als

unerschrockene Kämpferin für das Gute, die mit ihrer beschützenden Hand und ihrer Kraft stets für sie alle da war.

Dabei war sie selbst noch nie in der Steppe gewesen, auch wenn sie sehr nah an diesem weiten Land lebte. Als hätte Randy ihre Gedanken gelesen, sagte die Freundin jetzt leise: „Riesalia, einen Wunsch habe ich: irgendwann einmal möchte ich dich mitnehmen, hinaus in die Steppe. Ich möchte von dort mit dir in diesen Sternenhimmel blicken und ich möchte Hand in Hand mit dir der Einsamkeit der Steppe begegnen." Riesalia blickte hinauf zu den Sternen und hielt Randys Hand ganz fest in der ihren, als sie antwortete: „Ja, gern, Randy. Es kommt der Tag, da brechen wir auf, hinaus in die Weite, du und ich."

8

Vierzehn Tage später geschah es, dass Hilfssheriff Marjorie Little auf offener Straße angeschossen wurde. Marjorie war gerade auf dem Weg zum Sheriffs-Büro, als ein lauter Schuss die mittägliche Stille zerriss. Blitzschnell drehte Marjorie sich herum, um den Täter ausfindig zu machen. Doch gerade im selben Moment, als sie sich noch über die menschenleere Straße wundern wollte, traf sie ein heftiger Schmerz in der linken Schulter und sie begriff, dass sie das Opfer war. Der stechende Schmerz warf sie zu Boden und voller Schrecken rief sie noch mit heiserer Stimme: „Riesalia!" Dann wurde ihr schwarz vor Augen.

Riesalia machte gerade ihre Runde durch den Ort, die sie immer um 14 Uhr unternahm, da fiel ihr ein lebloses Bündel mitten auf der Hauptstraße ins Auge. „Mein Gott!" stieß sie erschrocken hervor, als sie beim Näherkommen erkannte, wer dort lag.
„Du liebe Güte, Marjorie!"

Später warf sie sich vor, dass sie ihren Hilfssheriff nicht begleitet hatte, doch Marjorie, die blass und elend auf dem Krankenlager oben in ihrem gemeinsamen Haus lag, lächelte nur sanft und schüttelte über so viel Torheit den Kopf: „Riesalia, du hast mich damals gebeten, dir zur Seite zu stehen und dir zu helfen. Es war nicht die Rede davon, dass du mich betreust! Außerdem bin ich vielleicht körperlich nicht so stark wie Randy, Ruby, du und manche andere der Frauen hier, aber ich habe bei Gott auch meine Stärken. Ich bin vielleicht klein, aber ich bin verdammt zäh und widerständig und wer sich mit mir anlegen will, muss sich warm anziehen. Eins sage ich dir, Riesalia: wer immer dies war, wird meine Antwort bekommen." Ja, so getroffen, verwundet und schwach Marjorie jetzt auch vor Riesalia liegen mochte, im Innersten war sie wild entschlossen zu kämpfen und Rache zu üben. Sie hinterrücks anzuschießen, das war ja wohl das Allerletzte und sie, Marjorie Little, war alles andere als bereit, das stillschweigend einzustecken. Sie würde dieses feige Miststück aufspüren und ihm ihre Antwort auf dem silbernen Tablett ihrer eiskalten Wut servieren. Auge um Auge, Zahn um Zahn!

Riesalia sah in das müde und abgekämpfte Gesicht ihres Hilfssheriffs und schüttelte liebevoll lächelnd den Kopf. Sie konnte Marjories ohnmächtige Wut gut verstehen, doch was nützte dies in einem solchen Fall? Hier war ein klarer Kopf vonnöten, innere Distanz und Weitsicht, Verantwortlichkeit und Vernunft. Im Augenblick schien Marjorie von diesen Eigenschaften weit entfernt zu sein. Nicht aber Riesalia, die für diese Fähigkeiten im ganzen Ort bekannt und geachtet war. Im tiefsten Innern war ihr klar, was Marjorie ganz offensichtlich nicht realisieren wollte: dass ihr Exmann Frank der Täter war.

Marjorie schien allen Ernstes anzunehmen, irgendjemand habe irrtümlicher Weise sie erwischt oder sich einen Spaß machen wollen. Hatte sie jahrelang in ihrer Ehe Scheuklappen getragen, um sich vor den härtesten Wahrheiten zu schützen, so war sie scheinbar auch jetzt noch nicht bereit, Frank als das zu sehen, was er wirklich war: ein besitzergreifendes Ekel, das es nicht ertragen konnte, dass seine Exfrau ohne ihn so prima zurechtkam. Offenbar konnte er nicht ertragen, dass es Marjorie sogar gutging, sie selbstständig war und ihr eigenes Geld verdiente, Freundinnen hatte und zufrieden lebte, während er, der angeblich immer so stark und unabhängig gewesen war, leer, einsam und unzufrieden vor sich hin vegetierte. Sie fehlte ihm. Nicht, weil er sie geliebt hätte, mein Gott, auch wenn er dies tausendfach behauptet hatte, um sie besser zu versklaven.

Sie war einfach so verdammt nützlich gewesen, hatte alles sauber gehalten und auf ihre schweigsame, bequeme Art die Leere um ihn herum gefüllt, ohne ihn extrem zu fordern. Ja, das war angenehm gewesen. Für ihre Gegenwart hatte er nie etwas leisten müssen, nichts weiter als damals dieses dämliche Papier zu unterschreiben, mit dem sie zu Mann und Frau erklärt wurden. Und dann gehörte sie ihm. Das war ein prächtiges, beruhigendes Gefühl. Sie war da und sie war sein.

Jahrelang lebten Frank und Marjorie Little auf diese stille, selbstverständliche Art - aneinander gebunden ohne den Zwang, viel zu teilen. Nein, sie wurde ihm selten lästig. Nur dann und wann, wenn sie kam, um ein wenig Zeit miteinander zu verbringen. Dann verstand er es wohl, ihr in aller Eile ein wenig das beruhigende Gefühl zu geben, dass er sehr wohl da sei, als ihr Mann, dass er sie liebe und schätze. Sie war so ungeheuer schnell zufriedenzustellen und so gut und bequem zu täuschen. Er redete ihr ein, dass er sich ihr nahe fühle und sie in ihrer gnadenlosen Einsamkeit hungerte danach, ihm dies zu glauben. „Ja, sicher", dachte sie dann wohl. Er war doch ihr Mann, sie waren verheiratet, einander verschworen, sie hielten zusammen und gaben einander Trost und Halt in dieser feindseligen Welt. Dass er sie wunderbar umarmen und dabei an die Arbeit des nächsten Tages denken konnte, dass er sie anschauen und mit ihr sprechen und dabei meilenweit weg sein konnte, das schien das kleine Dummchen ja noch nicht einmal zu bemerken. Sie gab sich mit den kleinsten Brotkrumen der Aufmerksamkeit zufrieden. Sie lechzte danach, wahrgenommen zu werden und er wusste gut, wie er ihr diesen Gefühl geben konnte - gerade genug, um sie in dem Glauben zu wähnen, er sei tatsächlich bei ihr, gerade so viel, dass er immer die Oberhand behielt und die Distanz, die er brauchte.

Aber wehe, Marjorie enttäuschte einmal seine Erwartungen, seine Wünsche! Dann war die Hölle los, dann konnte Frank Little toben und seine Rechte geltend machen! Ja, er war Meister darin, ihr ein schlechtes Gefühl einzujagen, dass sie Schuld an seinem Unglück sei. Und wenn sie dann vor ihm saß, den Kopf gebeugt, wusste er, dass er den Kampf wieder einmal gewonnen hatte. Wieder einmal hatte er es geschafft, ihr die Kraft zu nehmen, ihre eigenen Gefühle von Einsamkeit und Leere ernst zu nehmen und ihre ganze Aufmerksamkeit auf seine Bedürfnisse zu richten. Ja, sie war ihm hörig und das gab ihm Kraft. Wenn sie sich schlecht und unzulänglich fühlte, dann aalte er sich in dem Bewusstsein, was für ein toller Mensch er doch war, fehlerlos und rein. All ihre Eheprobleme, sie kamen schließlich von ihr, Marjorie. Sie war die Fehlerhaftigkeit in Person, da mochte sie sich abrackern wie sie wollte. Er aber, Prinz Little, brauchte nur die Füße hoch zu legen und mit den Fingern zu schnippen und schon umtanzte sie ihn, gab ihm Recht, schätzte ihn, demütigte sich selbst, machte sich klein, dies alles, bloß um nicht zu spüren, wie einsam und verlassen sie in seiner Gegenwart war und wie sehr er sie all die langen Jahre getäuscht hatte.

Dann war der Tag gekommen, wo Marjorie zum ersten Mal zum Frauenschießen ging und misstrauisch hatte er ihr nachgeschaut, als die Haustür hinter ihr ins Schloss fiel. Mit dieser Türe waren mit der Zeit mehrere Türen zwischen ihnen zugefallen, Türen, die nur offen gewesen waren, weil Marjorie sich selbst stets zurückgestellt hatte. Je mehr sie dieses Verhalten ablegte, umso weniger klappte die Verständigung zwischen ihnen und sie begann zu merken, dass diese immer nur funktioniert hatte, weil sie sich selbst verraten und verkauft hatte. Das Ganze hatte seinen Höhepunkt gefunden, an dem Tag, als sie ihn „Zwerg" nannte und er sie schlug. Sie war gegangen und hatte ihn in seiner ganzen Unzufriedenheit über sich selbst und sein Leben allein gelassen. Das konnte sie doch nicht einfach machen! Sie war seine Ehefrau, sein Eigentum und sie war verpflichtet, ihm über dieses Gefühl der Mangelhaftigkeit hinwegzuhelfen, indem sie es ihm ab-nahm, ihn auf den Thron setzte und sich vor ihm kniete! Nun war da kein Thron mehr und er fühlte seine gesamte Mickerigkeit mit aller Macht.

Wenn Frank Little dann sah und hörte, wie munter und zufrieden Marjorie mit dieser gottverdammten „Steppenwölfin" lebte, dann kochte in ihm eine Wut auf, die nicht von schlechten Eltern war. Sicher, es würde ihm nie gelingen, seine Frau zu ihm zurückzuholen, dafür hatte sie viel zu sehr begriffen, wieviel Freude und Zufriedenheit sie im Leben erfahren und wie gut es ihr ohne ihn gehen konnte. Aber er wollte es ihr heimzahlen, dass sie ihn so zum Gespött der Leute gemacht und dass sie ihn dazu gebracht hatte, zu fühlen, was er in Wahrheit war: ein großes gähnendes Nichts hinter einer aufgeblasenen Maske des großen Mannes. So war er an jenem Tage kurzentschlossen losgezogen und hatte Marjorie aus einem sicheren Versteck heraus einen Denkzettel verpasst, den sie so schnell nicht vergessen sollte. Verdammt, das Weib sollte wissen, wer in Wahrheit stärker und überlegen, weil einfach zu viel mehr Aggression in der Lage war: die Männer. Sie war und blieb schließlich doch Teil einer Spezies, die sich in Bad Rivers aufspielen mochte, soviel sie wollte, die aber letztlich immer wieder von Männern besiegt werden würde.

Aber auch Frank Little hatte die Rechnung ohne Riesalia gemacht, eine Frau, die felsenfest an den Sieg von Liebe, Respekt und Gerechtigkeit glaubte und die unter dem Einsatz ihres Lebens für all dies zu kämpfen bereit war. Zwei Wochen später hatte Riesalia Frank Little hinter Gittern. Sie hatte ihn regelmäßig observiert und schließlich beobachtet, wie er eine Pistole hinter seinem Haus vergraben wollte. Bei Nacht und Nebel hatte Riesalia sich in Little's Garten eingefunden und das gefragte Objekt wieder ausgegraben. Als sie dann feststellte, dass die Kugel aus Marjories Armgenau zu diesem Revolver passte, fackelte sie nicht lange, ging hin und nahm Frank Little fest. Dieser wollte erst noch protestieren, doch Riesalia schnaubte ihn nur wütend an: „Sei du bloß still, Junge! Die nächsten Jahre hinter Gittern sind dir sicher wie das Amen in der Kirche. Du hast es grad noch nötig, dein schäbiges Maul aufzureißen! Die eigene Frau anzuschießen wie einen streunenden Hund! Schämen solltest du dich!"

Da hatte der Postmeisters klein beigegeben und war in sich zusammengesackt wie ein Stein: „Ja, ich war's, Sheriff, ich gebe alles zu." Damit war es endlich raus, schließlich hatte es ihn im Nachhinein doch belastet und mit der zu Tage geförderten Wahrheit konnte er dann doch besser leben, das spürte er sofort.

Stundenlang hatte Riesalia ihn dann verhört, ihn ausgequetscht wie eine Zitrone und er hatte nichts ausgelassen. Als er zuletzt aufjaulte: „Sie ist doch meine Frau! Wie konnte sie mir das antun?" da hatte Riesalia kein Mitleid mit ihm. „Mann, bei dir ist wohl immer noch nicht die simpelste aller Wahrheiten angekommen, dass alle Menschen frei sind! Marjorie ist nicht dein Eigentum, sie ist es nie gewesen! Marjorie gehört sich selbst und trifft ihre eigenen Entscheidungen." Er starrte sie mit aufgerissenen Augen an und sie wusste, er hatte nichts davon verstanden. Nun gut, das war nicht ihr Problem. Wichtig war, dass sie ihn gefasst und er gestanden hatte, wichtig war, dass Marjorie nun frei war, ihr eigenes Leben zu führen.

Und wie ging es Marjorie, als sie erfuhr, dass niemand anderes als ihr eigener Mann sie angeschossen hatte? „Niemals hätte ich das gedacht", schluckte sie und sah Riesalia mit den Augen eines Kindes an, das die Welt erst noch kennenlernen und verstehen muss. Riesalia sah ihren Hilfssheriff an und wusste, Marjorie würde einige Zeit brauchen, um diese Wahrheit zu verkraften. Sie war froh, dass sie bei ihr sein konnte, sie halten und stützen und ihr vielleicht ein Stück Glauben an die Menschheit erhalten konnte durch ihre Gegenwart. Marjorie umarmte Riesalia dankbar und sagte leise: „Was bin ich froh, dass ich dich habe."

9

Frank Little's hinterhältiges Attentat auf seine Frau hatte ziemlichen Aufruhr in Bad Rivers zur Folge. Die Teilnahme am Frauenschießen verdoppelte sich und im Frauenclub gab es auch einigen Zulauf. Wut machte sich unter den Frauen breit und es entstand eine angespannte Atmosphäre im Ort.

Riesalia war es nicht wohl dabei und so sprach sie an einem Dienstagabend zu den Frauen: „Frauen, wir können das, was geschehen ist, nicht ungeschehen machen. Wir können auch so manches nicht verhindern, was nach wie vor außerhalb unseres Einflussbereichs geschieht. Was in unseren Händen liegt, ist, wacher zu sein in unserem eigenen Leben für das, was wir uns gefallen lassen, wo wir uns erniedrigen lassen oder, schlimmer noch, wo wir uns selbst erniedrigen. Es bringt uns nichts, Kampfgeist zu schüren, der die Bereitschaft zu Gewalt in unserem Ort nur erhöht Als Sheriff möchte ich euch bitten, eure Wut in Achtsamkeit mit euch selbst und Respekt vor jeglichem Leben einzutauschen Es ist kein Weg Gleiches mit Gleichem zu vergelten. Wenn wir Frauen auf den Kampf der Männer eingehen, haben sie hinterher nur allen Grund, uns wirklich zu beschimpfen, weil wir uns dann ebenso schuldig gemacht haben Seien wir es uns wert, darüber zu stehen und uns selber treu zu bleiben. Als Freundin möchte ich euch sagen: ich verstehe eure Wut sehr gut. Nutzt diese Energie, um sinnvolle neue Dinge in Bewegung zu setzen. Unterstützt euch gegenseitig bei privaten Fragen und Problemen. Lasst unseren Zusammenhalt noch stärker und tiefer werden. Das bringt uns weitaus mehr als Kampf. Lang leben die Frauen!" Mit lautem Jubelgeschrei wurde Riesalias Rede beantwortet und viele Frauen drückten ihre Hände. Sie hoffte sehr, damit noch einmal das Unheil, das Rachegelüste und Hass heraufbeschwören, abgewendet zu haben.

Carol Abbotts war die angesehenste Scharfschützin von Bad Rivers. Zusammen mit ihrer langjährigen Freundin Juanita da Mestas lebte sie in einer gemütlichen Hütte am Rande des Ortes. Als Riesalia die beiden an einem heißen Sommerabend besuchte, saßen sie gemeinsam auf der Terrasse und blickten über Bad Rivers. Nachdem sie mehrere Gläser Punsch vernichtet hatten, sah Carol Riesalia geradewegs in die Augen und sagte: „Nun, Sheriff, wo drückt der Schuh? Was hat dich heute zu uns verschlagen? Ich weiß, du kommst gerne auf ein Schwätzchen vorbei und du bist immer herzlich willkommen. Du liebst unseren Punsch und den besten Blick über unseren Ort, den es von hier aus gibt. Und dennoch sehe ich in deinen Augen schwere dunkle Wolken Du machst dir Sorgen Spuck es aus, Sheriff, und lass uns deine Not teilen, auf dass sie weniger werde."

„Ach, Carol", klopfte Riesalia der Freundin auf den Rücken, „dir kann ich auch gar nichts verheimlichen, was? Du hast Recht, ich komme mit einer Frage zu dir, mit einem Problem." Riesalia seufzte tief. „Durch den starken Zudrang auf das Frauenschießen habe ich die Gruppe in zwei Teile aufgespalten, die jüngeren und die älteren Frauen. In der Gruppe der jüngeren Frauen sind zwei 19 jährige Mädchen, die mir ernsthaft Sorgen machen. Sie sind so voller Hass. Ich habe den Eindruck, sie kommen zu meinem Training, um sich auf einen Kampf vorzubereiten. Es sind die Schwestern, Ruth und Loretta Kings. Ihr Vater ist weithin als der Säufer des Ortes bekannt und ich möchte gar nicht wissen, unter welchen Strapazen die beiden zuhause mit ihm zu leiden haben, seit die Mutter vor 3 Jahren unter mysteriösen Umständen verschwand. Es wird gemunkelt, der Alte habe seine Frau auf dem Gewissen. Ich habe das Gefühl, dass diese beiden Mädchen einen Racheakt größeren Kalibers planen. Da selbst die geteilte Gruppe 30 Frauen umfasst, wollte ich dich bitten, ob du mir diese zwei Mädchen abnehmen, eigenhändig trainieren und sie dabei ein wenig unter deine Fittiche nehmen kannst, Carol . Mir wächst das alles zusammen mit meiner täglichen Arbeit einfach über den Kopf. Ich glaube, die beiden wären begeistert, persönlich von dir trainiert zu werden und gleichzeitig hättest du die Möglichkeit, ihnen die Flausen aus dem Kopf zu treiben. Ich weiß, du hast eine stille psychologische Schulung, die im Gegenteil zu der meinen ohne Worte funktioniert Das wäre für Ruth und Loretta genau das Richtige. Ich weiß, du gibst seit 8 Jahren keinen Schießunterricht mehr, du alte Häsin, aber vielleicht machst du einer alten Freundin zuliebe mal eine Ausnahme? Die Atmosphäre in der Stadt ist so angespannt, dass ich einfach bei allem, was ich mitbekomme, gleich Wasser auf die Funken gießen möchte, damit kein Großbrand entsteht."

Carol sah Riesalia ernst an und nickte ruhig. „Du hast mein Wort, Riesalia. Ich unterrichte die beiden. Ich werde ihnen beibringen, dass Selbstverteidigung und Kampf nützlich und wichtig sind, dass aber vorsätzliche Gewalt nichts Erstrebenswertes ist. Ich bin Scharfschützin, ich liebe meine Kunst und ich weiß mich zu wehren. Aber der Unterschied zwischen Freude am Können, an der eigenen Kraft, Selbstsicherheit und klarem Einsatz für die eigenen Werte, das eigene Leben auf der einen und brutalem Verhalten gegen andere auf der anderen Seite war mir mein

Leben lang bewusst. Nicht umsonst lautet die Maxime, die ich mir vor 15 Jahren gesetzt und die ich über unseren Kamin gehängt habe: *„Im Feuer kämpfe ich für mich aber nicht gegen dich."* Das Kämpfen gegen andere raubt uns nur unsere eigene Kraft, das ist mir im Lauf der Zeit sehr klar geworden. Auch ich war einmal jung, wild und voll von rebellischem Blut."

Carol lachte und erzählte: „Ja, ich habe am eigenen Leib erfahren, was es heißt, im Kampf zu verlieren, wieder aufzustehen den Kopf nicht sinken zu lassen. Wie oft bin ich früher im Staub gelandet und hatte keinen Grund, stolz und eingebildet zu sein. Ich war ein junges Huhn und wollte die Welt erobern. Ich hielt mich für die Größte und war dabei im tiefsten Innern so verletzt. Je mehr ich versuchte, überlegen zu sein, umso mehr verriet ich mich und konnte nicht heilen. Erst als ich meine Verletzungen erkannte und zu innerer Einsicht kam, lernte ich meine Kraft im Kampf anders einzusetzen: zielgerichtet, klar, für mich. Das war das Wundermittel, das mich hat wachsen lassen zu der, die ich heute bin. Das und mein Zusammenleben mit Juanita."

Carol strich der Freundin liebevoll durchs Haar und fuhr fort: „Auch sie hat mich so einiges gelehrt. Ich war ein rechter Dickkopf und wollte mir an so mancher Tür den Schädel einrennen. Und was tat meine Freundin hier? Sie hielt mir eben jene Türen einfach auf, so dass ich hindurch raste und lang gestreckt in der Freiheit landete. Ich staunte oft über das Gefühl, dass sich auf einmal all die Widerstände, die mich jahrelang umgeben hatten wie dichter Nebel, auflösten und ich die Luft um mich spüren und frei durchatmen konnte. Auf einmal war ich angekommen in jener angeblich so feindseligen Welt, gegen die ich all die Jahre gekämpft hatte und merkte plötzlich, dass ich all die Zeit nur gegen mich selbst gekämpft hatte. Selbst dafür verspottete Juanita mich nicht. Sie war mir stets eine sehr liebevolle Begleitung."

Riesalia sah die beiden Frauen an, die Arm in Arm in ihren Schaukelstühlen auf der Terrasse saßen Carols rote Haare glühten im Licht der untergehenden Sonne und der Ausdruck auf den beiden Gesichtern war so friedlich, dass Riesalia wusste, sie hatte eine gute Entscheidung getroffen, die beiden Mädchen hierher zu schicken.

Wie war es nur möglich, dass gerade die beste Scharfschützin des Ortes so tiefen Frieden ausstrahlen konnte, fragte Riesalia sich. Da fielen ihr wieder Carols Worte ein und der Kampf für sich selbst. Und auf einmal klangen andere Worte in Riesalia nach, Worte, an die sie lange nicht gedacht hatte: *„Wenn der heiße Atem der Steppe nach dir greift, dann überleg dir gut, ob es sich für dich lohnt zu kämpfen.“* Carols Worte und die heutige Begegnung waren Teil des Mosaiks, Teil des Weges, auf dem sie, Riesalia war, um eines Tages den Sinn jenes Spruchs, der sie auf den Weg in ihr eigenes Leben geschickt hatte, ganz zu verstehen. Wieder war sie ein Stück näher herangerückt an das, wonach sie suchte. Dankbar verabschiedete Riesalia sich von den beiden und lief der Stadt entgegen, deren Schutzschild sie als „Steppenwölfin" war.

10

Da der Ruf der Postbank seit Frank Little's Attentat auf seine Frau weit über die Grenzen von Bad Rivers geschwächt war, wunderte es niemanden, dass kurze Zeit darauf die Banküberfallen wurde. Riesalia war gerade auf dem Weg von Zazengas zurück zu ihrer Sheriffstube, als sie aus der Bank Schüsse und Schreie hörte. „Alle Mann auf den Boden!" schrie eine herrische Stimme und noch ein Schuss folgte. „Weib, bist du von Sinnen?" brüllte dieselbe Stimme wenige Sekunden später und Riesalia, die jetzt dicht vor der Bank stand, konnte drinnen Sybil Clark stehen sehen, groß und breit wie sie war. Diese eifrige Besucherin ihres Frauenschießens schien sich doch tatsächlich von den Banditen nicht einschüchtern zu lassen.

„Alle Mann auf den Boden, hast du gesagt, Großväterchen. Jetzt mal ganz im Vertrauen: sehe ich etwa aus wie ein Mann?" Sybil hatte eine sehr kraftvolle Statur, doch spätestens ihre langen braunen Haare und ihr lila Wildlederrock mussten einer sehenden Person verraten, dass hier eine Frau stand. Der Mann, der mit dem Rücken zur Türe aufgebaut stand, schwenkte jetzt wütend seine Pistole und Riesalia konnte im Seitenspiegel hinter der Theke sein Gesicht sehen: die tiefen Furchen in seinem Gesicht verhießen nichts Gutes. Eine rote Narbe, wie von einer Peitsche geschlagen, verlief vorn Kinn hoch bis zum rechten Auge. Ja, jetzt sah Riesalia es: auf jenem Auge war er tatsächlich blind. Ihr Blick fiel auf seine derben Stiefel mit den Zacken an den Seiten, auf den roten Hut, unter dem die grauen Haare her vorlugten und auf einmal wurde ihr siedend heiß klar, wen sie hier vor sich hatten: dies war der berüchtigte One-Eye-Max, dessen Bild tatsächlich auch in ihrem Büro hing, unter all den gesuchten Schwerverbrechern der umliegenden Ortschaften. Und neben ihm, das musste ohne Frage sein Kumpel Two-Face-Charly sein, der Mann, der zwei verschiedene Gesichter trug.

Bei ihren gemeinsamen Banküberfällen trat Two-Face-Charly mal als reicher Snob im Anzug auf, mit aalglatter Frisur und frisch polierten Schuhen, höflich, korrekt, und mimte den zahlenden Bankbesucher. Die anderen Male kam er als Lumpenbengel, in abgerissenen Klamotten, rotzfrech, stinkend und bettelnd, tarnte sich als versoffene Randfigur, bis dann der „Kollege" One-Eye-Max auftrat und Charly, egal welche Rolle er gerade spielte, ihm unterstützend zur Seite stand, mit der Pistole in der Hand. Heute gab Two-Face-Charly, von dem Riesalia in ihrem Büro sogar Bilder von beiden Rollen hatte, ganz klar die Bettler-Nummer. Wie von Motten zerfressen hingen die Hose und das Jackett von dem spindeldürren Körper herunter. Riesalia sah auf seine dreckigen nackten Füße und wieder hinauf auf die fettigen langen Haare. Der Bengel mochte 17 sein, während sie One-Eye-Max für um die 60 Jahre alt hielt. Verschlagen, gefährlich, stark und schnell im Umgang mit dem Revolver waren sie beide.

In was für eine Gefahr brachte Sybil sich da bloß? Die Gute kannte ja die Plakate nicht, nach denen die beiden gesucht wurden und hielt sie vermutlich für verrückte Spinner. Oder war ihr Verhalten letztlich Schlussfolgerung aus dem, was sie selbst, Riesalia, den Frauen am letzten Dienstag gesagt hatte? Oh, ohrfeigen könnte sie sich dafür, als ihr jetzt einfiel, wie sie vor den Frauen gestanden und zu ihnen gesprochen hatte: „Zeigt euch stark! Auch wenn ihr Angst habt, zeigt euren Mut, auch wenn ihr weglaufen wollt, geht der Herausforderung entgegen und seht ihr geradewegs ins Gesicht. Stellt euch dem Leben, stellt euch, wem immer ihr begegnet, wer auch immer euch herausfordern, provozieren, bedrohen mag. Zeigt ihr euch feige und verkriecht ihr euch in euer Versteck so habt ihr Macht abgegeben. Wollt ihr den Kampf gewinnen? Dann müsst ihr stehen bleiben, auch wenn alle anderen weglaufen. Schaut genau hin, was euch bedroht. Vielleicht ist das, was so laut schreit, nur eine kleine Maus und ihr selbst seid viel, vielgrößer. Streckt eure Stirn dem Wagnis entgegen und zeigt, was in euch steckt. Frauen, Selbstbehauptung beginnt da, wo wir stehenbleiben, auch wenn alles in uns aufgeben will. Gewinnen können wir nur, wenn wir der Welt zeigen, dass mehr von uns zu erwarten ist, als irgendjemand annahm. Jeder Kampf für uns selbst, dem wir uns stellen, anstatt zu fliehen, ist ein weiterer Schritt in unsere wirkliche Kraft. Und glaubt mir, Frauen: wir haben weitaus mehr Kraft als wir ahnen."

Jetzt fühlte Riesalia sich schuldig, dass sie Sybil mit ihren Worten in solche Gefahr gebracht, sie zu solch törichtem Verhalten ermutigt hatte. Doch was halfen jetzt lange Selbstvorwürfe? Entschlossen sprang Riesalia auf und stürmte mit einem lauten Schrei die Bank „Folgt mir alle!" schrie sie und tat dabei, als würde ihr ein ganzer Einsatztrupp folgen. Erschrocken fuhren die beiden Banditen zusammen. Two-Face-Charly warf sich auf Riesalias Beine und schleuderte sie zu Boden. Wild schnaufend rangen die beiden, während Sybil unerschrocken den Moment genutzt hatte, um sich ihrerseits auf One-Eye-Max zu werfen. Mit ein paar kurzen Handkantenschlägen hatte sie den Halbblinden zur Strecke gebracht, während Riesalia mit dem weit stärkeren Max rang. Logisch, dass Sybil mit ihren 25 Jahren und ihrer Kampfsporterfahrung den ca. 60-jährigen schnell besiegt hatte, der zwar mit der Pistole sehr erfahren und schnell, aber im direkten Nahkampf doch nicht mehr der Gewandteste war.

Jetzt ärgerte sich Max, dass er dieser jungen Frau nicht einfach eine Kugel verpasst hatte. Da saß ihm Frauen gegenüber doch noch die alte Zurückhaltung im Blut, die Höflichkeit, nach der sie damals erzogen worden waren. Kreuzdonnerwetter, sollte ihn sein letzter Rest Anstand jetzt ins Gefängnis gebracht haben? Noch setzte er einen Moment lang auf seinen Kumpel Charly, da sah er, wie dieses alte Sheriffs-Weib, das sie hier hatten, Charly einen Kinnhaken versetzte, dass dieser 3 Meter rückwärts flog Hatte das Weib eine Kraft! Und dabei sah sie aus, als sei sie noch einige Jährchen älter als er!

„Hut ab", dachte Two-Face-Charly im Stillen. Ja, da hatte er immerhin auf seine alten Tage doch noch etwas Außergewöhnliches erlebt, nämlich dieses Sheriffs-Weib, das wie ein Licht zu sein schien, das nicht wie andere Lichter, wenn sie älter wurden, schwächer glomm, sondern dessen Kraft hell und stark loderte, als wollte es der ganzen Welt sagen:
„Alt bin ich, ja, aber hütet euch vor mir. Wenn ich komme, dann komme ich ganz. Und wenn ich brenne, dann gebe ich mein ganzes Licht und ich werde damit nicht aufhören, bis es ganz verlischt."

Ohne Frage war der Tag dieses Verlöschens noch in weiter Ferne und ein wenig beneidete Max die Frau um diese Energie, die er mit seinen 59 Jahren nicht mehr in sich finden konnte. Ach, er war es müde. Sein Leben lang hatte er Banken ausgeraubt, den Gefährlichen gespielt, hatte dafür in Mexico sogar einmal bei einem harten Kampf Peitschenhiebe geerntet und mit seinem rechten Auge bezahlt. Das hatte ihn härter werden lassen, doch diese Härte hatte ihn nicht gerade glücklicher gemacht. Es hatte Spaß gemacht, zusammen mit Two-Face-Charly die Leute zu verarschen, die so gern an Bösewichter glaubten. Sie beide hatten ihnen zwei Bösewichte geboten, vor denen sie sich ordentlich fürchten, auf die sie ihre Angst projizieren konnten. Das tat den Leuten offenbar gut. Denn Angst hatten sie alle, jede Menge, und tat es nicht gut, dafür einen Schuldigen zu finden, und wer war dafür geeigneter als irgendwelche wüsten Banditen?

Nun, Charly war es müde, jene erbärmliche Rolle in diesem absurden Film des Lebens zu spielen. Sollten diejenigen, in deren Augen er das Böse personifiziert hatte, doch endlich auf sich selbst gestoßen sein und erkennen, dass der Grund ihrer

Ängste in ihnen selber lag und durch Projektion nach außen nicht zu verbarmen war. Sollten sie alle, die Guten, die Reinen, die Braven, doch endlich sich selbst ins Gesicht sehen, sich selbst den Dreck aus dem Gesicht waschen und die Striemen von all den Kämpfen gegen sich selbst. Er würde es ihnen nicht mehr abnehmen. Und auf einmal war Max es zufrieden, dass er ins Gefängnis kam und dass endlich diese Zeit als Bankräuber vorüber war. Es hatte eine Zeit gegeben, da hatte er sich des Lebens wirklich gefreut Wer weiß, vielleicht konnte er in der Stille und Abgeschiedenheit der Haft ein paar Überreste jener Zeiten in sich wiederfinden. All das schien auf einmal besser zu sein, als so weitezumachen wie bisher. Ja, er war es zufrieden, es war gut so.

So nahm Riesalia kurz darauf einen sehr stillen und in sich gekehrten One-Eye-Max fest. Gemeinsam mit Sybil brachte sie die beiden ins Gefängnis. Auf dem Weg zurück sah Riesalia Sybil vorsichtig von der Seite an und meinte zaghaft: „Du warst beeindruckend mutig, aber ehrlich gesagt hatte ich einen Moment lang schreckliche Angst um dich. Wäre dir etwas passiert, so hätte ich mich entsetzlich schuldig gefühlt, da ich euch am Dienstag ja zu solchem Verhalten aufgefordert habe."

Sybil sah Riesalia erstaunt an und schüttelte den Kopf. „Warum das denn, Sheriff? Das, was du uns gesagt hast, war doch richtig! Und selbst wenn ich dabei drauf gegangen wäre! Mein Verhalten ist doch meine eigene Verantwortung. Und wenn ich hundertmal nach etwas handele, wes mir jemand anders geraten hat, so ist es doch mein Handeln und ich allein habe die Folgen zu ernten, sei es Erfolg und Glück oder Verlust, Tod gar. Es ist mein Leben, mein Risiko. Nein, Sheriff, du hättest keine Schuld gehabt, wenn ich erschossen worden wäre Ich selbst bin stehen geblieben. Ich habe mich dafür entschieden, nicht mehr wegzulaufen, sondern meine Kraft zu zeigen. Und ich bin froh darüber. Du siehst, es ist alles gut gegangen, ich bin auf dem richtigen Weg!" Freudig umarmte Sybil die besorgte Riesalia und sagte: „Und jetzt Schluss mit den trübsinnigen Gedanken! Heute ist doch Frauenclub. Komm mit! Zur Feier unserer gelungenen Aktion lade ich dich zu einem ordentlichen Glas Punsch ein!" Fröhlich und ausgelassen zogen sie dann die Hauptstraße, entlang, vorbei an der Postbank, die dank ihrer beider mutigem Verhalten keinen Schaden genommen hatte. „Ah, wer kommt denn da?" wurde Riesalia beim Eintreten von einigen Frauen aufs Herzlichste begrüßt und sie stellte Sybil all denen, die sie noch nicht kannten, vor. Bei einem guten Glas Selbstgebrautem wurde ihr Erfolg in der Bank gefeiert und auch Sybil fiel mit in das allgemeine muntere Lachen ein, als später eine der Frauen lauthals ihren Kommentar gab: „Na, dann ist ja alles wieder in Butter! Wen wundert' s, schließlich haben wir ja unsere gute alte „Steppenwölfin"!"

11

Als Riesalia ein paar Wochen später bei Carol und Juanita vorbeikam, waren diese gerade dabei, den Garten umzugraben. „Fleißig, fleißig", lobte Riesalia. „Kommt ihr mit den beiden Zwillingen Ruth und Loretta ebenso gut voran?"
„Noch besser", antwortete Carol und sah Riesalia fröhlich in die Augen. „Nicht nur, dass die zwei schießen können, dass es eine Freude ist, lernbegierig ohne Ende sind, und wir uns alle prima verstehen - was ich sage, kommt ebenso bei ihnen an wie das, was ich nicht sage. Und du weißt ja, letzteres ist eine ganze Menge. Der Hass ist aus ihren Gesichtern verschwunden, ebenso wie die unglaubliche Härte, mit der sie vor 6 Wochen bei uns auftauchten. Ich glaube, sie haben begriffen, worum es bei fairem Kampf geht Anstatt sich weiterhin entsetzlich über ihren übellaunig en Vater aufzuregen, haben sie sich eine eigene Wohnung gesucht, in die sie übermorgen einziehen. Wir sind beim Möbelpacken dabei. Kommst du auch, Riesalia?"

„Ich würde gern, Kinder, aber ich stecke bis zum Hals in Arbeit", antwortete Riesalia. „Ich bin froh, zu hören, dass es mit den beiden Revolverheldinnen eine so gute Wendung genommen hat und möchte euch noch einmal von ganzem Herzen danken."
„Für dich tun wir doch alles, Sheriff", feixte Juanita und grinste bis über beide Ohren „Oder jedenfalls fast alles." Frohen Mutes lief Riesalia zurück in den Ort. Sie wusste, die beiden Mädchen Ruth und Loretta würden noch ein paar Monate bei Card trainiert

werden. In ihrer Obhut entwickelte sich ganz offensichtlich alles zum Besten der Mädchen. Was für ein Segen, dass es Carol und Juanita gibt, dachte Riesalia. Wenngleich sie selbst es liebte, zu helfen, wo immer sie nur konnte, so gab es definitiv Dinge, die ihr über den Kopf wuchsen. Wie sollte sie es auch schaffen, eine ganze Stadt unter Kontrolle zu halten?

Riesalia war froh, dass sie da auf einige unterstützende Geister zählen konnte, zu denen Marjorie, Randy, Ruby, Sybil, Frau Zazenga und einige andere gehörten. Die Unruhe und aggressive Stimmung, die sich nach Little's Attentat auf seine Frau im Ort verbreitet hatten, waren zum Glück wieder abgeklungen. Dafür hatte Riesalia weiß Gott ihr Bestes gegeben - sei es durch ihre wiederholten Aufrufe beim Frauenschießen oder auch vereinzelte persönliche Gespräche sowie öffentlich Ansprachen an alle auf Gemeindefesten. Sie war keine Frau, die sich von irgendwem den Mund verbieten ließ. Wer das tun wollte, musste nicht nur früher aufstehen, sondern kam definitiv Lichtjahre zu spät.

Selbst als Riesalias Exmann Jimmy urplötzlich aufgetaucht war und auf einmal in der Menge vor ihr gestanden hatte, als sie gerade auf dem Sommerfest zu allen sprach, da hatte sie trotz des kurzen Erschreckens seelenruhig weiter gesprochen. Nein, auch das hatte sie weder aus der Bahn geworfen, noch sprachlos gemacht. Sie war zum Sprachrohr der Gerechtigkeit geworden und nichts und niemand konnte sie davon abhalten, alles dafür zu geben. Jimmy hatte verwundert geguckt, ganz offensichtlich irritiert darüber, dass sie eine so wichtige und starke Person geworden war. War er gekommen, um sie zurückzuholen? Auch das war ihr letztlich egal und konnte ihr keine Angst machen. Sie war eine starke Frau, sie wusste, was sie wollte und das war, hier in Bad Rivers zu leben und Sheriff zu sein.

Ihr Exmann hatte dort in der Menge gestanden, sie eine Weile ganz perplex angesehen - vermutlich hatte er ihr so etwas nie zugetraut, ach, hatte er sie überhaupt im Entferntesten gekannt? - und war dann abrupt wieder verschwunden. Vermutlich hatte er gespürt, dass er hier nichts mehr verloren hatte und dass es hier für ihn nichts mehr zu gewinnen gab. Riesalia hatte sein

Verschwinden ebenso wie sein Erscheinen ganz nebenbei zur Kenntnis genommen und war beim Wesentlichen geblieben, bei ihrer Rede an die Leute, an denen ihr so viel lag Und so hatte sie ihre Ansprache an jenem Tag mit den Worten beendet:
„Was immer versuchen mag, euch abzuhalten vom Pfad der Gerechtigkeit und von dem Weg, den ihr im tiefsten Innern für richtig haltet, weil es euer ureigener Weg ist, was immer euch in die Irre führen möchte - bleibt euch selbst und euren Zielen treu. Wer gradlinig und klar den eigenen Weg verfolgt, wird sein Ziel am ehesten erreichen. In der Klarheit liegt so viel Kraft.
Lasst uns alle mit einer solchen Klarheit nur das Beste für Bad Rivers und alle, die hier leben wünschen, damit wir in Frieden zusammen leben können!"

12

Und dann kam der Tag, den Riesalia nie vergessen würde. Sie saß gerade über den Schreibarbeiten in ihrem Büro, als Marjorie aufgeregt und blass hereinstürmt. „Sie ist tot!" keuchte Marjorie ganz außer Atem und fiel erschöpft auf ihren Bürostuhl. „Ruby Red ist vor einer Viertelstunde tot zusammengebrochen. Der Arzt ist noch bei ihr." Tief getroffen sprang Riesalia auf und wollte sofort zu ihr, doch Marjorie hielt sie fest. „Da gibt es noch etwas, das du wissen solltest, Sheriff", räusperte sie sich. „Ruby hat drei Briefe hinterlassen, einen an den Frauenclub, einen an die Obersten der Stadt und einen an dich." Sie schob ein zerknittertes Papier zu Riesalia hinüber. „Den Briefen zufolge hat der Tod sie nicht überrascht. Der Arzt schließt nicht aus, dass sie ihrem Leben selbst ein Ende gemacht hat."
„Ruby? Nein, niemals!" rief Riesalia laut aus und öffnete dann eilig das blaue Papier.

Dort stand in großen Druckbuchstaben die Überschrift:

„RIESALIA, TREUE FREUNDIN UND BEGLEITERIN!"
Riesalia wischte sich eine Träne aus dem Auge und las weiter:

„Lang ist es her, dass wir gesprochen haben, doch du bist mir so verbunden und ich hoffe, du weißt das. Auch da, wo ich hingehen

werde, bist du mir nah, darum sei bitte nicht traurig.
Ich bin bei dir. Ich weiß, du wirst es nicht begreifen, dass gerade ich, die ich oft so fröhlich war, diesen Weg gewählt habe, die Welt zu verlassen.

Es war eine schöne Zeit als Bürgermeisterin, aber es war auch eine harte Zeit. Dies ist nicht der Grund, warum ich mich an dieser Stelle von euch allen verabschiede.
Ich fühle mich schon lange sehr einsam. Es ist eine Sache, mit vielen Leuten zu reden und in Kontakt zu sein und eine andere Sache, jemandem wirklich nahe zu sein. Seit meine Schwester und meine Mutter, die die letzten Familienangehörigen waren, letztes Jahr starben, habe ich mich sehr allein gefühlt.

Die Freundschaft mit dir und Randy hat mir viel gegeben, doch du weißt, ich lebte seit 30 Jahren allein in meinem großen Haus. Es gab eine Zeit, da war ich gewöhnt an die Einsamkeit und ich spürte das Nagen im Herzen nicht mehr, das Vermissen von Stimmen, Lachen, von Nähe, Verständnis, Beisammensein und Wärme. In den letzten Jahren hat sich das verändert. Auf einmal begann die Stille, mir wehzutun und die Leere um mich begann, Löcher in mein Herz zu reißen. Der Schmerz nahm zu und wurde mit der Zeit zu einem Vulkan, der brodelte.

Wohin mit solchem Druck, wohin mit all den Wünschen und den Träumen? Ich war zu resigniert, um auch nur einen einzigen dieser Träume auferstehen zu lassen zu neuem Leben. Ach, gab es dieses Leben jemals? Ich weiß es nicht.

Ich weiß nur, dass etwas in mir stumpf war all die Jahre und dass da, wo andere Menschen sich verzaubern und beglücken lassen von der Liebe ein riesengroßer Klumpen Angst saß und ich hatte nicht die Kraft, dagegen anzugehen. Ich hatte nicht die Kraft, meine Träume zu leben. Weil ich aber möchte, dass meine Träume leben, vermache ich mein Haus und meinen gesamten Besitz den Schwestern Loretta und Ruth Kings. Du hattest deine Sorge um die beiden mit mir geteilt. Mögen die beiden durch die Möglichkeit, in meinem Haus zu leben, durch mein Geld und durch die Kraft und den Mut ihrer Jugend glücklich werden und *stets Liebe im Herzen tragen. Möge ihnen ein Leben voller Liebe und Glück beschieden sein.*

Riesalia, ich bitte dich, diese Übergabe an die beiden zu übernehmen. Kümmere dich bitte darum, dass da alles zum Rechten geschieht. Dir, treue Freundin, vermache ich meinen blauen Ring, den Eiskristall, der, wie ich stets zu sagen pflegte, magische Kräfte verleiht. Außerdem gehört dir von nun an mein schwarzer Wildlederhut, meine derbe grüne Jacke (die schussfeste, weißt du) und das Gewehr von Tante Sue.
Mögen dir diese Dinge auf deinen Wegen Kraft geben und dich stets an mich erinnern. Riesalia, was du in diesem Ort verändert hast in der kurzen Zeit, die du hier lebst und Sheriff bist, das hat in den letzten 200 Jahren niemand geschafft.
Ich bin stolz auf dich, ich bin dir dankbar.
Gerade Bad Rivers' Frauen haben dir so viel zu verdanken.

Mein Amt als Bürgermeisterin, so beschwerlich und aufreibend es auch war, hat mir doch viel Freude gemacht. Es hat mir die letzten Jahre wirklich Erfüllung, Sinn und Halt gegeben.
Ohne dich und das, was du an Veränderungen in unseren Ort gebracht hast, wäre das nicht möglich gewesen. Ich möchte dir auch dafür danken.

Bitte macht euch keine Vorwürfe, du und Randy, dass ihr hättet merken müssen, wie müde ich all das war, was mich so quälte. Ich habe mir ja solche Mühe gegeben, es mir nicht anmerken zu lassen, dass ich es oftmals selbst nicht mehr spürte. Ich zeigte euch stets mein fröhliches Gesicht und meine Stärke. Wie hättet ihr denn ahnen sollen, was ich wirklich fühlte? Vielmehr danke ich euch, weil ich bei euch beiden jene Verbundenheit und Herzenswärme fand, die mir so guttat.

Selten habe ich Menschen erlebt, die so echt und herzlich waren, wie ihr beide. Ich bin so froh, dass ich euch begegnet bin. Und tut mir einen Gefallen: lasst nichts zwischen euch kommen, lasst eure Freundschaft durch nichts zerstören. Ihr gehört zusammen wie Pech und Schwefel. Ich habe mich so sehr an eurer Zusammengehörigkeit gefreut. Lasst es fortbestehen. Auch wenn

Randy immer wieder mit der Herde hinauszieht, so wird sie doch für immer in deinem Herzen sein, Riesalia.

Schätze die Pflanze eurer Freundschaft, gieße und pflege sie und hüte sorgsam den kostbaren Schatz, den sie birgt: Vertrauen. Ich muss es dir an dieser Stelle gestehen: ich war zu einem solchen Vertrauen niemals in der Lage und das hat meine Einsamkeit verursacht. Ich konnte nicht teilen, was ihr an Tiefe und Innigkeit teilt, weil ich stets Angst hatte, alles zu verlieren. Ich hatte nicht den Mut im Herzen, so wie du.

Ja, liebe Freundin, „Steppenwölfin", so nennen sie dich alle, doch ich möchte dir an dieser Stelle sagen, wie ich dich genannt hätte:
<u>*mutiges Herz.*</u>
Du hast keinen Einsatz gescheut und oft hast du dein Leben riskiert, um andere zu retten. Sämtliche Sheriffs vor dir sind binnen kürzester Zeit in ihrem Amt erschossen worden.

Hast du jemals überlegt, was es war, was dich beschützte, und dich in all der Gefahr vor Unheil bewahrte? Ich sage dir, liebe Freundin, es war dein mutiges Herz. Mutige Herzen verstrahlen ein goldenes Licht, das den Menschen von Kopf bis Fuß einhüllt und umfängt.

Keine Kugelweste dieser Welt, keine Ritterrüstung, kein Schutzpanzer kann ein mutiges Herz ersetzen, geschweige denn übertreffen.
Ja, Riesalia, ich denke, selbst die „Bösen" im Ort sehen das Leuchten um dich herum und wagen es nicht, dir ein Haar zu krümmen - mehr noch, sie achten dich und dein Leben.

Ich habe so viel von dir gelernt, liebe Freundin, doch diesen Mut im Herzen zu erlernen, das gelang mir leider nicht. Aber ich habe es an dir gesehen und ich habe mich daran erfreut.

Riesalia, du verkörperst, woran ich tief im Innern glaube, auch wenn ich es nicht leben konnte:
<u>*der größte Schutzschild ist die Liebe.*</u>
Du hast deinen Beruf und jeden Tag, den du hier bei uns warst mit Liebe zu den Menschen gefüllt und das macht deine Präsenz

für uns alle so wertvoll und einzigartig. Die anderen Sheriffs vor dir, sie haben <u>gegen</u> das Böse gekämpft. Du aber kämpfst anders. Du kämpfst <u>für</u> die Menschen, für das Leben, für Gerechtigkeit.

Dieser Ort ist dir dankbar und wenn ich dies auch versäumt habe in einer öffentlichen Rede zu sagen, so tue ich es jetzt in aller Form.

Ich danke dem Tag, an dem du aufbrachst, um ein neues Leben zu beginnen (du hast oft davon erzählt).
Was hätten wir alle bloß ohne dich angefangen?

Geh deinen Weg weiter - mutig, unerschrocken und zielstrebig wie bisher - und du wirst der Stadt noch zu manchem Erfolg verhelfen, sowie die Stärkung und Mobilisierung der Frauen ein Riesenerfolg von dir ist. Nochmals: das war großartig!

Vielleicht wunderst du dich jetzt, dass ich bei all der Freude, die ich dennoch auch empfinden konnte, gehen will und, wenn du dies liest, bereits gegangen bin.

Ich spüre eine große Kälte in meinen Knochen und ich habe das Gefühl, es ist Zeit für mich, weißt du. Ich habe viele Ziele erreicht in diesem Leben, doch das wohl allergrößte Ziel, nämlich zu lernen zu lieben, das ist mir nicht gelungen.

Ich fühle mich entsetzlich müde und traurig, erfolglos und verzweifelt, wenn ich daran denke, welche Reichtümer in meinem Innern schlummern mögen und dass ich nicht in der Lage war, sie zu teilen. Vielleicht ist ein wenig von meinen Sonnenstrahlen bei dir angekommen, auch wenn ich nie in der Lage war, meine Sonne ganz zum Strahlen zu bringen.

„Was redet sie, die so oft über beide Ohren strahlte?" höre ich dich fragen. Doch ich meine nicht jenes heitere Strahlen voller Leichtigkeit, sondern ich meine jenes kraftvolle Licht, das aller tiefste Dunkelheit zu überwinden vermag. Jenes Licht, das gegen jede Angst und Not standhält, das jeden Zweifel, jede Sorge überwiegt - ich habe es an dir gesehen. Was mich betrifft, so

muss ich sagen, dass ich im Dunkeln kauerte, während ihr meintet, dass ich hell und fröhlich strahlte. Ich hoffe nicht, dass du nun meinst, ich hätte euch allen nur etwas vorgespielt und ich hoffe, gerade du und Randy nehmt es mir nicht übel, dass ich mich kaum anders zeigen konnte. Ich bin mir sicher, dass ein Funke meiner Wahrheit bei euch allen angekommen ist und dass ihr beiden doch ein Stück von meinem Herzen gesehen habt, so wie ihr es bewohntet.

Riesalia, es wird Zeit für mich. Ich bin zwar erst 54, doch ich vernehme ein Rufen und dem will ich folgen.
Vielleicht bin ich da, wo ich hingehe, nicht so allein.
Vielleicht wartet dort jemand auf mich.
Ich umarme dich fest und wünsche dir Gottes Segen.
Lebewohl und lebe glücklich, deine Freundin Ruby Red"

Drei Tage nach Rubys Tod brachte ein Bote die Nachricht des Arztes zu Riesalia: Ruby hatte ein schnell wirkendes Gift zu sich genommen. Natürlich war Riesalia froh, dass es sich hier um keinen Mord handelte, doch dieser Abschied, die Traurigkeit über den Verlust der Freundin, die Ohnmacht, ihr nicht helfen zu können und das Entsetzen über die traurige Tat ließen sie lange nicht los.

Wenige Tage später zogen die Zwillinge Loretta und Ruth Kings unter Riesalias Aufsicht in Rubys Haus und dieses freudige Ereignis erhellte Riesalias Gemüt ein wenig. Die beiden Mädchen, die eben erst den Sprung aus dem belastenden Elternhaus in eine winzige Wohnung geschafft hatten, waren über-glücklich, auserwählt zu sein, all diesen Reichtum zu besitzen und in diesem „Palast", wie sie das Haus in ihrem Überschwang nannten, wohnen zu dürfen. „Dies alles gehört nun euch", sagte Riesalia, als sie mit Ruth und Loretta den großen Korridor betrat, von dem die vielen Zimmer abgingen. Nachdem sie das Untergeschoß besichtigt hatten, stürmten die begeisterten Mädchen nach oben.
„Ich kann das kaum glauben!" rief Loretta ganz überwältigt, als sie all die Prachtbestaunten, die nun ihnen gehörte.

Riesalia freute sich für die beiden und dachte: so hat das Leben doch auch hier mit gerechter Hand ausgeteilt, dass eben jene Mädchen, denen so viel Leid widerfahren war, so große Freude zuteil wurde. Dies zu sehen, machte Riesalias Herz, das seit Rubys Tod doch recht schwer war, wieder etwas leichter. Am Abend kochten die beiden Mädchen zum ersten Mal in ihrer großen Küche und luden Riesalia zum Essen ein. Gemeinsam saßen sie dann in dem großen Garten, satt und zufrieden.

„Ist das Leben immer so großzügig?" fragte Loretta unvermittelt. „An unverhofften Ereignissen kannten wir bislang nur Schmerzhaftes, Beängstigendes, aber nicht ein solches Geschenk. Belohnt das Leben diejenigen, die Schweres zu tragen hatten?" Riesalia sah mit ernstem Blick über den Garten. „Wenn das so einfach wäre, dann wären ja viele scharf darauf zu leiden, oder, was meint ihr, Mädels?" Die beiden lachten.

„Nein, Spaß beiseite", fuhr Riesalia fort. „Wenn wir den Mut haben, das Leben zu lieben, mit allem, was es uns beschert und nicht mehr mit Rache, Wut, Hass dagegen ankämpfen, dann, ja, dann kann es uns sehr reich beschenken Wenn wir die Waffen niederlegen, die wir in unseren Herzen trugen, wenn wir aufhören, uns selbst für unsere Schwächen abzulehnen, wenn wir einfach „ja„ sagen und bereit sind, mit dem Strom zu gehen, der das Leben ist, und uns tragen zu lassen, dann können wir nach Hause kommen. Dieses Zuhause liegt in uns selbst, in unseren Herzen. Bei euch könnte man es sogar so sehen, dass der Wandel in euren Herzen euer äußeres Zuhause in einen Palast verzaubert hat. Wie Ruby schon immer zu sagen pflegte: „Liebe hat Zauberkraft".

Riesalia drehte den blauen Ring, den Ruby ihr hinterlassen hatte, an ihrem Finger und auf einmal war ihr, als stünde Ruby direkt hinter ihr, direkt in ihrem Rücken.
Und in aller Deutlichkeit vernahm sie die Worte: *„Ich bin bei dir, Riesalia. Unterschätze nie die Kraft des Ringes. Und vor allem: unterschätze niemals deine eigene Kraft. Sie hat das Dunkel in deinem Innern überwunden, sie hat dich nach Bad Rivers getragen und sie hat diesen Ort zum Leuchten gebracht, so dass*

er beinahe einen neuen Namen verdient hätte: <u>Good Rivers</u>.
Riesalia, ich bitte dich als ehemalige Bürgermeisterin, die Namensänderung des Ortes vorzunehmen. Ich weiß, mein Anliegen erreicht dich spät, aber ich verlasse mich auf dich."

Dann war da nur noch die Stille hinter ihr, die geschwätzigen Mädchen neben ihr und vor ihr der Garten. Und sie wusste, sie musste es tun, weil es der letzte Wunsch von Ruby war: gleich morgen würde sie die Namensänderung durchführen. Und so geschah es. Da ihr wohl niemand geglaubt hätte, dass Ruby es ihr persönlich aus dem Jenseits gesagt hatte, verkündete Riesalia allen, die es wissen wollten, Rubys letzter Wille habe in ihrem Brief an sie gestanden. Und da Riesalia nicht nur sehr angesehen war, sondern ihr Wort und ihre Taten nicht in Frage gestellt wurden, so hatte niemand etwas gegen die Namensänderung einzuwenden. Im Gegenteil: alle waren ganz begeistert und fanden diese Idee absolut richtig und angemessen. So war schon wenige Tage später auf dem Schild am Ortseingang zu lesen:

Good Rivers - hier fließen die Flüsse in die richtige Richtung.
Zufrieden stand Riesalia vor dem neuen Ortsschild und dachte lächelnd an Ruby: „Ja, altes Mädchen, du hattest Recht. Das ist der richtige Name für diesen Ort, an dem die Menschen wieder gelernt haben, an das Wesentliche zu glauben: ein Miteinander in Respekt, Achtung und Liebe. Auch du hast deinen Teil dazu beigetragen. Ich danke dir für alles. Ich werde dich nie vergessen."

13

Als neue Bürgermeisterin wurde Sybil Clark gewählt, diese vielversprechende Frau, die so viel Mut und Klarheit gezeigt hatte. Ihr wollten die Menschen gern vertrauen.
Das Leben nahm wieder seinen gewohnten Gang, alles verlief ruhig. Als Riesalia sah, dass die Gemeinde so gut und getragen funktionierte, da fasste sie einen Plan. „Was meinst du, Marjorie", wandte sie sich eines Tages an ihren Hilfssheriff, „ob ihr mich wohl mal für 2-3 Wochen entbehren könntet? Fühlst du dich jetzt

sicher genug in deinem Amt, um mich einmal zu vertreten?"
„Klar, Sheriff, kein Problem!" antwortete Marjorie verdutzt.
„Und was hast du vor?"
„Das muss ich erst noch mal mit einer gewissen Dame besprechen", tat Riesalia ganz geheimnisvoll. „Ich weiß ja noch gar nicht, ob es klappt und ob es der richtige Zeitpunkt wäre. Aber ich wollte einfach schon mal sichergehen, dass es von deiner Seite her o.k. wäre. Sobald ich Näheres weiß, sage ich dir Bescheid, ja?"
„Alles, klar, Sheriff!" antwortete Marjorie, die überhaupt nicht wusste, um was es wohl gehen könnte. Aber so wie sie Riesalia kannte, würde sie nicht lange auf die Antwort warten müssen.

„Hey, Mädchen, wie geht's dir und den Tieren?" Leise war Riesalia von hinten herangetreten und nun fuhr Randy doch etwas erschrocken zusammen. „Wie oft habe ich dir bereits gesagt, dass du anklopfen sollst, alte Nudel!" schimpfte sie lachend. „Ich hole mir noch einen Nervenzusammenbruch, wenn du mich immer so erschreckst." Aber auf Riesalia konnte sie einfach nie lange sauer sein. Sie nahm die Besucherin kräftig in ihre Arne, drückte sie und fragte: „Was gibt's, Chef? Womit kann ich dienen?"

„Du tust gerade so, als käme ich nur zu dir, wenn ich dich um einen Gefallen bitten und deine Hilfe brauchen würde!" empörte Riesalia sich. „So schlimm bin ich ja nun auch nicht, oder? Immerhin bin ich deine Freundin! Vielleicht komme ich dich ja einfach begrüßen oder möchte eine Runde mit dir drehen, drüben im Wald."
„Nee, nee", lachte Randy, „du weißt genau, was du willst und ich sehe in deinen Augen diesen violetten Glanz, den sie immer haben, wenn du eine konkrete Idee oder Frage hast. Raus damit, Riesalia, was hast du vor?"

Riesalia ließ ihren Blick über die Tiere schweifen und fragte dann leise: „Weißt du noch, wie du mir einmal angeboten hast, mit dir in die Steppe zu ziehen? Ich weiß nicht, ob du noch magst, aber was mich betrifft, so wäre es jetzt der richtige Zeitpunkt."
„Ob ich noch mag?" Vor Freude sprang Randy beinahe bis unter

die Stalldecke. „Riesalia, altes Mädchen, ich wünsche mir das schon so lange, aber ich habe immer gedacht, dass du den Zeitpunkt bestimmen sollst. Ich habe auf dich gewartet. Wenn es für dich jetzt richtig ist, dann ist es für uns jetzt richtig. Juchhu!" Ausgelassen tanzte Randy durch den Stall und wusste sich vor Freude kaum wieder einzufangen. Oh, da war es leichter für sie, ein paar wild gewordene Rinder wieder einzufangen, als sich selbst, wenn sie so außer Rand und Band war vor Freude. Dann gab es kein Halten mehr.

Als Randy sich dann doch einige Minuten später wieder beruhigt hatte und völlig außer Atem auf dem Stallboden saß, sah sie mit funkelnden Augen zu Riesalia auf und sagte nur: „Morgen. Gleich morgen ziehen wir wieder los, die Herde und ich. Das ist schon seit Wochen geplant. Wenn du mitkommen willst, bist du hiermit auf 's Herzlichste eingeladen."

Und ob Riesalia das wollte! Sicher, es war knapp, einen Tag zu haben, um alles vorzubereiten, das Büro und Marjorie, das Reisegepäck, Proviant... Und dann wollte sie sich noch in aller Eile von ein paar Leuten verabschieden, bevor sie loszog.
„Gut, dann mache ich jetzt alles fertig", sagte Riesalia, strubbelte Randy noch einmal über die Haare und wandte sich zum Ausgang. „Bis morgen, Lady. Ich freue mich schon."

Und dann war der große Tag gekommen, jener Tag, nach dem Randy und Riesalia sich beide lange schon gesehnt hatten. Manche Dinge, die wir uns sehr wünschen, brauchen ihre Zeit, und so hatten die beiden vertrauensvoll auf den richtigen Zeitpunkt zur Verwirklichung dieses Traumes gewartet. Jetzt endlich war er da und sie waren glücklich.

Zu ihrem Abschied hatten sich einige Leute versammelt. Marjorie drückte Riesalia noch einmal fest an sich und sagte leise: „Keine Sorge, Sheriff, es geht alles klar. Ich schmeiß den Laden."
„Ja, und außerdem haben wir beiden Marjorie unsere Hilfe angeboten, wenn es dir recht ist, Riesalia!" riefen da Loretta und Ruth Kings. „Wir sind so dankbar für all das, was du für uns getan hast und würden dir das gern auf diese Weise zeigen. Wir

werden jeden Tag mit Marjorie im Büro arbeiten, durch die Straßen gehen, einfach für alles Anfallende zur Verfügung stehen. Was immer geschehen mag in deiner Abwesenheit, Riesalia, die Stadt ist bestens vorbereitet." Erleichtert und froh drückte Riesalia die beiden Mädchen an sich. „So kann ich noch ruhiger gehen und brauche mir wirklich keine Sorgen zu machen. Ich danke euch", sagte Riesalia zu Marjorie, Ruth und Loretta. Auch Carol und Juanita waren da, um Riesalia zu verabschieden Sie gaben ihr einige Kräuter und selbstgebackenes Brot mit und wünschten ihr alles Gute.

Sybil Clark, die neue Bürgermeisterin war wenig offiziell, als sie Riesalia freundschaftlich auf den Rücken klopfte und sagte: „Nach dieser langen Zeit in vollem Einsatz für die Stadt hast du dir ein paar freie Tage mehr als verdient, Sheriff. Mach das Beste daraus, genieß es in vollen Zügen. Alles Gute für euch beiden!"

So zogen Randy und Riesalia dann endlich mit der Herde los, von all den guten Wünschen begleitet. Der anbrechende Morgen hüllte sie in warmes Rot. Der Himmel schien ein einziges rotoranges Freudenfeuerwerk zu sein, das ihnen zu rief: „Endlich macht ihr euch auf den Weg ihr zwei! Dort draußen wartet so viel auf euch. Erst wenn ihr aufbrecht, könnt ihr es finden.
Was für ein Segen, dass ihr euch endlich aufmacht! Möge eure gemeinsame Reise euch reich beschenken!"

Am dritten Tag pausierten sie in der Nähe einer Wasserstelle, die von schaumigem Wasser überzogen war. „Schau mal", sagte Randy und zog die Stirn in Furchen, „das sieht gar nicht gut aus. Irgendein Vollidiot hat dieses Wasser vergiftet. Tja, da hilft alles nichts. Wir müssen weiter." Sie zogen die ganze Nacht hindurch ohne Pause über das öde, in Dunkelheit getauchte Land. Randy und Riesalia ritten nebeneinander her und erzählten einander Geschichten aus ihrem früheren Leben.

„Dass du mal verheiratet warst, das kann ich auch kaum fassen, wenn ich dich so in deiner Sheriffs-Kluft betrachte, Riesalia!" lachte Randy. „Ich kann es selbst manchmal gar nicht mehr glauben", nickte Riesalia ihr zu. „Es kommt mir vor, als läge all das in weiter, weiter Ferne, wie in einem anderen Leben beinahe. Und wie brav und angepasst, wie bieder und normal ich vor mich hin lebte! Du meine Güte, ihr alle würdet mich nicht wiedererkennen, wenn ihr mich jetzt in einer solchen Verfassung wie damals sehen würdet, in den Kleidern, mit diesem Blick... Und doch war ich es. Habe ich dir jemals erzählt, was mich aufrief, zu gehen und alles hinter mir zu lassen?"

Randy ließ ihren Blick über die Herde schweifen, die im Licht des beginnenden Morgens dahin trabte: „Irgendwelche Worte eines Priesters, nicht wahr?"
„Nicht irgendwelche Worte, Randy. *„Wenn der heiße Atem der Steppe dich berührt, dann überleg dir gut, ob es sich für dich lohnt, zu kämpfen."* Diese Worte haben mein Leben verändert. Und ich habe immer noch das Gefühl, nur einen Teil der Botschaft verstanden zu haben. Da steckt noch mehr darin, was ich begreifen möchte. Vielleicht kann ich den Rest hier verstehen lernen, auf dieser Reise mit dir, hier, in der Unendlichkeit der Steppe."

14

Nach einer Woche war die Unendlichkeit der Steppe für Riesalia zur Normalität geworden. Hatte sie anfangs noch eine Befremdung, ein Gefühl des Verloren-Seins oder gar ein Stück Angst empfunden, so schien es ihr jetzt beinahe, als hätte ihr Auge nie etwas anderes erblickt. Stundenlang konnten ihre Augen in der Weite baden, ohne dass sie eine Leere empfunden hätte. Stattdessen fand sie in dieser unermesslichen Weite zu einer tiefen Ruhe in sich selbst.

Ihr war, als wenn sie nach der langen Zeit mit den vielen Menschen und all den Aufgaben endlich wieder sich selbst spürte. Aber was sie da spürte war nicht dasselbe Ich, das damals in Chichunga Waters im Lande der Sicherheiten an emotionaler Leere beinahe erstickt wäre. Es war ein gestärktes Ich mit einem freien, offenen Herzen, aufgerichtet zu seiner vollen Größe, zufrieden mit sich selbst, seinen menschlichen Beziehungen und seinen Fähigkeiten. Riesalia wollte nur noch so von Angesicht zu Angesicht der Steppe gegenüber stehen und dieses Geschenk spüren, dass sie nach jenem langen Leben voller Unzufriedenheit und Leere endlich zutiefst zufrieden mit sich selbst und ihrem Leben war.

Sie sog den Atem tief ein, atmete die Steppe, atmete sich selbst, atmete das Leben und war glücklich. Ja, das hatte sie immer gewollt, ihre Kraft für andere Menschen einsetzen, Liebe und Freude weitergeben und dasselbe empfangen, helfen, wo immer sie konnte, für Frieden und Gerechtigkeit kämpfen... Wieder fiel ihr jener Spruch ein, der sie damals aus dem sicheren Hafen ihres gemütlichen Dahinvegetierens befreit hatte. Was um Himmels Willen war der heiße Atem der Steppe? Würde sie diese Antwort, die sie schon so lange suchte, hier endlich finden?

Sie zogen weiter und mit jedem Schritt, den sie weiterkamen, war Riesalia, als fiele alles, was sie jemals erlebt hatte, von ihr ab. Auf einmal gab es nur noch die Gegenwart, hier, mit Randy, der Herde und der Unendlichkeit der Steppe. Sie erlebte es wie eine Reinigung. Ja, obwohl der Staub sie von Kopf bis Fuß einhüllte und sie manchmal darüber scherzten, wie sehr sie einander mochten, obwohl sie einander wirklich stanken, so war es Riesalia, als ob die Stille und die Weite sie reinwuschen von allem, was ihren Geist jetzt hätte ablenken können. Sie wurde zu konzentrierter Gegenwart, sie selbst war das Jetzt, sie war der Anfang und das Ende ihres Lebens, sie war die Weite und sie war die Fülle, die all das aufheben und sättigen konnte mit ihrer Liebe, mit ihrer Kraft, mit ihrem Dasein.

Und hatte sie sich früher auch tausendmal darüber beschwert, wie lieblos, langweilig und scheintot ihr Ehemann gewesen war, wie trist das Leben mit ihm gewesen war und wie wenig er sie überhaupt beachtet hatte, so war ihr jetzt auf einmal klar, dass sie selbst für ihr Leben verantwortlich war, für ihre Zufriedenheit und ihr Glück. Sie hatte diese Verantwortung erst angenommen, als sie das sichere Heim verlassen hatte, aber sie hatte sie immer gehabt. Aber erst, als sie bewusst ihr Leben in die Hand nahm und wegging, hatte sie ihr Leben zu ihrem eigenen Leben machen können, war es ihr gelungen, sich selbst in die Welt zu tragen und Zufriedenheit und Erfüllung zu finden. Aus jenem Ich der braven angepassten, ängstlichen, noblen Ehefrau hatte sich eine Identität voller Kraft und Stärke herausgeschält, die sie früher nie in sich selbst vermutet hätte.

Niemals hätte sie damals für möglich gehalten, dass sie so gut und so stark auf ihren eigenen Beinen stehen konnte und welch ein Vergnügen dies sogar war! Verdammt, in ihrer rauhen Sheriff-Kluft, oben auf dem Pferd sitzend und mit Randy scherzend, konnte es wohl nichts Schöneres geben, als sie selbst zu sein! Und wie wenig hatte sie sich selbst damals in ihrer Rolle als Ehefrau, inmitten all der vermeintlichen Sicherheiten gemocht! Sie hatte sich selbst verspottet und verhöhnt, wo immer sie konnte und insgeheim sogar ihrem Mann Recht gegeben, dass er sich nicht für sie interessierte, da sie ja so eine bescheuerte Null sei. Sie hatte sich selbst abgewertet und niedergemacht, als sei diese Selbstablehnung ihr tägliches Brot. Von dieser Nahrung hatte sie Durchfall bekommen, denn das ist die Angst der Seele. Wie hätte sie sich selbst auch vertrauen können, so wie sie sich verachtete? Durch ihre Selbstverachtung konnte sie sich selbstverständlich keine Sicherheit geben. Stattdessen suchte sie perverser Weise Sicherheit bei jenem Mann, der sie missachtete. Es war ein Teufelskreis, aus dem es beinahe kein Entrinnen gegeben hätte, wäre da nicht der Reverend gewesen und jener Spruch...

Nun aber empfand Riesalia endlich wirkliche Sicherheit, in sich selbst, die dadurch zustande kam, dass sie sich selber liebte und mit sich selbst zufrieden war. Endlich konnte sie vor sich selber grade stehen und sich ins Gesicht sagen: „Ja, Riesalia, so wie du bist, bist du o.k. und ich mag dich." Wie alt hatte sie werden müssen, um endlich dahin zu kommen! Und wie oft hatte sie in ihrem Amt als Sheriff für Frieden und Gerechtigkeit gekämpft und hatte doch in sich selbst keinen Frieden getragen. Jetzt war dies anders und sie spürte, dass sie endlich in Frieden mit sich selber war.

Zwei Tage später saßen Riesalia und Randy abends noch lange an ihrem Lagerfeuer. Den Kopf an Randys Schulter gelehnt, erzählte Riesalia aus ihrem früheren Leben, von all den bleischweren, nie verwirklichten Träumen, die ihre Seele zerfressen hatten, von den Sehnsüchten, denen sie den Mund gestopft hatte, von den Zielen, die sie zu Grabe getragen hatte. Der Glaube an all das, was ihr ureigenes Leben ausmachte, war in ihr gefroren und auf einer Eisscholle davon getrieben, weit gen Norden.

Hier, in Good Rivers, war manches davon zu ihr zurückgekehrt, wie Vögel, die nach dem Winter heimkehren in das Land der Wärme und der Freude. Und doch gab es immer noch Träume, die in Eis gefroren brach lagen und denen sie die Tür zur Wirklichkeit nicht öffnen konnte, weil sie ihren Namen nicht kannte. Diese Träume überfielen sie nachts. Dann sah sie grelle Lichter und hörte eine Stimme, die sagte: „Riesalia, ich warte auf dich. Es wird Zeit."

Was wollte diese Stimme von ihr, was war es, was da nach ihr rief? Als Sheriff hatte sie vieles erreicht, was sie glücklich gemacht und ihren Träumen Inhalt und Gestalt geschenkt hatte. Doch hinter jener Tür, die sie nicht öffnen konnte, wartete noch etwas auf sie. „Ich habe keine Ahnung, was es ist", sagte sie leise zu Randy und nahm deren Hand. Randy strich ihr beruhigend über das Haar und sagte: „Ich bin sicher, du wirst es herausfinden." Gemeinsam blickten sie hinauf in den Sternenhimmel, der sich wie eine blaue Decke über ihnen wölbte.

„Sieh nur, dort oben ist er wieder, der große Wagen!" rief Randy und streckte ihre Hand zum Himmel. Über der weiten Unendlichkeit der Steppe war die Weite jenes glitzernden Sternenhimmels wie ein Zauber ohne Anfang und ohne Ende. Riesalia tauchte ein in diesen Zauber und auf einmal konnte sie sehen, wo vorher ihre Augen blind gewesen waren. Ja, sie sah den großen Wagen und indem Wagen sah sie ihr Innerstes sitzen, jene zarte Pflanze, die sie auch war.

Lange Zeit hatte sie als Sheriff den Leuten nun ihre Kraft gezeigt, ihre robuste Natur, ihre kämpferische Seite, ihre Wildheit, ihre Unerschrockenheit, ihre Verwegenheit. Und doch war da auch etwas anderes in ihr. Jene andere Seite hatte sie vor vielen, vielen Lichtjahren beerdigt, verabschiedet, totgetreten. Es war die Bedürftige in ihr, die Halt brauchte und Trost, die sich anlehnen wollte und Geborgenheit bei anderen suchte. Wie konnte sie diese Seite zeigen? Auf einmal wusste sie, dass es Zeit war, den Traum jener Art von Lebendigkeit wahr zu machen und dass Randy es war, der sie diese Seite von sich zeigen wollte.

„Schau nur, Randy, dort oben auf dem Wagen", flüsterte Riesalia der Freundin zu und nahm deren Hand. „Ja, Riesalia, siehst du es jetzt? Endlich!" Randy umarmte die Freundin fest und sagte: „Das war es, was ich dir zeigen wollte, als ich dich damals einlud, mit mir in die Steppe zu ziehen. Auch ich habe hier zum ersten Mal dieses Bild in dem Großen Wagen gesehen und jenen Teil von mir selbst wiedergefunden. Ich konnte nie darüber sprechen. Ich freue mich, es nun mit dir teilen zu können." So saßen die beiden noch lange und blickten hinauf zu den Sternen und zum ersten Mal in ihrem Leben fühlte Riesalia sich zutiefst gehalten. Es tat so gut, nicht länger die Starke spielen zu müssen, sich anlehnen zu dürfen und sie fühlte sich so sicher bei Randy.

„Die Freundschaft mit dir ist das schönste Geschenk, das ich in meinem neuen Leben erhalten habe, Randy", sagte Riesalia schließlich und sah Randy direkt an „Ich bin so dankbar dafür."
„Du bedeutest mir auch sehr viel, Riesalia", sagte Randy. „Jedes Mal, wenn ich mit der Herde heimkomme, so weiß ich erst dann wirklich, dass ich wieder zuhause bin, wenn ich dich gesehen habe. Ja, bei dir fühle ich mich daheim."

Lange saßen sie noch so, hielten einander umarmt und blickten in die Sterne. Gemeinsam fuhren sie auf dem großen Wagen in den Himmel hinein und inmitten der Unendlichkeit der Steppe und des verzauberten Himmels waren sie nicht verloren, sondern geborgen, weil sie beieinander waren.

In einer der darauffolgenden Nächte schlief Riesalia sehr unruhig. Randy wachte schließlich davon auf, dass Riesalia sich so getrieben hin und her wälzte. „Feuer!" keuchte die Schlafende und schien mit unsichtbaren Ungeheuern zu kämpfen. Randys erster Impuls war, die Freundin zu wecken, um sie so von ihren Qualen zu befreien. Doch dann sagte ihr ihr Gefühl, dass es ein wichtiger Traum war, den Riesalia brauchte, und so sah Randy ihr zu und war im Geiste bei ihr.

Riesalia stand in der Steppe.
Ringsum kein Wesen, nur sie selbst und die unendliche Weite. Auf einmal fing der Boden an zu brennen und um sie herum wuchs ein mächtiger Feuersturm. Das Feuer kam mit großer Macht näher und näher. Wie große Wellen brandete es ihr heiß entgegen und sie hielt sich voller Entsetzen Augen und Ohren zu. Wie sollte sie diesen Feuermassen Einhalt gebieten, wie sollte sie ihre Haut retten? Eine felsenschwere Ohnmacht überkam sie und sie wollte sich auf den Boden werfen und aufgeben. „Es hat ja doch alles keinen Sinn", dachte sie, „ich bin sowieso viel zu schwach." Und dann auf einmal war der Spruch des Reverends in Riesalias Kopf und füllte ihr ganzes Sein:
„Wenn der heiße Atem der Steppe dich berührt dann überleg dir gut, ob es sich für dich lohnt, zu kämpfen."
Nun also war es soweit und sie wusste, wie sich jener heiße Atem der Steppe anfühlte und sie fühlte das Entsetzen und die Ohnmacht.

*„Riesalia", sagte auf einmal eine Stimme in ihr, „du hast hundertmal für andere gekämpft. Wieso verzagst du, wenn es „nur„ um dich selbst geht? Wo sind dein Mut und deine Kraft, wo ist deine Entschlossenheit? Riesalia, es geht um **dich**, es ist **dein** Leben!" Und plötzlich wusste sie, das war das letzte und zugleich wichtigste Bruchstück jener Botschaft gewesen und jetzt endlich hatte sie es gefunden. All die vielen Male, wo sie ihr Leben für andere aufs Spiel gesetzt hatte, wo sie ihre Kraft ohne das geringste Zögern gezeigt hatte, waren nichts gewesen gegen diese Entscheidung, es sich endlich selbst wert zu sein, alles zu geben. Sie war nicht ohnmächtig, sie war es nie gewesen.*

Und doch hatte sie in den Kammern ihrer Angst gesessen und sich dort gefangen gehalten, gewartet, dass jemand sie befreie, gehofft, dass die Befreiung, die sie anderen schenkte, auf sie überspränge. Gelähmt und schwer hatte sie stets vergeblich gewartet. Und nie daran geglaubt, dass sie es jemals schaffen würde, wirklich frei zu sein von jener Angst und der abgrundtiefen Ohnmacht. All die Jahre ihrer Ehe hatte sie am Fließband ihrer Angst gesessen und dieser die Macht zugearbeitet, sie zu beherrschen, ihr Feuer kleinzuhalten.

Doch halt - <u>Feuer</u>? Auf einmal wusste sie, dass jenes Feuer, dem sie hilflos und mit Todesangst gegenüberstand, ihr eigenes Feuer war, gegen das sie stets angekämpft hatte. Immer hatte sie ein friedfertiger Engel sein wollen, nur gut zu den Menschen. Ja, ihre größte Angst war stets gewesen, andere zu verletzen.
Wie hätte sie da ihr eigenes Feuer leben können, ihre Wildheit? Gut, in ihrem Beruf als Sheriff hatte sie allerhand von ihrer Kraft zeigen können, doch immer nur für andere und immer für Frieden und Gerechtigkeit. Jetzt auf einmal wurde ihr klar, dass in ihr auch ein wütendes Raubtier steckte, eine wilde Hexe, ein egoistisches Kleinkind, ein maßlos hungriges Wesen, das Leben, Leben, Leben wollte, und all das für sich selbst. Weil sie gegen ihr eigenes Feuer gewesen war, darum war es unmöglich gewesen, für sich selbst zu kämpfen. Erst wenn sie ihr Feuer annahm, konnte sie mit jener Kraft alles in Bewegung setzen, um in ihrem Leben jeden einzelnen ihrer Träume wahr zu machen und nicht mehr nur für andere zu leben. Und sie war es sich selbst wert.

Riesalia stellte sich aufrecht und sah den wilden Flammen entgegen, die bedrohlich immer näher kamen und auf einmal hatte sie keine Angst mehr. „Du bist mein Feuer!" rief sie den Flammen zu. „Und ich will, dass du für mich arbeitest!" Plötzlich war es still um sie und die weite, weite Steppe war trocken und kühl. Das Feuer war verschwunden. „Endlich", dachte sie, „endlich habe ich verstanden."

Randy strich der schlafenden Riesalia, die jetzt ruhiger geworden war, sanft über die Stirn, da öffnete die Freundin auch schon die Augen. „Schön, dass du da bist", sagte Riesalia und nahm Randys Hand. „Ich habe dir etwas Wichtiges zu erzählen."

Zuletzt standen sie wieder da, wo sie losgegangen waren, am Anfang ihres Weges in die Steppe. Hand in Hand blickten Randy und Riesalia zurück auf die unendliche Weite, durch die sie gemeinsam gezogen waren. „Es gibt da eine alte Weisheit", sagte Randy, „und ich glaube, sie hat sich auch bei dir bewahrheitet: **„Welche Antwort auch immer du verloren hast - im Angesicht der Steppe wirst du sie wiederfinden."**

„Ja, aber verlieren kann ich doch nur, was ich schon einmal hatte!" warf Riesalia ein. „Ich kann mich nicht daran erinnern, jemals so klar über mich selbst Bescheid gewusst zu haben. Diese Erkenntnisse haben mich doch erst jetzt erreicht!"
„Nein, Riesalia, das siehst du falsch", widersprach Randy ruhig und umarmte die Freundin. „Wenn wir geboren werden, tragen wir alle diese Antworten für unser Leben ganz nah bei unserem Herzen. Unsere Träume, unsere Ziele, unsere Wahrheiten, sie sind uns ganz nah. Dann, mit den Jahren, legt sich Erlebtes wie ein Schatten über jene Augen, mit denen wir uns selber sehen können. Manchen Menschen gelingt es ihr Leben lang nicht, sich selbst wieder sehen zu können. Ja, die meisten irren mit Blindheit geschlagen an sich selbst vorbei und spüren es nicht einmal. Als ich dich sah, Riesalia, wusste ich gleich, dass deine Seelenaugen noch sehen können. Ich mag das sehr an dir."
Randy drückte Riesalia fest an sich.

Als sie dann gemeinsam wieder auf Good Rivers zuritten, war es Riesalia auf einmal, als hätte sie nun endlich zu dem gefunden, was der Name „Steppenwölfin" wirklich besagte.
Sie hatte die Steppe nie gekannt und nie gewusst, wie sehr die Leute intuitiv den richtigen Namen für sie gewählt hatten. Nun, nachdem sie durch die Steppe gereist und jenen alten Spruch vom heißen Atem der Steppe endlich verstanden hatte, fühlte sie, dass sie zutiefst bei sich selbst angekommen war.

Die Klarheit jener Unendlichkeit war ihre Klarheit, die Weite, die sie gesehen hatte, war die Weite ihres eigenen Herzens, die Leere war die Zeit ihres Lebens, die sie mit sich selbst füllen konnte. Der Gesang der Steppe war das Lied ihres Daseins, die Nächte unter dem Sternenhimmel waren das Versprechen, noch unendlich viele Male von der wunderbaren Welt verzaubert zu werden und endlich wußte sie sicher, dass sie niemals mehr in jener verschlafenen Sicherheit eines trüben, unzufriedenen Alltags verdursten, sondern dass sie auf immer am Leben satt sein würde.

Sie war die Wölfin, die durch jene Weiten toben und tollen wollte, die jeden Winkel erforschen und ihre lebenshungrige Nase hineinstecken wollte. Sie war die Wölfin, die in jener großen Welt zuhause war, weil sie sie liebte und mit jedem Atemzug alles geben wollte, was sie wirklich war. All der Schutz und Beistand, die sie den Menschen von Good Rivers gegeben hatte, waren Teil jener Sehnsucht nach Geborgenheit, mit der sie auf die Welt gekommen sein musste.

Immer hatte sie sich nach einem friedlichen Miteinander gesehnt und sie war froh, dafür nun einiges tun zu können.
Und sie war die Wölfin, die knurren und die Zähne fletschen konnte, ja, da hatten die Leute schon Recht. Sie wollte ihnen zeigen, was diese Wölfin noch alles konnte, wie sie auch nicht nur für andere, sondern auch für sich selbst kämpfen konnte.

Ja, denn das wollte sie jetzt wichtiger nehmen als alles andere und jeden Tag ihres Lebens darüber im Bewusstsein sein, dass sie selbst das Beschützenswerteste, das Liebenswerteste und Kostbarste in ihrem Leben war. An zweiter Stelle stand da ohne Frage Randy, ihre Freundin, die ihr auf allen Ebenen nahe zu sein schien, sowohl in ihrer Zartheit, als auch in ihrer unbezähmbaren Kraft. Wie zur Bestärkung nahm sie Randys Hand und drückte sie fest.

Diese lachte ihr.zu und sagte: „Ja, Steppenwölfin, dies ist deine Welt. Weil du dich endlich ganz erkannt hast, bist du nun ganz und gar in ihr zuhause. Und sieh nur: deine Welt liebt dich."
Tatsächlich, da standen sie schon an den Fenstern und winkten den Heimgekehrten zu. „Hallo, Riesalia", rief jemand, „hat die Steppe dich wiedergeboren?"

Unter den Steinen von Rom

Unter der Erde ist es kalt.
Unter der Erde wohnt der Tod.
Doch nur wer das Leben
unter der Erde verstanden hat,
kann die Wahrheit ans Licht bringen
und wirklich leben.

1

Wie lange war sie gewandert, die Stufen hinauf, die Stufen hinab, die Gänge entlang, durch all die Grotten, entlang all jener Geschichten, mit denen sie auf immer verbunden war? Geschichten, die sie auf unzähligen ihrer Führungen den neugierigen Touristen erzählt hatte, immer wieder neu ausgeschmückt und vertieft, so dass bei aller Routine immer Veränderung da gewesen war. Sie hatte ihre Arbeit immer geliebt. Seit 52 Jahren war sie nun Fremdenführerin in den römischen Katakomben. Angefangen hatte es damals, als die Stadt die unterirdischen Gänge in den Tageszeitungen anhand von historischen Gegebenheiten immer wieder ins Licht der allgemeinen römischen Aufmerksamkeit rückte.

Damals war sie, Riesalia de Chantera, noch jung gewesen. Im ersten Moment hatte sie gedacht: „Was interessiert mich jene kalte tote Welt unter der Erde? Das Leben tobt hier oben, unter dem warmen Licht der Sonne!" Sie war nie großartig an Geschichte interessiert gewesen. Doch irgendetwas an den Berichten über die Katakomben hatte sie angezogen. Es war wie ein magischer Zauber, den sie enthüllen wollte, etwas tief Verborgenes, das sie zu verstehen wünschte. Auf einmal war der Wunsch in ihr, jene unterirdische Welt zu betreten und sie kennenzulernen, mit ihrer Neugierde jeden Winkel auszuleuchten und herauszufinden, was es war, was sie so sehr lockte.

Den Tag, an dem sie zum allerersten Mal in die Katakomben hinuntergestiegen war, würde Riesalia wohl niemals vergessen.

Es war ein heißer Sommertag und Riesalia erlebte es als ungeheure Wohltat, die kühlen Gänge zu betreten. Doch es war mehr als das, weit mehr. Hier waren sie also, all die Gräber jener längst Verblichenen, hier also war jener gewaltige unterirdische Friedhof, diese Welt, die von Vergangenem sprach. Und hatte sie nicht immer nur nach vorn blicken wollen, die Stirn voller Optimismus, Gradlinigkeit und Lebensfreude? Was war es, das sie auf einmal rief, auch zurückzuschauen, vielleicht, um manches Gegenwärtige und vieles, was vor ihr lag, erst richtig zu verstehen?

Besonders fasziniert hatten Riesalia die Malereien und als sie in Kammer C trat, da war es ganz um sie geschehen: das gigantische Bild vom Zug durch das rote Meer hatte sie tief berührt. Sicher, sie hatte die biblischen Geschichten als Kind oft gehört und sie wusste von jenem Zug des Volkes Israel in die Freiheit. Warum traf das Bild sie auf einmal so tief?
Was war ihr eigener Weg in die Freiheit? Und hatte jener Weg nicht damit zu tun, etwas an viele Menschen weiterzugeben?

Wie hatte sie bisher gelebt - einsam, allein, zurückgezogen in ihrer Kammer. Sie hatte Menschenmassen gescheut, Begegnungen aufs Minimale beschränkt. Mit einem Mal war da der Wunsch, vielen zu begegnen, zu teilen, mitzuteilen. Und dann war der Funke da gewesen, die Idee, was es sein könnte, was sie tun wollte: sie wollte Menschen durch jene Gänge führen, die ganz viel alte Weisheit bargen.

Riesalia spürte, wieviel es hier unten zu entdecken gab, soviel Bereicherndes. Sie wollte austeilen, was sie selbst gefunden hatte und immer am Ort dieser Reichtümer sein. All jene Schätze konnten Wege zeigen, die Trost und Wahrheiten bargen für so vieles, was sie jetzt noch nicht verstand. Riesalia wünschte sich, es zu verstehen, und sie wünschte sich, herauszufinden, was ihre Seele in sich barg, was hier Trost und Balsam fand.

So war sie am nächsten Tag zur Verwaltung der Katakomben geeilt und hatte sich als Fremdenführerin beworben. Sie hatte Glück gehabt: gerade zwei Tage zuvor hatte eine Frau gekündigt

und so konnte sie direkt am nächsten Tag anfangen.
Nun war sie hier, jeden einzelnen Tag direkt an jenem Ort, der ihr Leben zutiefst verändern sollte.

2

In den darauffolgenden Jahren waren Riesalia de Chantera und die Katakomben eins geworden. Riesalia konnte nicht genug bekommen von den Geheimnissen jener Geschichten, vom Zauber der düsteren Gänge, von den Stimmen, die in der Luft zu hängen schienen.

Sie begann, tiefer zu sehen. Sie sah nicht mehr nur die historischen Begebenheiten selbst und die realen Hintergründe, die Tode, die Abschiede, die hier gefeiert wurden. Riesalia begann zu fühlen, was dahinter lauerte, Geschichten aus dem Leben jener Verstorbenen, ihre Sehnsüchte, ihre Träume - all das, was sie davon tatsächlich erreicht hatten, lag ebenso hier begraben, wie jene Wünsche, die in ihrem Leben niemals Wirklichkeit werden konnten. Diese begrabenen, nie gelebten Träume wurden Hauptziel von Riesalias Interesse.

Sie forschte in allen Ecken nach den Spuren jener unerreichten Ziele, sie fegte sie mit dem Besen ihrer geistigen Konzentration zusammen und bildete aus all dem einen großen Punkt.
Dieser Punkt war wie die Gebärmutter aller Träume, der Schoß, aus dem sie all das zu Grabe getragene, verloren Geglaubte, neu gebären wollte.

„Kein Traum muss für immer sterben, wenn jemand die Welt verlässt. Er kann auch durch jemand anderes Verwirklichung finden."

Dies wurde Riesalias Leitsatz, ihre tiefste Überzeugung, und so wie sie die alten Träume der längst Verstorbenen zusammenfegte, um die Überreste zu heiligen und neu zu beleben, so begann Riesalia, sich zu fragen, was ihre eigenen Träume waren. Was war es, wonach ihre Seele sich sehnte, vielleicht ohne dass sie selbst es wusste?

Bald war Riesalia in ganz Rom als eine ganz besondere Fremdenführerin bekannt. Wo alle anderen eng an den historischen Begebenheiten blieben, legte Riesalia erst richtig los. Sie wusste all das Geschehene auf die heutige Zeit zu beziehen, sie fand Interpretationen, die die Besucher bereicherten, die ihnen Anstöße gaben, die sie niemals hier erwartet hätten, hier, in den Katakomben von Rom.

Im Mittelpunkt von Riesalias Begeisterung standen die Malereien in Kammer C. Gern erzählte Riesalia zu den Gemälden
Christus auf der Cathedra,
Auferweckung des Lazarus,
Hiob mit seiner Frau,
Mose beim Ausziehen seiner Schuhe...

Das Gemälde *Mose schlägt Wasser aus dem Felsen* jedoch entlockte ihr Interpretationen, die wie Funken auf die interessierten Besucher herab regneten,
die sie alle zutiefst berührten.

So sagte Riesalia z.B. einmal über jenes Gemälde,
als sie mit einer Gruppe davor stand:
„Für mich enthält dieses Bild die Hoffnung, dass auch in unseren trockensten und schwersten Zeiten Kraft, Trost, Mut, jegliche Nahrung, die wir brauchen, für uns da sind. Auch wenn unser momentanes Umfeld auf uns vielleicht wie eine Wüste wirkt und wir meinen, wir müssten auf der Stelle verdursten, so ist doch immer das Wasser da. Die Frage ist, ob wir es sehen.

Wir müssen unser Bewusstsein für die Fülle öffnen, damit sie in unser Leben strömen kann. Solange wir uns selbst als entbehrungsvoll, arm und bar all dessen, was wir uns wünschen, sehen, kann es uns nicht erreichen. In der imaginären Kraft liegt der Zauber, dort ist die Tür, die Ersehntes wahr machen kann.

Der Felsen erscheint mir hier als Sinnbild unseres oft sturen, in der Realität verfangenen Denkens, das meist nur das für möglich hält, was wir sehen. Es gibt weit mehr zwischen Himmel und Erde, als wir sehen. Wenn wir glauben, dass unser Leben an der nächsten Wand zu Ende ist, so hat diese Wand jene Macht über uns. Wollen wir aber nicht weiter denken, an mehr glauben, als an das Leben bis zur nächsten Wand?

Sicher, wir alle werden so erzogen, bereits unsere Eltern geben uns dieses Denken mit, wenn sie sagen: „Kind, mach etwas Rechtes, erschaffe dir Sicherheiten, die dir in der Gesellschaft Halt geben. Du hast den Kopf voller Träume? Schön für dich, aber da draußen wartet das Leben und das ist harte Realität, da musst du gewappnet sein. Die Welt ist ein Kampfplatz und auch du musst deine Waffen schärfen. Auch du musst arbeiten, Geld verdienen, Sicherheiten schaffen." Sie bringen uns nicht bei, dass wir unseren Träumen folgen sollen und das tun, was unserem Innersten entspricht. Sie lehren uns, den Faden zur inneren Sehnsucht nach Selbstverwirklichung zu kappen, sie drücken uns das trockene Brot des „ Muss" in die Hand, schicken uns morgens mit heruntergeschluckten Tränen in die Schule und fragen kein einziges Mal, was wir im Innersten fühlen. Funktionieren ist alles, die Welt ist schließlich auf geraden Linien gebaut und nicht auf weichen, runden Formen von Träumen und Sehnsüchten. Unser Leben wird in jene straffen Formen gezwängt und wenn wir Glück haben, kriegen wir unter all dem Druck noch ein wenig Luft zum Atmen. Wer fragt uns da, ob wir wirklich glücklich sind?

Wir fangen an, uns zufrieden zu geben, wenn wir Einkommen und Sicherheiten haben, wenn die Gesellschaft uns Anerkennung zollt. Die Anerkennung unserer selbst haben wir für jene äußeren Werte geopfert, aber wen interessiert das schon? Was für eine Arbeit, all diese Leichen aus dem Keller zu holen, all jene längst beerdigten Lebensträume auferstehen zu lassen!

Dieses Bild von Mose, der Wasser aus dem Felsen schlägt, ist für mich Inbegriff der Hoffnung, das Ureigene wieder befreien zu können. Wir alle haben die Kraft dazu, wir müssen es nur wirklich wollen und daran glauben. Und nicht nur bis an die Wand denken - aus eben jener Wand könnten wir Wasser schlagen, das Wasser unseres Lebens, jene Selbstverwirklichung und Erfüllung, die uns von tiefstem Innern reich und glücklich machen kann."

Auch das Bild *Der vom Walfisch ausgespuckte Jona* entlockte Riesalia Inspirationen der besonderen Art. Die Menschen liebten es, ihr zuzuhören, wenn sie dazu erzählte: „So wie Jona fliehen wir doch alle immer wieder gern vor unseren wahren Aufgaben. Das Leben ruft uns, das zu tun, zu dem wir ganz persönlich erschaffen sind. Meinen Sie denn, all unsere kostbare Individualität sei ein Geschenk ohne Sinn? Oh, nein!
In Wahrheit hat dieses wundervolle Geschenk der Individualität viel mehr Sinn, als wir es sehen und verwirklichen. Wir rennen herum, verstecken uns hinter Masken, erfüllen Funktionen, die jeder andere tun könnte, gerade so, als hätten wir kein Gesicht. Wozu aber ist unser Gesicht denn da? Um uns selbst zu zeigen, um jenen Schatz in die Welt zu tragen, der uns zu einer ganz besonderen Persönlichkeit macht. Bei den meisten Menschen landet dieses kostbare Geschenk im Dreck, in der hintersten Schublade auf dem Speicher, in der längst vergessenen Kammer unseres Daseins. Ist es dann aber **unser** Dasein?

Wir haben das Geschenk und die Aufgabe, wir selbst zu sein, uns selber treu zu sein. Sind wir das? Wir alle bekommen als Lieblingskuscheltier die Angst mit in die Wiege gelegt.
Wir werden erzogen, uns vor dem Leben zu fürchten. Wir werden trainiert, uns Halt zu suchen in äußeren Sicherheiten. Kein Mensch erzählt uns, dass wir getragen sind von eben jenen Kräften in uns selbst, die unsere Individualität ausmachen!

Niemand sagt uns, welch unermesslicher Schatz in unserem Innern wohnt, der uns stärken, führen und mit allem versorgen kann, was wir zum Leben brauchen. Außen sollen angeblich die Sicherheiten sein, die uns tragen. Was aber wären wir dann wirklich als abhängige, hohle, ersetzbare Marionetten?
Will das Leben uns so?

Nein, das Leben will uns eigen, mit unseren Träumen, mit unserer Sehnsucht und all dem, was das Besondere in jedem einzelnen ausmacht. Darum schickt es Jona, der vor seiner Aufgabe fliehen will, den Walfisch. Denn so viel Angst Jona auch vor seiner Aufgabe haben mag, so ist eben diese doch der Weg, der ihm Erfüllung schenken kann.

Nur wenn wir unseren wahren Aufgaben treu bleiben und folgen, werden wir Erfüllung finden. Jene Erfüllung umfasst tiefe Zufriedenheit mit sich selbst und bedeutet, das in die Welt zu geben, das unserem tiefsten Innern entspricht. Wir sollen uns nicht selbst belügen, wir sollen nicht versuchen, wie jemand anderes oder wie die Masse zu leben, nur weil einige dies als richtig benennen. Wichtig ist, was die Stimme in unserem Innern sagt. Und wenn diese Stimme uns in ein Abenteuer schickt, das uns Angst macht, dann sollten wir durch die Angst gehen, denn am Ende des Weges warten all jene Antworten, nach denen unsere Seele sich sehnt. Lasst uns nicht fortlaufen vor uns selbst! Ich wünsche Ihnen allen viele Walfische, die Sie immer wieder ans Land spucken, an jenes Land, auf dem Sie voller Selbstbewusstsein als freie eigene Menschen gehen können!"

3

Einmal die Woche gab Riesalia de Chantera ihre Spezialführung, die sich überhaupt nicht an historische Begebenheiten oder Erklärungen von Gemälden hielt. An diesen Tagen sprach sie nur über das Wunder der Selbstfindung, das ihr an diesem faszinierenden Ort widerfahren war. Voller Inbrunst sah sie die Menschen an und erzählte aus ihrem Leben, Schweres und Schönes. Auch davon erzählte Riesalia, wie sie lange Jahre vor sich selber fortgelaufen war, weil sie sich wünschte, anders zu sein, so, wie sie meinte, dass die Welt sie gerne hätte. Dieser Ort hatte ihr die Kraft gegeben, stehenzubleiben und sich selbst in Ruhe ins Gesicht zu sehen.

Was sie in ihrem Innern sah, hatte Riesalia zunächst sehr erschreckt und ihr gar nicht gefallen. Sie hatte Angst bekommen, tiefer zu schauen, denn da taten sich ungeahnte Abgründe auf und sie fürchtete sich, tief zu fallen. Doch irgendwann begriff sie, dass ihre Seele sie auffangen würde und so hatte sie sich einen Schubs gegeben und es zugelassen, dass der Strom des Erinnerns sie mitnahm in seine tiefsten Tiefen. Es waren schwere Dinge, die sie auf dem Boden jenes Stromes fand und es tat oft entsetzlich weh, sich selber so zu sehen. Wie leicht war es gewesen, sich selbst als die Fröhliche, Gewitzte zu sehen, als die

Schlagfertige und Gelassene! Sicher, sie war all das auch, aber es gab eben jene tieferen Ebenen in ihr, die sie stolpern ließen und die ihren heiteren Schritt bremsten und schwerer machten.

Doch auf jenem Weg der Selbsterkenntnis war sie schließlich auch all den Kostbarkeiten begegnet, die unentdeckt noch in ihr geschlummert hatten. Das waren all die Schätze ihrer Seele, all ihr ureigener Reichtum. Ihre Empfindsamkeit, ihr tiefes Mitgefühl, ihre Ausdauer, ihr Trost, die Geborgenheit und Wärme, die sie sich selbst und anderen geben konnte. Soviel Liebe, Humor, Phantasie, Geduld, Verständnis, tiefe Weisheiten, Kraft und Ruhe.

Dieser Prozess war wie eine Verwandlung gewesen. Der Weg durch den Schmerz über all das lang Vergrabene hatte sie zu ihrem wahren Wesen geführt. Sie hatte ihre tiefsten Schätze entdeckt und endlich verstanden, wer sie wirklich war.
Nein, das war nicht bloß jene Ulknudel, jener dufte Kumpel, den viele früher an ihr gemocht hatten, die Intelligente, Starke und Zähe, die alles locker hinnahm.

Auf einmal gab es Tage, an denen es ihr so schlecht ging, dass sie ihren Arbeitgeber anrief und absagte. Und es geschah kein Unglück! Sie wussten Riesalia so sehr zu schätzen, dass es überhaupt kein Problem war, wenn sie einmal fehlte. Auf einmal durfte sie sich fallenlassen und erlebte, dass die Welt sie auffing. Nein, sie fiel nicht ins Leere - so wie sie selbst sich annahm, wurde sie auch von der Welt angenommen. Und sie begann, sich in der Welt zutiefst zuhause zu fühlen.

Nach jedem Fallen stand sie wieder auf und gab aufs Neue von ihren Erkenntnissen an die hungrigen Touristen weiter, die ihr am allerliebsten lauschten, wenn sie ihre Spezialführung machte und dazu erzählte:
„Unter den Steinen, dort liegen unsere Geheimnisse begraben, all jene Schätze und Wunder, die unser ganz besonderes Wesen ausmachen, ebenso wie tief vergrabene Kümmernisse, die unsere Seele für uns aufbewahrt, auf dass wir sie eines Tages befreien.

All das, was unter den Steinen liegt, ist unser wahrstes Erbe und das kann Schreckliches ebenso wie Wundervolles sein.
Nur wenn wir dieses Erbe in Liebe begrüßen und annehmen, haben wir die Chance auf ein selbsterfülltes Leben. Wir dürfen dieses Erbe nicht auf Lebenszeit im Verborgenen behalten, um jemand anderes zu schonen. Ja, es mag Menschen in unserem Umkreis geben, die unsere Befreiung nicht voller Freude beobachten, sondern denen unsere Wahrheiten Herausforderungen sind, die sie nicht glücklich machen, sondern möglicherweise sogar sehr traurig. Doch auch hier dürfen wir uns nicht abhalten lassen, zu leben. Es ist unser Leben, unser Erbe, und wir dürfen dieses Geschenk nicht missachten.

Mir ist hier unten, inmitten all dieser Gräber bewusst geworden, wie vieles ich in meinem Leben begraben hatte, wieviel es gab, von dem ich nichts wissen wollte. Ich habe diesem Ort sehr viel zu verdanken. Lasst uns die Kraft von hier mitnehmen, um uns selbst aus unseren inneren Gräbern zu befreien und wahrhaftiger zu werden mit uns selbst und mit dem Leben.

Wir sind nicht auf der Welt, um es anderen bequem und leicht zu machen. Vielleicht sind gerade die Dinge an uns, die anderen furchtbar zu knacken geben, für diese Menschen wichtige Lernstationen in ihrem Leben. Möglicherweise wird es für manche Menschen schwer sein, mit unserer Wahrheit zu leben. Auf einmal sind sie durch uns herausgefordert, sich mit ihren Vorstellungen von Sicherheiten und Lebensmustern, die sie für allgemeingültig und allgegenwärtig hielten, auseinanderzusetzen. Plötzlich zerbricht all dies wie Porzellan unter ihren Händen. Doch im Innersten werden jene Menschen uns dankbar sein, denn jede Seele strebt doch nach Wahrheit.

So wünsche ich Ihnen allen den Mut, der Welt Ihr wahres Gesicht zu zeigen und die schweren Steine von den Schultern zu werfen und frei zu werden."

Es gab bald keinen Tag, an dem Riesalia nicht mit den Händen an den Steinen entlang strich, in der Sehnsucht, über sie wieder ein Stück von sich selbst zu begreifen. Die Zeichnungen und Muster des Gesteins waren Riesalia bald vertraut wie ihre eigene Haut und sie sah sich selbst darin wie in einem Spiegel. Dieser Spiegel aus Stein war ein sehr kraftvoller Spiegel und er enthielt ihr keine einzige Wahrheit vor. Nichts konnte am Wort dieser alten Felsen rütteln, wenn sie zu der Suchenden sprachen. So sehr Riesalia auch vieles in ihrem Leben in Frage gestellt, auseinandergenommen und in kleinste Stücke zerpflückt hatte - die Worte der Felsen hatten Bestand. Die Steine wurden ihr vertrauter als ihre Brüder und Schwestern. Sie gaben ihr Trost und Halt, wenn sie traurig war und sie gaben ihr Schutz und Geborgenheit, wenn sie sich verloren und hilflos fühlte wie ein Blatt im Wind.

Was immer an Riesalia riss, welche Wunde auch bloßgelegt wurde auf der großen Suche nach sich selbst - die Steine hielten sie fest und fingen sie auf. Sie waren ihr wie die großen weiten Arme einer Mutter. Nur dass diese Felsen-Mutter *immer* für sie da war. Anders als eine menschliche Mutter kam sie nicht und ging, sie änderte niemals ihr Gesicht. Die Felsen-Mutter war treu und beständig und immer für Riesalia da. Manchmal ging Riesalia außerhalb ihrer Dienstzeiten hinunter, um der Felsen-Mutter zu erzählen, was sie derzeit mit sich trug.

Dann stand sie an die Felsen gelehnt, die Hände auf die uralten Steine gelegt und gab ohne Rückhalt alles von sich preis, was sie beschäftigte. Und die Felsen hörten ihr zu.

Was auch immer es war, was Riesalia quälte - hier fand sie Ruhe und neue Kraft, Vertrautheit, Getragen-Sein, ja, Freundschaft. Denn, so sagte sie zu sich, sind nicht jenes die allerstärksten Kriterien von wahrer Freundschaft: Trost, Verständnis, Zuverlässigkeit, Treue, Bestärkung, Angenommen-Sein?

So kam Riesalia zu dem Schluss, dass die Felsen, die sie jeden Tag aufs Neue umgaben, ihre besten und wahrsten Freunde waren und dass ihre Seele hier, wo sie arbeitete, ihr wirkliches Zuhause gefunden hatte.

Und dann kam der Tag, den Riesalia nie vergessen sollte: als sie eines Morgens in die Katakomben hinunter kam, da entdeckte sie, dass aus einer Wand ein Stück Stein herausgebrochen war. Es war eine schroffe Stelle entstanden, gerade so wie eine offene Wunde und sie hatte etwa dieselbe Größe wie Riesalias Hand.

Riesalia legte ihre Hand in die Öffnung im Gestein und auf einmal war ihr, als durchflösse sie ein warmer Strom. Und wieder (wie schon so oft) war es der Strom der Erinnerung, der sie durchfloss. Plötzlich sah sie vor sich das lächelnde Gesicht ihrer Mutter, die sich über eine gelungene Tat der kleinen Tochter freute. Und dann wandelte sich dasselbe Gesicht, das soeben noch vor Freude über sie gestrahlt hatte, in ein Gesicht aus Stein.

Doch jener Stein war nicht tröstlich und bestärkend wie die Felsen, an denen Riesalia lehnte. Dieser Stein war hart und kalt, unnahbar und sehr weit weg. Sie wollte ihre Mutter greifen, doch sie konnte es nicht. Die Mutter, von der Riesalia getröstet werden wollte, war weit weg wie die Sterne am Firmament. Und schlimmer noch: sie gab Riesalia nicht nur keinen Trost, sondern sie war in ihrer verbitterten Kälte stiller Vorwurf an das verzweifelte, hilflose Kind, sie todunglücklich zu machen.

„Nein", schrie es in der kleinen Riesalia, „das habe ich nicht gewollt, ich wollte dir doch nur Freude sein!" Wie gelähmt blickte sie in das vor Gram verhärtete Gesicht der Mutter, das so weit weg war, dass sie es nicht trösten konnte. Da war nichts, was das Kind halten konnte, nur jene endlos scheinende Hilflosigkeit, jenes entsetzliche Gefühl, Schuld zu sein am Elend der Mutter.

Und während die erwachsene Riesalia noch vor Schrecken gebannt in das von Trauer zerfurchte Gesicht blickte, da sprachen die Felsen zu ihr: „Du bist jetzt erwachsen. Geh und lass die Welt wissen, dass du alles andere als hilflos bist. Noch immer hältst du dich gefangen in jener alten Hilflosigkeit, die dich schier umbringen will. Aber du hast Kraft.

Die Kraft, die du in uns siehst - es ist deine Kraft.
Die Ruhe, die verständnisvolle Wärme, die Treue
und die Beständigkeit - auch sie sind dein.

Du brauchst nicht mehr auf die Wärme und den Halt deiner
Mutter zu warten und in dem Entsetzen zu verharren, dass du
diese Dinge so, wie du sie vielleicht gebraucht hättest, niemals
bekommen wirst. Du kannst dir all das nun selber geben. Befreie
dich von der Vorstellung, hilflos und abhängig zu sein. Du bist
eine kraftvolle Erwachsene und die Welt wartet auf dich und die
Zeichen, die du setzen wirst. Nimm von uns, was deines ist und
immer deines war und trag es in die Welt. Es ist deine Liebe und
es ist die Fülle all dessen, was du zu geben imstande bist. Halt
es nicht länger aus Verletztheit zurück. Öffne dein Herz für dich
selbst, für den Felsen in dir und du wirst Wege finden aus der
inneren Gefangenschaft hinaus ans Licht.

Du bist nicht Schuld am Unglück deiner Mutter und du bist es nie
gewesen. Aber du bist verantwortlich für dich und dein Leben. Ein
großes Werk liegt vor dir. Fass es an, nimm es in deine Hände;
sei liebevoll und achtsam damit und teile aus, was du zu geben
hast. Unsere Liebe wird immer mit dir sein."

Da konnte Riesalia nicht länger an sich halten und weinte lange.
Die Felsen stärkten ihren Rücken und waren einfach da. Ihre
durch nichts zu brechende Kraft umfing Riesalia wie ein warmer
Mantel und sie fühlte zutiefst, dass sie nicht alleine war.
Doch halt – *durch nichts zu brechen*?

Auf einmal wurde Riesalia klar, dass der Riss im Felsen ein
Geschenk der Steine gewesen war, damit sie in diesem Spiegel
endlich erkennen konnte, was sie am Leben gehindert hatte.

„Ich danke euch, ihr lieben Steine", sagte sie liebevoll und strich
noch einmal über die schroffe Stelle im Gestein. „Ich habe
verstanden, was ihr mir zeigen und sagen wolltet. Ich werde mein
Bestes tun, um mit meiner Kraft meine Aufgaben und meine
Träume wahr zu machen." Doch immer noch war Riesalia nicht
klar, was ihr aller größter Traum war. Aber sie wusste, auch

dieses Geheimnis würde ihr hier unten, an ihrem Ort der Wahrheit gelüftet werden, wenn der Zeitpunkt gekommen war.

5

Es war ein Dienstag, das war das einzige gewesen, woran Riesalia de Chantera sich erinnern konnte, wenn jemand sie fragte, wann dies geschehen war. Sie war die Treppenstufen, die in die Katakomben führten, wie gewohnt hinunter gestiegen und plötzlich hatte sie realisiert, dass die Lichter nicht funktionierten. Der ganze Bereich des unterirdischen Roms lag in tiefe Dunkelheit getaucht.

Einen Moment lang hatte sie Angst bekommen, doch dann war diese wie verflogen. Riesalia spürte auf einmal: hier, inmitten ihrer in Finsternis getauchten Mysterien lag eine Antwort verborgen, eine Antwort, nach der sie schon lange gesucht hatte.

Sie lief die dunklen Gänge, in denen sie sich wohl auch im Schlaf zurechtfinden würde, entlang, bis zu der Wand mit dem Gemälde *Der ins Meer geworfene Jona.* Von diesem Bild ging heute ein Leuchten aus, das Riesalia tief in die Seele funkelte.

Plötzlich sah sie sich selbst in den Fluten des Meeres, hineingeworfen in jenen Wellenkampf, der allen Ertrinkenden den Atem nehmen will, und sie schnappte nach Luft, bei der Vorstellung, dort um ihr Leben zu kämpfen. Und tat sie dies nicht immer noch, kämpfte sie nicht Tag für Tag aufs Neue? Warum war das Leben ihr kein selbstverständlicher Fluss, mit dem sie sich treiben ließ, warum wollte sie immer die Kontrolle behalten über alles, was geschah? Was machte das Leben so bedrohlich, das Ungewisse, das nicht Berechenbare?

Warum konnte sie sich nicht einfach von den Wellen tragen lassen, sondern hatte sogleich das Gefühl, zu ertrinken, wenn sie ins Wasser fiel? Jenes Wasser des Lebens, ihre Gefühlswelt, jenes Strömen all des Unbekannten, das sie auf der langen Strecke ihres Lebens erwartete. Warum wollte sie festhalten und bestimmen, wo sie nur konnte?

Sie wollte einen Fuß ins Wasser setzen, vorsichtig die Zehen benetzen lassen, sanft sein mit den Wellen, die zu ihr kämen. Aber würden die Wellen sanft mit ihr sein, würden sie Riesalia Zeit lassen, das Leben vorsichtig kennenzulernen, oder würden sie die Fremdenführerin mitreißen an neue Ufer?

Manchmal war es vielleicht sogar gut, wenn der Strom des Lebens reißend war und nicht sanft, denn sonst hätte sie vielleicht versucht, alles zu bremsen und Wachstum zu verhindern, wo es wichtig war, sich weiter tragen zu lassen. Wenn es immer nach ihr gegangen wäre, immer vorsichtig - oje, da wäre sie nicht weit gekommen, das musste Riesalia sich jetzt eingestehen.

Oft war es wichtig gewesen, dass der Lebensstrom sie mit fester Hand packte und keine Sorgfalt zuließ, kein Zögern duldete. An solchen Punkten in ihrem Leben, da war es wohl besonders wichtig gewesen, weiterzugehen und endlich nicht mehr zurückzuschauen auf Gewesenes, dessen hässliche Spuren ihrer Seele Angst eingejagt hatten und die ihren Schritt so zögerlich machen wollten. Da war das Leben auf seine rauhe Art liebevoll und forderte sie streng und laut auf, die Angst zu überwinden, das Alte hinter sich zu lassen und mit klarem, mutigen Blick geradeaus zu schauen, auf das Neue.

Wer sich weigert, sich von jener festen Hand des Lebens mitnehmen zu lassen, wurde letztlich mit noch härterer Kraft eingeholt, das war Riesalias Eindruck. Es gab kein Entrinnen.

Das Leben ist ein Strom nach vorn, nicht nach hinten und wer sich weigert nach vorn mitzugehen, wird mitten aufs offene Meer getrieben und dort zur Rede gestellt. Das Leben will unsere Antwort, unsere Entschiedenheit, unsere Bestimmtheit, „ja" zu sagen zu dem Weg nach vorn.

„Es ist Zeit, weiterzugehen", erkannte Riesalia für sich an jenem Dienstag und dachte bei sich: „Ich habe viel zu lange in Altem gewühlt und so der Gegenwart und Zukunft nicht die Macht zugestanden, mein Leben zu bestimmen, die ihnen zusteht. Ich

will jetzt wieder den Strom des Lebens bejahen.
Danke", sagte Riesalia zu den Steinen. Dann ging sie zur zentralen Stromanlage der Katakomben, um das Licht wieder anzustellen.

6

So geschah, was wohl schon längst geschehen sollte:
bei einer ihrer Führungen lernte Riesalia de Chantera, inzwischen 68 Jahre alt, die 27-jährige Kastiana kennen. Wie viele Menschen hatte sie in all den Jahren durch die Katakomben begleitet? Immer war da diese Wand zwischen ihr und den anderen gewesen. Sie hatte Geschichten erzählt und oftmals vom Leben miteinander gesprochen.

Sicher, auf eine Weise war sie ja mitten unter den Menschen gewesen, aber war dies nicht stets mit sehr viel innerer Distanz geschehen? Nie hatte sie das Gefühl gehabt, jemanden aus dieser Masse kennenlernen zu wollen. Aber diese junge Frau mit ihrem ernsten Blick, die Fragen über Fragen stellte, die tiefer zu schauen schien als die anderen, die war Riesalia auf überraschende Weise vertraut. Auch Kastiana schien die Vertrautheit zu spüren. Immer wieder trafen ihre Blicke sich und schließlich konnte Riesalia nicht anders als zu fragen:
„Hättest du Lust, mal einen Kaffee trinken zu gehen?"
„Nichts lieber als das", antwortete Kastiana.

Es folgten viele Gespräche, ein reger Austausch über die Höhen und Tiefen des Lebens, über die Berge und Täler, die sie beide durchschritten hatten, ebenso wie über all die Freude, die sie erlebt hatten. Ja, Freude hatte Riesalia stets an den Katakomben gehabt, doch sie merkte auf einmal, dass es noch eine ganz andere Freude war, mit jemand anders so zu lachen.

Ihre Seele atmete auf, als sie spürte: das hatte sie vermisst, ohne es jemals zu wissen. Die Vertrautheit, die sie mit dieser jungen Frau teilen konnte, war wie ein Nachhause-Kommen. Auf einmal war ihr, als hätten die schweren Steine sie all die Jahre unten gehalten.

Sicher, der Weg durch die Tiefen war ungeheuer wichtig gewesen für sie, aber wo war all das geblieben, was sie jetzt wieder fühlen konnte, jene Leichtigkeit und Lebensfreude, die nur so sprühte? Es tat so unendlich gut, das endlich zu teilen. Die beiden trafen sich häufig und so geschah es, dass Kastiana nach Abschluss ihrer Ausbildung auch in den Katakomben zu arbeiten begann.

Kastiana führte die Menschen durch einen ganz anderen Teil der weitläufigen Anlage, so dass die beiden sich bei der Arbeit nie begegneten. Aber in ihrer Freizeit tauschten Riesalia und Kastiana sich viel über die Gemälde und ihre neuesten Inspirationen aus. Dieser Austausch war für Riesalia wie Wasser nach einer langen Wüstenzeit. So kam es, dass sie manche Bilder noch einmal ganz neu interpretierte, für vieles ein ganz neues Verständnis fand. Ihre Liebe zu ihrer Arbeit war ungebrochen, vielleicht sogar neu belebt, doch die Katakomben waren nicht mehr alles für sie. Es gab nicht mehr nur das Leben unter der Erde, das Verstehen der Tiefen, das Graben nach Erklärungen und Wahrheiten. Es gab nun auch wieder das Leben unter der Sonne, das Tanzen mit nackten Füßen auf heißem Asphalt.

Über wie viele Träume wie vieler Menschen hatte sie in all den Jahren gesprochen? Und wie viele Träume hatte sie selbst verwirklicht und gelebt? Vielleicht war dies einer ihrer größten Träume gewesen, ohne dass sie es jemals wusste: einmal so viel Verstehen, Tiefe und Freude mit einem anderen Menschen zu teilen.

Nach all dem Forschen in der Vergangenheit - ihrer persönlichen so wie auch der in den Katakomben ausgebreiteten - war dies endlich wieder Gegenwart. Ja, sie lebte, sie war nicht nur ein Buch, aus dem man Geschichten lesen konnte.

Sie war ein Mensch und durfte Fehler machen. Sie musste nicht alles wissen, nicht alles richtig machen und nicht alles im Griff haben. Auf einmal konnte sie sich fallen lassen und eine Menge Druck fiel von Riesalia ab.

„Hallo, Welt, ich lebe!" rief Riesalia eines Tages, als sie von ihrer Arbeit hinaus ans Tageslicht trat. Die Sonne schien ihr ins Gesicht, als wolle sie ihr sagen: „Schön, dass du wieder bei uns sein möchtest. Wir haben dich sehr vermisst. Stets warst du da und irgendwie doch nicht da, bewegtest dich mit todernster Miene nur in den unterirdischen Gängen, grubst Löcher in Vergangenes und vergaßest beinahe, dass du im Hier und Jetzt lebendig bist. Wie schön, dich lachen zu sehen! Schön, dass du da bist!"

Riesalia spürte diese Worte mit der Wärme der Sonne in ihrem Gesicht und ihr war, als wäre sie nach einer langen Zeit der Kälte zurückgekehrt in die Welt von Licht und Wärme, Leben.

Dort unten, tief vergraben in den Kammern ihrer Gedanken war sie einsam gewesen. Ihre Gefühle hatte sie mit niemandem als mit den Steinen wirklich geteilt. Und auf einmal begriff Riesalia: sie hatte Angst gehabt vor den Menschen. Merkwürdig genug, dass sie gerade dieser jungen Frau hatte Vertrauen schenken können. Sie beide waren nun verbunden und Riesalia spürte, dass durch die Kraft dieser Verbindung die schweren Steine der Vergangenheit die Macht über sie verloren. All das Alte hatte so viel Gewicht gehabt und sie hatte stets eingewickelt in ihren Kokon des Gewesenen gelebt.

Wie einfach, all jenen Menschen kluge Dinge über das Leben zu erzählen, gerade so, als ob sie selbst, Riesalia, alles richtig mache, wo sie doch überhaupt nicht zu leben gewagt hatte! In der Theorie hatte sie über das Leben und die Welt eine Menge gewusst. Aber nie zuvor hatte sie so sehr gewagt, lebendig zu sein und teilzuhaben an dem großen Ganzen, das die Erde war.

Unter der Erde - da hatte sie selbst gelegen mit all der warmen Lebendigkeit, die in ihr war. Auf einmal brach sie die Steine auseinander und was dahinter zum Vorschein kam, war eine leuchtende Riesalia, die sie nie zuvor gekannt hatte.

All die Freude, die sie nun überschwemmen konnte wie ein riesiges Meer voller bunter Farben, wie ein Orkan von Licht, wie eine große, große Kraft, die Welt zu lieben.

Wenn sie mit Kastiana zusammen war, spürte Riesalia, wie sie inmitten dieses Meeres voller Farben stand und mit frohen Händen aus der Fülle schöpfte.

Endlich sprach sie nicht mehr nur über Bilder, die sie an kalten Wänden sah. Endlich warf ihr eigenes Leben Bilder in die Welt, die von einer Intensität waren, dass ihr manchmal sogar Tränen der Freude in die Augen traten.
Eine Tür hatte sich geöffnet, ein Tor zum Licht.

Riesalia stand mit weit ausgebreiteten Armen in der Welt und wollte endlich empfangen, was ihres war. All die Kraft, die sie bisher nur vor ihrem inneren Auge gesehen hatte, war nun fassbare Wirklichkeit und Riesalia floss über in der Freude, lebendig zu sein. „Ja, das ist Dasein", dachte Riesalia, „die Gegenwart ist endlich stark genug, stärker als alles, was jemals war. Ich bin jetzt frei."

7

Wie lange war sie gewandert, die Stufen hinab, die Gänge entlang, durch all die Grotten, entlang all jener Geschichten, mit denen sie auf immer verbunden war. Geschichten, die sie auf unzähligen ihrer Führungen den neugierigen Touristen erzählt hatte, immer wieder neu ausgeschmückt und vertieft, so dass bei aller Routine immer Veränderung dagewesen war. Riesalia de Chantera hatte ihre Arbeit immer geliebt. Seit 52 Jahren war sie nun Fremdenführerin in den römischen Katakomben.

Doch etwas war anders geworden. Jene Welt, die ihr lange Zeit alles bedeutet hatte, war nicht mehr der Mittelpunkt ihres Lebens. Riesalia fühlte sich auf eine merkwürdige Weise herausgehoben ans Licht, heraus aus der magischen, doch dunklen Welt der Steine, die zwar angefüllt war mit Geschichten, doch deren Vergänglichkeit ihr auf einmal ein leeres Gefühl machte.

Was war es, dass Riesalia sich jetzt eine andere Sattheit an Geschichten wünschte, Geschichten, die in der Gegenwart stattfanden, und zu denen sie selbst der Anfang und das Ende war?

Wie oft hatte sie von unverwirklichten Träumen gesprochen, ohne zu realisieren, dass sie selbst randvoll davon war?

Ein riesiger Becher voller Sehnsüchte nach Lebendigkeit und Licht stand nun vor ihr und Riesalia war es leid, nur im Dunkeln daraus zu trinken, nur ab und an daran zu nippen, ganz selbstlos und resigniert, was ihre ureigene Selbstverwirklichung betraf.

Ach, sie hatte oft geglaubt, dass das Leben als Fremdenführerin in den Katakomben der größte Traum ihres Lebens sei. Und doch hatte sie immer gefühlt, dass das nicht alles war. Irgendwo da draußen wartete noch mehr auf sie, weit mehr, als sie erahnen konnte.

Die Arbeit unter den Steinen hatte ihr unendlich viel gegeben und sie war daran gewachsen, ja, sie würde all dies niemals missen wollen. Doch es war Zeit weiterzugehen, an neue Ufer zu treten. So kündigte Riesalia den Job in den Katakomben.

Nicht nur ihr Arbeitgeber, sondern auch ihre Freundin Kastiana war darüber sehr erstaunt und konnte es kaum fassen.

„Mit Leib und Seele warst du doch in dieser Arbeit zuhause", sagte Kastiana, „du hast mich eingeführt in jene geheimnisvolle Welt und mich mit ihrem Zauber vertraut gemacht. Du hast mir den Schlüssel zu all den Antworten, die dort unten liegen, in die Hand gedrückt und mich all das lieben gelehrt. Ich verstehe dich nicht! Wo ist deine Liebe zu deiner Arbeit geblieben?"

Riesalia sah die Freundin ruhig an und antwortete: „Meine Liebe zu der Welt dort unten ist in mir und wird immer bleiben. Ich habe so viel daraus gelernt, in den Katakomben zu arbeiten. Ich werde all das nie vergessen. Und doch ist es Zeit, dem Ruf der Gegenwart zu folgen, die mich weiterziehen will.

Ich habe lange in jener Welt unter den Steinen gelebt, doch jetzt ist es Zeit, unter dem Licht der Sonne zu leben und weiterzutragen, was ich gelernt habe. Wie das genau aussehen wird, weiß ich noch nicht. Aber das wird sich zeigen, da bin ich voller Zuversicht und Vertrauen.

Ich habe das Leben unter der Erde verstanden und ich möchte nun die Wahrheit all dessen ans Licht bringen, indem ich wirklich lebe. Und bewahre auch du dir stets an jenen alten Spruch in Erinnerung: **„Kein Traum muss für immer sterben, wenn jemand die Welt verlässt. Er kann auch durch jemand anderes Verwirklichung finden."**
Ebenso ist es doch jetzt mit uns beiden. Ich verlasse meine Arbeitsstelle, doch du bleibst dort und führst weiter, was ich dir zeigte. Du füllst es mit deinen Gedanken und deinen Sehnsüchten und belebst die alten Träume, die dort unten begraben liegen, mit deiner Phantasie, deinen Idealen und deiner Kraft. Meine Aufgabe liegt nun woanders.

Aber irgendwo dort draußen, auf der großen Straße der Träume, dort laufen wir dennoch Hand in Hand, egal, wo auch immer ich sein werde. Denn unsere Träume haben sich verbunden und haben ein gemeinsames Ziel. Hab keine Angst. Ich lasse dich nicht allein. Außerdem", lachte Riesalia aufmunternd, „hey, du tust gerade so, als würde ich sterben! Ich habe die Welt unter den Steinen verlassen, aber oben", nun klang Riesalias Lachen siegessicher, „dort wirst du mich noch oft und lange sprechen hören und ich werde mein überzeugendes Maul nicht halten. Nichts auf der ganzen Welt wird mich je davon abhalten können, meine Wahrheiten zu verbreiten. Was auch immer ich tun werde, ich werde es mit meinem ganzen Herzen tun und nichts auslassen von dem, woran ich glaube.
Und ich werde hier in Rom bleiben, in deiner Nähe.

Also hör jetzt auf, vom großen Abschied zu reden, das ist doch gar nicht so! Auf der Straße der großen Träume werden wir uns sogar näherkommen als zuvor, weil ich meinen ureigenen Träumen näher komme. Und ich verspreche dir: ich werde all das mit dir teilen." Da nahm Kastiana die Freundin in den Arm und sagte leise: „Folge deinem Traum und lass dich von nichts abhalten, auch nicht von mir. Was auch immer es sein mag, nimm es wichtiger als alles andere und lass nicht zu, dass auch nur der kleinste Funke eines fremden Lichts, das in dein Leben scheint, dich von deiner Sonne trennt. Es ist dein Leben, deine

Erfüllung. Geh und mache es wahr. Ich wünsche dir alle Freiheit der Welt. Wo du auch sein magst, was du auch tun wirst - meine Freundschaft wird dich stets begleiten."

Da wusste Riesalia, dass sie gehen konnte.
Sie ging geradewegs auf die große Sonne zu, ohne Angst, ohne den letzten Zweifel. Und mitten in dem großen Licht fand sie die Erfüllung all ihrer Träume.

Die Zauberkraft der Freude

1

„Hereinspaziert, hereinspaziert!"
Die kleine, muntere Person stand neben dem Eingang des Zirkuszeltes und winkte die interessierten Leute herbei.
Es war die Clownin Riesalia, mit ihren 74 Jahren mit Abstand die Älteste im Zirkusteam. Doch kein Alter der Welt konnte diese Frau daran hindern, ihren zähen kleinen Körper über den mit Sägespänen bedeckten Boden zu kugeln und dabei wild zu kreischen.

Immer wieder waren die Menschen erstaunt, wieviel Energie und Kraft in dieser Frau noch steckte, die nach normalem Verständnis „alt" genannt werden konnte. Doch vor dieser außergewöhnlichen Frau mussten alle Begriffe von Normalität, alle Denkmuster und Bilder, in die Menschen einander zu zwängen versuchen, kapitulieren.

Vor allem den Begriff von „Alter" stellte diese Frau auf so erfrischende und zugleich herausfordernde Art in Frage.
„Alter? Was ist das?" Dieser Button prangte auf ihrem Lieblingskostüm, das sie meist trug. Und wenn ihr Lachen dann mit seiner vollen Kraft das Zirkuszelt erfüllte, dann tauchte jene Frage in die Herzen aller Zuschauer ein, denn was sie sahen, war eine tobende Kugel voller Lebensfreude und Witz, die beileibe in kein Altersheim der Welt zu passen schien.

Im Alter saßen die Menschen doch still, nickten ergeben mit den Köpfen, fügten sich in den letzten Rest einer schalen, abgestandenen Suppe, der ihnen noch gegönnt wurde, während ihre Münder immer kleiner wurden, ihre Stimmen immer leiser. Deprimiert, einsam und von damals träumend, als sie noch jung waren, hockten die alten Menschen in ihrer Stube, und bunte Lebendigkeit gab es nur noch in ihren Träumen.

Sie legten Wert auf gutes Benehmen, ordentliche Kleidung, sittsames Verhalten, gewählte Worte, Angepasstheit, Ruhe und Besinnlichkeit. All dies traf nicht auf Riesalia zu.

Wie also hätte jemand diese Frau „alt" nennen können? Sie war beweglich und fit wie ein funkelnagelneuer Turnschuh, sie hatte das frechste und fröhlichste Mundwerk von allen, sie liebte es über alles, Quatsch zu machen. Bei ihr gab es kein angestrengtes Bemühen um sittsames Verhalten. Über solche Bemerkungen lachte sie nur lauthals und zeigte fröhlich ihre von unterschiedlich großen Löchern zerfetzten Klamotten, die sie dennoch liebte.

Gern erzählte die Clownin aus ihrem Leben und teilte ihre Gedanken darüber anderen mit: „Das Leben war für mich nie ein Jammertal und ich habe mein Herz nie auf dem Altar zwanghaften Benehmens geopfert. Meine Füße folgten stets meiner freudigen Hoffnung und keiner mutlosen Ergebenheit. Optimismus und Humor begleiteten mich jeden Tag meines Lebens und so kann ich sagen, dass ich auch jetzt, im Alter von 74 Jahren noch so voller Energie und Liebe bin, dass ich der Welt jeden Tag neu mit Freude und Zuversicht begegne. Es gibt viel zu viel Schwarzmalerei und Negativität auf dieser Welt. Die Menschen beherrschen die Kunst perfekt, sich selber durch negative Einstellungen runterzuziehen und so ihr Leben in eine düstere Richtung zu programmieren. Was hindert sie daran, den Hebel einmal herumzudrehen und ihr Leben in die positive Richtung zu lenken?

Mit meiner Show hier im Zirkus „LEUCHTENDES LEBEN" möchte ich allen Mut machen zur Fröhlichkeit. Was haben wir zu verlieren, wenn wir uns fallen lassen in den Strudel von Lachen und Glück? Gibt uns die starre Verzweiflung so starken Halt? Ich habe den Eindruck, aus lauter Enttäuschung über die Unberechenbarkeit menschlichen Verhaltens suchen viele Leute Sicherheit in Negativ-Rechnungen. Ja, die gehen immer auf! Einfach nur Negatives erwarten, nicht zu viel Gutes erhoffen, sich schon mal auf Verletzungen einstellen, die ja kommen *müssen* und schon funktioniert es! So grau wie wir uns die Welt ausmalen, so tritt sie uns entgegen! Warum nicht einmal den Blickwinkel verändern, warum nicht mit anderen Augen sehen, Augen, die Farben und Lichter sehen und der Welt gegenüber offen sind?

Und so wie wir dem Leben mit Vertrauen und Glauben, Liebe und Freude begegnen, so wird es uns mit einer Fülle von Gutem beschenken. Lassen wir das Glück herein! Warum immer nur die Tür für Angst und Zweifel öffnen, für Krankheit, Versagen und Unglück? Am anderen Ende des Weges wohnt das Glück. Machen wir uns auf und wagen es, unserem Leben die bunten Farben wiederzugeben!

In meiner Show möchte ich ein Stück von dem vermitteln, was diese Kräfte zu erreichen vermögen. Wenn wir uns verzaubern lassen von der Freude, kann sie uns den Weg in ein Leben voller Licht und Wärme weisen. Wir müssen nicht in Grabesstimmung nur das Schlechteste vom Leben erwarten.
Bleiben wir in Bewegung, erhalten wir uns das Lachen!
Dann werden wir niemals alt."

So sprach die Clownin manchmal, wenn sie von Besuchern in den Pausen nach ihrem „Wundermittel" gefragt wurde, was sie so jung und fit gehalten habe. „An aller erster Stelle kann ich dazu nur sagen: Ich habe niemals aufgehört, das Leben zu lieben!" war dann die Antwort der Clownin und ihr Lächeln offenbarte ohne jegliche Zurückhaltung, dass dies die volle Wahrheit war.

Im Alter von 35 Jahren war Riesalia dem Zirkus „LEUCHTENDES LEBEN" beigetreten, nachdem sie im Anschluss an ihre Schauspielausbildung lange vergeblich nach. einer Anstellung bei einem Theater gesucht hatte.

Eines Abends, als sie durch die Straßen ihres damaligen Wohnortes Bischofsdorf spaziert war, hatten dort auf einmal die 8 großen Zirkuswagen am Wegesrand gestanden (mittlerweile umfasste der Zirkus 15 solcher Wagen) und sie mit den strahlenden Neonbuchstaben angelacht „LEUCHTENDES LEBEN". War dies nicht, was sie immer gesucht hatte?

Stets hatte Riesalia sich danach gesehnt, ihre Freude am Leben durch ihre Arbeit zum Ausdruck zu bringen. Sie wollte vielen Menschen zeigen, was sie zu geben hatte und sie wollte es mit lachendem Herzen tun. Sie wollte gegen all die Spuren von Schwermut und Angst, Hoffnungslosigkeit und Verzweiflung Zeichen der Freude setzen. Sie war eine kraftvolle, dynamische, junge Frau, den Kopf voller Träume und Ideale und immer einen Scherz auf den Lippen.

2

So war sie damals vor Helga Zirnich getreten, die Besitzerin des Zirkus. Riesalia und Helga hatten sich auf Anhieb gut verstanden Es war, als wenn sie dieselbe Sprache sprachen, wenn sie über ihre Ziele redeten. Auch Helga sehnte sich danach, mit dem Zirkus Freude in das meist triste Dasein der Menschen zu tragen. „Wenn ich durch die Straßen gehe und all die müden resignierten Gesichter sehe, die sich gefügt haben in jene graue Welt, wo sie nur zu funktionieren haben und niemand danach fragt, ob ihnen irgendwas noch Spaß macht, dann werde ich ganz traurig", erzählte Helga. „Vor 19 Jahren, es war genau zwei Tage nach meinem 20. Geburtstag, da machte mir das Leben ein großes Geschenk Ja, das war wie ein Wunder! Ich lief durch die Straßen, verzweifelt, weil ich von der Ausbildungsstelle, die ich schon lange ins Auge gefasst hatte, eine Absage bekommen hatte, da stand auf einmal dieser alte Zirkuswagen vor mir. Er sah total verlottert, heruntergekommen, alt und armselig aus. Neben dem Wagen hockte ein alter Mann und starrte trübsinnig in den Rinnstein. „Was ist mit Ihnen?" fragte ich den Mann. „Gehört der Zirkuswagen Ihnen?" Träge hob der Alte den Kopf und sah mich aus grauen Augen an. „Ja, das alte Ding gehört mir", antwortete er. „Und was habe ich davon? Sieh selbst, was aus dem Kasten, der einst von Leben leuchtete, geworden ist. Ich habe nicht das Geld, um ihn zu reparieren, geschweige denn, um Leute einzustellen. Wir sind sozusagen ein totes System, mein Wagen und ich. Unsere Zeit ist abgelaufen." Aus leeren Augen sah der Alte mich an und auf einmal durchzuckte mich das Wissen, dass dies meine Chance war."

Helga Zirnich sah Riesalia an und fuhr fort: „Schon lange glaube ich daran, dass es keinen Zufall gibt. Was mir hier geschah, war zu allerletzt ein solcher. Es war ein Geschenk des Himmels, eine Fügung, und ich wusste, für mich gab es nur eins: zugreifen und dem Wunder des Lebens vertrauen, dass es mir alles zusätzlich Benötigte auch bescheren würde. Zu meinem 20. Geburtstag hatte ich von meinen Eltern ein Sparbuch mit mehreren Tausend Euro bekommen, als Startkapital in mein neues Leben sozusagen (da ich 3 Monate zuvor von zuhause ausgezogen war), und so fackelte ich nicht lange. Ich fragte den Mann, ob er den Wagen verkaufen würde. „Du siehst mir nicht so aus, als ob du das nötige Geld hättest", lachte der Alte zweifelnd. „Sind 5000 Euro genug?" fragte ich den Mann und sah ihm direkt ins Gesicht. Der Alte schluckte erstaunt, hatte wohl nicht damit gerechnet, für den alten Wagen überhaupt noch viel Geld zu bekommen. „Ja", sagte er dann nur ruhig und auf einmal schien es, als ob auch in ihm etwas befreit worden wäre. Wie lange mochte er so dagesessen haben im Rinnstein, neben sich den verkommenen Wagen, hinter sich ein Leben voller leuchtender Farben und Geschichten, das müde Herz ohne Hoffnung? Nun konnte er das Gewesene ganz hinter sich lassen, mit ein wenig Startkapital irgendwo neu anfangen und dem Rest seines Lebens einen neuen Sinn geben.

Am nächsten Tag trafen wir der alte Mann und ich uns an derselben Stelle. Ich überbrachte ihm das Geld und er übergab mir den Wagen. Nun war ich stolze Besitzerin eines Zirkuswagens. Doch das war erst der Anfang. Im Laufe der folgenden Jahre investierte ich viel Kapital, um ein Zirkusteam zusammenzustellen, das Konzept für eine Show zu entwerfen, die ein wenig aus dem Rahmen fallen sollte, den Wagen renovieren zulassen und zwei weitere Wagen zu kaufen. Unsere Show fiel auf fruchtbaren Boden, wir kamen an, hatten Erfolg und so hatte ich das entsprechende Geld, den Zirkus zu vergrößern. Inzwischen haben wir 8 Wagen und ein Team von 17 Leuten. Die Arbeit macht uns allen sehr viel Spaß und wer bei uns mitmacht, sollte vor allen Dingen eines aufweisen können: Freude am

Leben und den dringlichen Wunsch, diese zu teilen und von der inneren Fülle weiterzugeben."

Helga schien Riesalia aus der Seele zu sprechen und so war es kein Wunder, dass die beiden Frauen schnell übereinkamen und Riesalia bereits eine Woche später beim Zirkus „LEUCHTENDES LEBEN" aktiv mitzuwirken begann. Bald besaß Riesalia sogar ihren eigenen Zirkuswagen, mit dem sie mit der Truppe durch das ganze Land zog. Es war eine Freude, wenn die Wagen hintereinander über Felder rumpelten, die Abendsonne die Landschaft in goldenes Licht tauchte und Riesalia wusste, dass sie am Ziel ihrer Träume angekommen war. Sie war frei, sie war glücklich und sie war mit Menschen zusammen, die sie mochte und schätzte. Nicht nur die Arbeit selbst war es, die sie liebte, es war auch dieses Leben als Vagabundin, die Welt entdeckend. Mit ihren bunten Farben und Lichtern zogen sie mal hierhin und mal dorthin, lernten viele, viele Menschen kennen und hatten immer Abwechslung. Jenes festgefahrene Leben, immer am selben Ort, immer mit denselben Gesichtern um sich herum, mit Eintönigkeit, Langeweile und trockenem Verpflichtungsgefühl – das kannte Riesalia nicht.

Nein, sie war frei und sie tat ihre Arbeit aus vollem Herzen. Sie wollte kein anderes Leben führen als dieses und sie gab alles, was sie an Liebe und Freude in sich trug, in ihre Arbeit hinein. So wundert es nicht, dass Riesalias Auftritte bald im Zentrum des Zirkusprogramms standen. Die Menge liebte sie und das Team, das eine freundschaftliche Einheit bildete, missgönnte ihr den sagenhaften Erfolg nicht.

Sie war der hellste all dieser Sterne und das Licht, das aus ihrem Herzen in die Menge strömte, war wie ein Feuerwerk und es ließ in keinem, der sie sah, die Dunkelheit zurück. Zu stark war ihre Überzeugung, dass alles Leid der Welt durch die Zauberkraft der Freude überwunden werden kann, dass selbst in der finstersten Dunkelheit das Licht in uns existiert und dass wir selbst es in der Hand haben, es anzuzünden.

Riesalia liebte es, die Menschen daran zu erinnern, dass jenes Licht in ihnen brannte und wenn sie sah, dass die Menge vor Lachen tobte, dann wusste sie, dass sie mal wieder den richtigen Knopf gedrückt hatte, um für alle hier die Zentralschaltung zu bedienen. Dann sonnte sie sich in dem Wissen, wie wunderbar es doch war, soviel Glück verbreiten zu dürfen, soviel Leichtigkeit auszusenden und immer wieder etwas gegen die Macht der Schwere zu setzen, bis eines Tages endgültig die Kraft der Liebe und Freude stärker sein würden als alles andere in dieser Welt.
Ja, daran glaubte Riesalia und das teilte sie mit allen, die es hören wollten. Am liebsten jedoch saß sie abends noch lange mit Helga unter dem einen großen Zirkuszelt, dem Sternenhimmel, und sie erzählten einander von ihren Träumen. Helga und Riesalia glaubten beide fest daran, dass selbst der kleinste Stern mehr Kraft besaß als die Dunkelheit des ganzen Himmels.

„Und was ist die eigentliche Kraft, die ein Licht stärker sein lässt als alles Dunkle, was auch immer da ist?" fragte Helga Riesalia eines Abends. Riesalia sah ruhig in den weiten Himmel und antwortete: „Das ist der Glaube, das Vertrauen in das Licht. Wenn wir glauben, dass die Dunkelheit stärker ist, wird sie es sein. Doch wenn wir fest davon überzeugt sind, dass das Licht und die Freude siegen werden, so wird es so sein. Da ist beides, Licht und Schatten. Es kommt auf uns an, woran wir glauben, worein wir unsere Kraft setzen, die Kraft unserer Gedanken: in Gedanken voller Hoffnung und Mut oder in Vorstellungen von Ohnmacht, Verzagen und Angst. Ich glaube fest an die Zauberkraft von Licht und Freude. Sie kann alle alten Wunden heilen und das aller tiefste Dunkel überwinden. Weil ich diesen Glauben in meiner Arbeit als Clownin weitergeben kann, liebe ich meine Arbeit so sehr."
„Ja, Riesalia", sagte Helga leise und nahm Riesalias Hand fest in die ihren. „Du bist richtig hier bei uns, im Zirkus „LEUCHTENDES LEBEN", das wusste ich vom ersten Augenblick an. Was für ein Geschenk, dass du zu uns gekommen bist."

3

Während die anderen Clowns und Clowninnen auch zu dritt oder viert auftraten, hatte Riesalia ihre ganz eigene Show Sie liebte es, Tiere mit in ihr Programm einzubeziehen. So hatte sie z.b. ihre *Hunde-Tagung*, eine Show die unheimlich gut ankam. 12 Dackel in maßgeschneiderten Herrenanzügen und Mini-Schlipsen saßen rund um einen langen Tisch. Auf der Mitte des Tisches stand ein riesiger Fressnapf mit aller schönsten Leckereien, leider für alle Hunde unerreichbar. Statt der schicken Kleidung angemessen, ruhig und gesetzt dazusitzen, waren die Hunde außer Rand und Band und wollten nur eines: an den Fressnapf herankommen, was ihnen aber leider nicht gelang.

Nach ein paar Minuten wilden Hundegezeters pflegte Riesalia in die Hände zu klatschen, für Ruhe zu sorgen und sich dann dem Publikum zuzuwenden mit den Worten: „Sehen Sie, so ist es doch bei den Menschen, nicht wahr? So und nicht anders!
Sie hüllen sich in edle Kleider und versuchen, einander etwas vorzugaukeln. Schick und gepflegt, elegant, gefasst und lässig, angeblich durch nichts auf der Welt aus der Ruhe zu bringen, setzen sie sich an einen Tisch und wollen seelenruhig diskutieren. Doch wehe, Sie stellen ihnen das am heißesten ersehnte Objekt ihrer Begierde hin! Das kann bei den einen ein perfekt ausgerüsteter PC sein, bei den anderen reicht ein Glas selbst eingekochte Erdbeermarmelade von Muttern völlig aus. Für andere wiederum ist es der Besuch eines Theaterstückes oder eine Reise nach China. Was auch immer es sein mag, das die Herzen der einzelnen höher schlagen lässt - es kann und wird sie aus der ach so gradlinigen Bahn werfen und sie dazu bringen, ihre Lefzen weit heraushängen zu lassen. Und schon ist es vorbei mit der Fassade, die wir vor der Welt aufbauen!
Warum also nicht gleich das ehrliche Gesicht zeigen, das Begeisterung ebenso kennt wie Schmerz, Sorge und Irrsinn?

Lasst uns doch alle miteinander die Clowns sein, die wir sind, in unseren Herzen, in unseren Seelen: Menschen mit lachenden und weinenden Gesichtern, mit weit aufgerissenen Augen und Mündern. Diskretion und Zurückhaltung sind etwas für lebende

Tote. Lasst uns die Auferstehung der Menschheit feiern, des Lachens und des tiefen Empfindens! Lasst uns alle miteinander hier und heute tanzen!"

Und während Riesalia dann die Hunde alle der Reihe nach von ihren Plätzen holte und sie dazu brachte, wild herum zu hüpfen, so dass es aussah, wie die vergnügteste Hundeparty, schleuderte sie Konfetti in die Menge und rief: „Alle aufstehen, jetzt wird gefeiert! Heute feiern wir, dass wir leben!"
Im Hintergrund des Zeltes stellte jemand die Musik an und dann begannen Riesalia und die Hunde, zu tanzen. „Macht alle mit! Heute feiern wir den Sieg unserer Lebendigkeit über allen Starrsinn, alle Perfektion, alles Zusammenreißen und Unterdrücken der Gefühle!
Seid alle dabei, wenn es hier und heute heißt: „Welt, du hast uns wieder, wir sind da, und wir sind glücklich, zu leben!"

Ja, und dann stand die Menge, das ganze Zirkuszelt war ein einziger Tanz, eine einzige geballte Ladung Leben, als dann alle mitsangen:

„Was nützt es uns, zu tun als ob,
die andern kommen ja doch dadrop,
dass da was andres hinter steckt,
dass es aus unserem Kühlschrank leckt,
weil wir im Grunde auferstehen möchten aus dem Eis,
denn hier, inmitten unserer Herzen,
ist's doch in Wahrheit glühend heiß!"

Da war niemand, den es nicht mitgerissen hätte, denn Riesalia hatte die magische Fähigkeit, alle zu verzaubern. Sie selbst hatte die Angst vor Gesichtsverlust vor so langen Zeiten hinter sich gelassen, dass niemand es vor ihr scheute, aus sich herauszugehen. Vielleicht war es das, was die Menge am meisten an ihr liebte, dass sie alle mitriss, aus ihrem versteinerten Inneren aufzubrechen in eine Welt voller Licht und Leben. Und wenn das auch bedeuten mochte, ab und zu mal hinzufallen und zu straucheln. Was machte das in Anbetracht der riesigen Fülle von Leben, die auf einmal da war, wenn man es nur wagte, all die Vorsicht und sorgenvolle Lebenshaltung zurückzulassen und sich treiben zu lassen vom Strom der Gefühle? Plötzlich war vielen, als sei da, wo zuvor nur erstarrte Leere gewesen war, ein innerer Gesang, der sie tragen konnte, eine Kraft, die über alle Höhen und Tiefen hinaus präsent war, während zuvor, in dem kalten Glashaus ein Gefühl unendlicher Schwäche gewesen war, in dem sie sich nichts mehr zutrauten. Und auf einmal wollten sie weitergehen.

Riesalias Botschaften kamen oft auch ohne Worte an. Dann war es einfach ihr liebenswertes, albernes Gekicher, mit dem sie die Manege erfüllte, ihr zorniger Aufschrei, wenn sie sich selber auf die Füße trat, ihr aufmunterndes Winken, von dem sie alle sich angesprochen fühlten. Niemand verließ den Zirkus, ohne etwas mitzunehmen von der Fülle, die diese Clownin zu geben hatte. Es war mehr, als eine einzelne Person in der hohlen Hand halten konnte, mehr als ein schwebender Ballon, der alle fröhlich aufforderte, wieder das Fliegen zu lernen.

Es war ein volles Herz voller Licht und Lachen und der tiefe Wunsch, dem Leben wieder die eigenen Impulse zu schenken, auszubrechen aus vorgeschriebenen und festgefahrenen Strukturen und so manchem Gefängnis aus Selbstbeherrschung, Starrsinn, Angst und Trotz. Es war wie eine Welle, die weitertragen wollte, die ihnen allen sagte: *„Du kennst die Vergangenheit und du hast deine festen Bilder vom Leben. Aber bist du wirklich bereit, die Gegenwart und die Zukunft zuzulassen? Bist du wirklich bereit, dich hineinzuwagen in das Abenteuer all des Unbekannten, das deine Seele dir offenbaren möchte?"* Sie alle nahmen diese Fragen mit und verbanden sie für immer in ihren Herzen mit dem Bild der lachenden Clownin Riesalia.

4

Es war der heißeste von allen Sommern, die Riesalia mit dem Zirkus „LEUCHTENDES LEBEN" herumgezogen war, als Jose starb. Er war Helgas langjähriger Lebensgefährte gewesen. Da Riesalia Helga wie eine Schwester liebte, nahm deren Kummer sie sehr mit. In einer Vollmondnacht war es, da wollte Helga sich vor lauter Verzweiflung das Leben nehmen. Wäre Riesalia ihr nicht zur Seite gewesen, so hätte dem wohl nichts mehr im Wege gestanden. Helga weinte die ganze Nacht und war durch nichts zu beruhigen.

Riesalia saß an ihrem Bett, die Hand auf Helgas Stirn und sprach zu ihr. „Helga, altes Mädchen, denk an deinen Traum. Du hast dies alles hier ins Leben gerufen und in langjährigem, harten Einsatz aufgebaut, um viel zu erreichen, um ein Stück die Welt zu verändern Gib jetzt nicht auf! Dein Traum ist noch längst nicht erfüllt. Du hast einen Bruchteil des Ganzen durchgeführt. Da ist noch viel mehr, was auf dich wartet. Deine Aufgabe ist groß und wir brauchen dich. Weißt du noch, wie wir unterm Sternenhimmel saßen und von der Leuchtkraft der Sterne sprachen, die stärker ist als alle Finsternis? Du darfst nicht zulassen, dass die dunklen Gedanken in dir die Macht über das Licht gewinnen! Es liegt an dir, ob du dies geschehen lässt. Du bist jetzt verzweifelt, weil du nichts anderes mehr siehst. Aber schau dich doch um: es gibt nicht nur diesen einen Menschen, der dein Leben ausmacht - oh, nein, da ist viel mehr. Du kannst dich an der Sonne freuen, die am Himmel steht, du hast eine große Gruppe lieber Freundinnen und Freunde, zu denen auch ich mich zählen möchte, du hast diesen wunderbaren Zirkus und vieles, vieles mehr.
Es gibt Zeiten, in denen die Dunkelheit uns überwältigen möchte. Wir müssen ihr standhalten. Das sind die Zeiten, wo wahre Freundschaften sich bewähren. Ich bin hier und ich stehe dir mit meiner ganzen Kraft zur Seite.

Was immer kommen mag – ich werde dich trösten, dir Mut machen, ich werde dir Halt geben und von neuem mit dir lachen, wenn die Sonne wieder durchbricht am Firmament deines Lebens. Wie ein Baum möchte ich dir zur Seite stehen, fest verwurzelt in der Erde unserer Freundschaft. Was immer an dir reißen mag, was immer dich hinfort ziehen möchte in die schwarzen Abgründe des Verzweifelns - denk an diese Wurzeln, die uns verbinden, und deren Kraft auch dich hier halten kann. Nichts kann uns vom Leben trennen, wenn wir so fest verwurzelt sind."

Da öffnete Helga ihre vom Weinen ganz verschwollenen Augen und sah Riesalia ernst an. „Ich hätte nie gedacht, dass du so poetisch sein kannst", staunte sie. Plötzlich wurde Helga klar, dass hinter der Fassade der lustigen Riesalia auch eine sehr mitfühlende, zartbesaitete, sensible Riesalia ruhte.

„Wie hätte ich es Zeit meines Lebens ertragen, so zartfühlend zu sein, wenn die Kraft meines Humors mich nicht stets gewappnet hätte gegen alles, was da kam?" fragte Riesalia, als habe sie Helgas Gedanken gelesen. „Die Dunkelheit, von der ich oft genug zu dir sprach, dass sie uns nicht besiegen darf - auch ich trage sie in meinem Innern, auch ich habe oft genug mit ihr gekämpft. Und doch war der Wunsch nach Leben stets so stark, dass ich nie vergaß, das Licht anzuzünden, das sie ausleuchten kann. Dieses Licht ist meine Liebe zum Leben. Sie war immer stärker als jede Verzweiflung und Not. Lass auch du das Licht des Lebens weiterbrennen, denn in jener Sonne zu tanzen, ist das, was uns alle glücklich machen kann. In Gefühlen der Ohnmacht und Not zu versinken hingegen, raubt dir nur die Kraft. Es ist gut zu trauern, aber es ist wichtig, auch wieder aufzustehen und das Leben von neuem bei der Hand zu nehmen. Helga, du bist ein wunderbarer Mensch. Wir alle bauen auf dich, wir verlassen uns auf dich. Ich wünsche dir, dass auch du dich auf dich verlassen mögest, denn das ist es, was uns trägt, wenn wir uns selbst vertrauen. Du hast dich auf das unsichere Ufer begeben, einem anderen Menschen mehr zu vertrauen als dir selbst. Nun fällst du ins Leere, weil du dich selbst nicht mehr spüren kannst. Helga, es ist alles da, in dir, und es lohnt sich, zu leben. Nichts ist verloren, solange du „ja" sagst."

Endlich war Helga eingeschlafen und Riesalia verließ deren Wagen, in dem Wissen, dass Helga am nächsten Tage mit neuer Kraft dabei sein würde, hier, mitten unter ihnen, im Zirkus „LEUCHTENDES LEBEN", den sie geboren hatte und den sie liebte wie ein eigenes Kind. Helga würde dieses Kind nicht im Stich lassen, das wusste Riesalia. Und sie freute sich auf die lange Strecke des Weges, die noch vor ihnen lag, auf all das, was sie noch zusammen erleben würden.

5

Und dann kam der Tag, an dem der blaue Ballon stieg. Diese Idee hatte Riesalia schon lange in sich getragen und endlich wurde es Wirklichkeit. Nach der Zirkusvorstellung waren alle Besucher und alle Mitarbeiter des Zirkus vor dem Zirkuszelt versammelt und standen um Riesalia herum, die den blauen Ballon hielt.

„All unsere Träume, Wünsche und Sehnsüchte wollen wir in diesen Ballon werfen, auf dass sie weit hinauf in den Himmel steigen. Und auch all unsere Ängste und Sorgen wollen wir hinein tun, auf dass sie alle auf den Armen des Windes hinfort getragen werden." Riesalia sah in die Gesichter all der Menschen, die um sie herum versammelt waren und fuhr fort: „Wir alle wollen leicht werden und uns tragen lassen vom Leben. Wir wollen alle alten Überzeugungen, die uns Krücken waren, loslassen und hineinschreiten in das herrliche Neue. Welches Bild haben wir uns von uns selbst gebastelt? War es die Lässige, war es der Macker, der alles im Griff hat, war es die Weise vom Berg, voll Klarheit und Überlegenheit? Erst wenn wir diese Bilder verabschieden und es wagen, wir selbst zu sein, kann das Leben uns tragen. Wollen wir uns nicht tragen lassen wie von den warmen Wellen der See?

Das Leben möchte uns seine Liebe zeigen. Lasst uns feiern, dass wir lebendig sind, lasst uns dankbar sein für all das Schöne, dass uns zuteilwird, lasst uns mit den Wellen gehen, anstatt immer den Fuß auf der Bremse zu haben, weil das ja so wunderbar sicher aussieht. In Wahrheit sind wir weder cool noch überlegen. Erst wenn wir das anerkennen und loslassen, kann das Leben uns tragen. Solange wir uns sperren und alles im Griff haben wollen, kann das Leben uns die wunderbarsten Geschenke hinhalten und wir werden sie abwehren.
In dieser Haltung zerstören wir all das, was uns so lieb und teuer ist, verspotten das, was wir am allermeisten ersehnen und trampeln auf unserer eigenen Zartheit herum. Wir nehmen uns selbst die Luft zum Atmen, lachen mutlos über unsere Träume und verraten uns selbst. Denn wonach wir uns sehnen, sind doch

Liebe und Leben. Wir aber, die cool sein wollen, die keine Schwäche zeigen wollen, verkaufen unsere Eintrittskarte ins Glück Denn nur, was wir wagen, kommt strahlend zu uns. All das, was wir im Keim ersticken, weil wir nicht den Mut hatten, etwas zu riskieren, einen Schritt weiter zu gehen, das wird uns viele Tränen kosten. Wir töten es selbst und schieben es auf die coole, herzlose Welt, die uns angeblich keine Chance gibt.
Wir haben alle Chancen der Welt!

Lasst uns mit dem blauen Ballon, den wir heute steigen lassen, der Welt signalisieren, dass wir für alle Wunder und Geschenke offen sind. Lasst uns alle gemeinsam „ja" sagen mit dem lauten Ausruf der Freude und des Glücks, den dieser Ballon bedeutet. Lasst uns die Arme ausbreiten für eine riesige Umarmung des Lebens, das uns so viel Gutes will. Lasst uns tanzen und jubeln, denn wir erlauben uns heute, glücklich zu sein."

Alle standen sie um Riesalia herum, die den großen blauen Ballon an einer Schnur festhielt. Mit geschlossenen Augen streuten alle ihre Wünsche und Ängste wie Puderzucker über den Ballon und gaben alles aus ihrem Innersten an das Leben ab. „Trage uns alle, die wir jetzt loslassen, Leben!" rief Riesalia dann beschwörend und ließ im selben Augenblick den blauen Ballon los. Begleitet von den Blicken all der Umstehenden stieg der Ballon auf und nahm all die Träume und Ängste mit sich.

„Es lebe das Leben!" rief Riesalia und alle fielen mit ein. Sie blickten dem blauen Ballon noch lange nach und fühlten die Leichtigkeit des Getragen-Seins in ihren Herzen.

6

Im folgenden Winter zogen sie durch England.
Es war die erste Auslandstournee des Zirkus „LEUCHTENDES LEBEN." In der zehnten Nacht schlugen sie ihre Zelte auf dem Gebiet eines alten, verwitterten und verlassenen Schlosses auf. Käuzchen warfen ihre unheimlichen Schreie in die Nacht, die zwischen den Gemäuern hin und her geworfen wurden wie Tennisbälle.

Der Widerhall dieser nächtlichen Rufe ließ Riesalia aus dem Schlaf schrecken. Müde trat sie, in ihren wollenen Wintermantel gehüllt, in den Schlosshof, durch den ein eisiger Wind jagte. Der Wind riss an ihren vom Traum zerwühlten Haaren und auf einmal war ihr, als risse er auch an ihrer Seele. Es war, als habe etwas sie geweckt, um ihr in dieser Nacht eine Botschaft zu bringen, die sie nur hier empfangen konnte. Schweigend schritt sie durch die dunklen Gänge und stieg dann die steinige Wendeltreppe hinauf zu dem alten Turm. Dort oben war der Wind noch eisiger, aber vielleicht war gerade das nötig, damit sie die Botschaft klarer hören konnte. Riesalia hatte Augen wie ein Adler und so konnte sie nicht nur in der Ferne die Lichter der nächsten Ortschaft erkennen, sondern auch in ca. 500 m Entfernung ein kleine Kapelle.

„Lauf hinüber!" raunte der Wind ihr zu. „Ich werde dich in der Dunkelheit beschützen und leiten, so dass du die Kapelle leicht und sicher finden wirst." Seit Urzeiten war der Wind Riesalias alter Freund und so zweifelte sie keine Sekunde, sondern eilte voll Vertrauen die Stufen der Wendeltreppe wieder hinab. Unten angekommen war ihr, als schöbe der Wind sie sanft und sicher in eine bestimmte Richtung. Ohne Zaudern und ohne die leiseste Furcht folgte sie seiner Weisung.

Kurz darauf stand sie auch schon vor der Kapelle. Trotz der Finsternis konnte Riesalia die Engelfiguren erkennen, die über dem Eingangsportal hingen. Auf dem Dach des Gebäudes stand riesenhaft und still die mächtige Gestalt eines Schutzengels, der ein goldenes Schild über die Kapelle hielt. „Geh hinein", sagte der Wind, „du wirst drinnen erwartet." Erstaunt überlegte Riesalia, was das heißen mochte, ging dann aber schnurstracks auf das schwere Portal zu und drückte die eiserne Klinke hinunter.

Quietschend öffnete sich die Tür - es war tatsächlich offen! Innen war alles von einem sanften, unwirklichen Licht erleuchtet. Das Licht stammte weder von einer elektrischen Lampe, noch war irgendwo eine brennende Kerze zu sehen. Dieses Licht schien vielmehr allgegenwärtig zu sein und den Raum wie eine Art verzauberter Nebel zu erfüllen.

Riesalia ging hinein und tauchte ein in das magische Licht. Nun konnte sie spüren, wie jenes allgegenwärtige Licht sie wie ein warmer Mantel umgab und gegen jegliche Kälte schützte.

„Dieses zauberhafte Licht, über das du staunst, ist die Kraft deiner Liehe und Freude, die du verbreitest. Ja, du bist eine Zauberin, Riesalia", sprach eine Stimme zu ihr, *„denn du gibst niemals die Hoffnung auf. Wo andere schon längst den Kopf hängen gelassen haben und aufgeben, da machst du voll Zuversicht weiter. Wisse, dass du mit dieser Haltung immer das Licht auf deiner Seite hast. Tief im Herzen weißt du das alte Geheimnis und trägst es weit hinaus in die Welt:*
Die Zauberkraft der Freude. *Mögest du noch viele Herzen auf ihrem steinigen Weg in aufsteigende Ballons verwandeln und so manches tränenverschmierte Gesicht zum Lachen bringen. Deine Kraft ist größer als jede Verzweiflung, weil du das Leben liebst. Geh mit der Sonne. Ich werde immer an deiner Seite sein."*

Einen Moment lang verspürte Riesalia in sich den Impuls, zu fragen: „Wer ist da?" Doch dann erfüllte sie die ruhige Gewissheit, dass es niemand anderes als ein Engel war, ihr Engel, der immer bei ihr war. Er hatte ihr dieses Geschenk gemacht, ihr hier, in jener kalten englischen Kapelle dieses wunderbare Licht zu zeigen und sie war zutiefst dankbar und glücklich. Es war wie eine Bestätigung für all die vielen Jahre, in denen sie stets jenem Licht in sich gefolgt war und nicht aufgehört hatte, an ihren Traum und ihre Aufgabe zu glauben. Und gleichzeitig war es wie ein ermutigender Aufruf:
„Mach weiter so! Vor dir liegen noch so viele wundervolle Aufgaben, die deiner Liebe und Freude harren, die dich verzaubern und glücklich machen werden, weil du mit vertrauensvoller Hand dir und der Welt zeigen wirst, dass das, woran du glaubst, Wirklichkeit ist. Freue dich an dir selbst und an deinem Weg. Es ist ein wundervolles Leben, weil du mit einem Herzen voller Liebe und Achtsamkeit dein Inneres nach außen trägst, dich verströmst und schenkst und mit vollen Händen weitergehst, denn alles, was du austeilst, kommt zu dir zurück. Sieh all die Menschen, die ihre Gaben verstecken, teils aus Furcht, erkannt zu werden, teils aus Angst, zu wenig

zurückzubekommen. Sie verhungern an ihrer eigenen Angst und ihrem Geiz. Du aber teilst mit vollen Händen aus und ebenso empfängst du. Es wird immer genug da sein für dich - alles, was du brauchst. Das Wunder deines Lebens, das das Zauberrad zum Drehen bringt, bist du selbst. Diese einfache Formel haben die wenigsten begriffen. Lebe es, zeige es, sei es und die Welt wird es dir mit ihrer Liebe danken."

Noch lange, nachdem die Worte verhallt waren saß Riesalia versunken da, ließ die Botschaft in sich nachklingen und blickte in das sanfte Licht, das sie umfing. Dieses unirdische Licht, stärker als jede fassbare Realität, hatte sicher die Kraft, Steine zum Erweichen zu bringen. Dieses Licht war Verwandlung, dieses Licht war die Verbindung zum Universum, mit dem sie alle eins waren. Und was war das Universum anderes als Liebe?

Dankbar lehnte Riesalia sich in der Bank zurück und atmete diese Liebe ein. Was konnte es Schöneres geben, als für all das Bestreben ihres Lebens ein so deutliches Zeichen zu empfangen, dass all das richtig war, dass sie auf dem richtigen Weg war, richtig handelte und Vertrauen haben durfte in ihre eigenen Entscheidungen? Wie viele Menschen quälten sich zeitlebens mit Selbstzweifeln, Selbstablehnung und der ständigen Frage, ob ihr Leben Sinn mache, ob ihre Entscheidungen richtig waren?
Und wie viele Menschen fragten sich dies nicht einmal mehr, weil sie den Zugang zu jenen inneren Quellen längst verloren hatten und so außerstande waren, der Welt sich selbst zu schenken? Sie hatten es längst aufgegeben, sich überhaupt noch nach dem Sinn ihres Lebens zu fragen, den es schlicht und ergreifend gar nicht zu geben schien. Für diese Leute war das Leben ein einziges Jammertal voller Gefühle des Fremdbestimmt-Seins, der kalten Routine und inneren Leere.
„Was für ein Segen, dass ich immer die Fragen in mir gespürt habe", dachte Riesalia, „so dass ich schließlich eines Tages begann, die deutlichen Antworten zu hören und sie umzuformen in meinen eigenen Lebenstraum."

Und nun saß sie hier, eingewoben in das allgegenwärtige Licht der Freude, umarmt von der Gewissheit, dass sie ihr Leben in die richtige Richtung lenkte. Sie fühlte eine tiefe Ruhe und Sicherheit in sich aufsteigen. Dankbar ließ sie sich in dieses Gefühl fallen und blickte noch einmal um sich. Dann stand sie auf, verließ die Kapelle und lief zum Schloss zurück.

In dieser Nacht träumte Riesalia davon, mit ihrem Engel durch eine Blumenwiese zu schreiten. Hand in Hand liefen sie durch all die leuchtenden Farben und sie war glücklich.
„Siehst du, Riesalia", sagte der Engel lächelnd zu ihr und hielt ihre Hand ganz fest, „es war immer alles für dich da. Es ist wunderbar, dass du es endlich sehen, dich daran freuen und dich fest darauf verlassen kannst.
Du selbst bist die Zauberin, vergiss das nie!"

7

Der Zirkus „LEUCHTENDES LEBEN" reiste weiter und vor ihnen erstreckte sich England in seiner ganzen Fülle. Riesalia und Helga liebten es ebenso wie alle anderen aus der Zirkustruppe, auf Lichtungen in den großen Wäldern ihre Zelte aufzuschlagen. Sie genossen die anheimelnde Atmosphäre der kleinen Ortschaften und gelangten schließlich nach London.

Hier lud sie sogar die königliche Familie zu einem Auftritt am Hofe ein. Das war ein ganz besonderer Tag für sie alle. Die Königin von England hatte ein riesiges Büfett für sie alle aufstellen lassen. Nachdem sie also vor Hofe ihre Vorstellung gegeben und in lautem Jubel gebadet hatten, wurde zu Tisch geladen. „Ich möchte euch heute ein Stück an unserer Fülle teilhaben lassen, so wie ihr uns die eure mitgeteilt habt!" begann die Königin ihre festliche Ansprache. „Wir alle sind hocherfreut, daß ihr mit eurem wunderbaren Zirkus „LEUCHTENDES LEBEN" den weiten Weg auf euch genommen habt, um unser geliebtes Land mit eurer Kunst zu beschenken. Wir haben schon viel von euch gehört, aber ich muß ehrlich sagen: euch alle zu erleben ist noch viel großartiger, als ich dachte. Die allergrößte Freude jedoch ist mir eure Clownin Riesalia. Ich möchte dieser einzigartigen Künstlerin eine besondere Ehrung zugedeihen lassen. Liebe Clownin, darf ich dich bitten, zu mir nach vorne zu treten?" bat nun die Königin. Wie viele Male hatte Riesalia vor vielen Menschen gestanden und sich der Menge ohne Zaudern präsentiert? Wie viele Jahre war es wohl her, dass ihr Herz dabei vor Aufregung geklopft hatte? Sie wusste es nicht. Doch jetzt fühlte sie ein leichtes Zittern in den Knien und ihr Mund wurde trocken.

Und dann stand sie tatsächlich direkt neben der Königin von England! Sie lächelten einander zu und Riesalia spürte den tiefen Respekt der Königin. Diese nickte ihr freundlich zu und überreichte ihr mit einem auffordernden Zwinkern das Mikrophon. „Liebe Leute!" begann Riesalia ihre Rede, aufgeregt nach Worten suchend. Und dann auf einmal hatte sie ihre Sicherheit wieder. Ihr war, als stünde auf einmal der Engel direkt neben ihr, der in der Kapelle zu ihr gesprochen hatte. „Fürchte dich nicht", raunte er, „ich werde dir helfen. Du hast hier eine großartige Chance, ihnen allen zu zeigen, wer du wirklich bist und um was es dir wirklich geht. Zögere nicht, dich zu offenbaren."

Und dann purzelten die Worte nur so wie Felsbrocken aus Riesalias Mund, kleine Steine, die sie auf ihrem langen Weg noch festgehalten und vor sich gebaut hatte, aus der steten Angst heraus, zu vermessen, zu fordernd zu sein. Doch jetzt wusste sie: es war Zeit, alles zu geben. „Was ist Reichtum?" begann die Clownin und ließ ihren Blick über die prall gefüllten Tische schweifen „Was ist Fülle? Was ist es, was uns wirklich zufrieden macht?"

Riesalia blickte in die Gesichter der königlichen Familie und fuhr fort: „Und was ist wahre menschliche Größe? Ist es der Status, unter dem wir geboren werden, ist es das Geld, das uns in die Wiege gelegt wird, ist es der Name unserer Eltern? Wahre Größe kommt nicht von außen. Kein Status der Welt kann uns in unserem Innersten das geben, wonach sich alle Seelen sehnen: den Mut, uns selbst der Welt zu zeigen. Gerade in der Schicht des Reichtums ist doch die Gefahr sehr groß, sich über die eigene Herkunft zu identifizieren, sich hinter edlen Gewändern zu verstecken und der Welt kein einziges Mal ein ehrliches Gesicht zu zeigen.

Ist nicht vielleicht der herunter gekommenste Bettler auf der Straße, der noch zu lachen und zu weinen, der seine Gefühle zu zeigen weiß, größer als der aller reichste unter uns?
Wieviel Kälte herrscht oft in der Welt von Geld und Macht!
Mit welchem Recht bildet sich ein Mensch mit hoher Ausbildung und gesellschaftlicher Position ein, etwas Besseres zu sein, als die Armen? Wieso zeichnet angeblich hohe Intelligenz einen besonderen Menschen aus? Was ist Menschlichkeit?"

Die Clownin sah in die Gesichter der Zuhörenden und holte tief Luft. Jemand hatte ihr ein Glas Wasser gereicht und sie trank einen Schluck und sah zur Königin hinüber. Diese lächelte ihr freundlich zu und sah Riesalia aufmerksam und erwartungsvoll an. Es freute Riesalia, zu spüren, dass ihre Wort so willkommen waren und so fuhr sie fort: „In all den Jahren, in denen ich beim Zirkus arbeite, habe ich so viele Menschen kennengelernt. Bescheidene Menschen, von sich eingenommene Menschen, Menschen voller Selbstablehnung, Menschen voller Fragen, Menschen auf der Suche. Sie alle suchten mich auf, um Antworten zu erfahren, um von mir zu hören, was das Geheimnis meiner ungebrochenen Lebensfreude und Energie sei. Ich möchte diese Antwort auch hier in den Raum stellen, hier in diesen Hallen, wo Äußerlichkeiten mehr zu bedeuten scheinen, als ein Lächeln oder eine liebevoll gereichte Hand.

Ich bin nicht hierhergekommen, um es euch leicht und bequem zu machen, um euch zu schmeicheln und euch zu bewundern. Als Menschen sind wir alle gleich und auf der Basis dieses Wissens möchte ich euch allen zurufen: das Leben ist viel zu wunderbar, um auch nur eine einzige Sekunde damit zu verschwenden, etwas Gestriges zu beklagen.
Lasst uns den Blick nach vorn richten und keinen Moment länger damit warten, endlich von ganzem Herzen unser Leben zu lieben und unser Bestes zu geben, nicht durch Geld und Einfluss, sondern aus unserem Innern. Nur dort können Menschen einander wirklich eireichen.
Wieviel Einsamkeit herrscht oft in der Welt des Reichtums, weil Menschen einander nur auf der Ebene von Geld einander beschenken und begegnen! Seid mir nicht böse wegen meiner

Kritik! Schließt diesen Satz in eure täglichen Gedanken ein, der mein Lebensmotto geworden ist:
Die allergrößte Zauberkraft ist die Freude!
Teilt dies untereinander aus, jeden Tag, und bringt Leichtigkeit und Lachen in die starre Ernsthaftigkeit eurer hohen Wichtigkeiten und ihr werdet erleben, wie manches sich fast wie von selbst erledigt. Lasst uns das Leben lieben und Mensch unter Menschen sein, ohne Rang und Namen, sondern unter dem Zeichen von Achtung, Hinwendung und Freude. Ich danke euch!"

Großer Jubel folgte, auch wenn manches noble Gesicht in ernstes Schweigen gehüllt war. Riesalia wusste, dass sich hinter jenen Stirnen Gedanken in Gang gesetzt hatten, die Zeit brauchten, um die Seele zu erreichen. Und als die Königin sie jetzt voll Herzenswärme umarmte, wusste sie dass ihre mutigen Worte nicht vergebens gewesen waren.

Glücklich trat sie in die Reihen ihrer Leute zurück, wo Helga sie strahlend empfing. „Meine Güte, Riesalia", lachte diese, „du warst verdammt provokant und direkt, aber wie es scheint, hast du einen Haufen Leute hier erreicht." Helga drückte Riesalia fest an sich und sagte: „Ich war schon oft stolz auf dich, aber heute hast du dich selbst übertroffen. Ich glaube wirklich, der größte Mut besteht darin, den Leuten unbequeme Sachen zu sagen und sie spüren zu lassen, dass du es dabei gut mit ihnen meinst. Du hast sie erreicht, Riesalia, deine Werte haben die Zauberkraft, so manche rostige Eisentür aufzuschließen, die lang verschlossen war. Du bist einfach phantastisch!"

Sie feierten noch viele Stunden am königlichen Hof und als sie dann schließlich alle müde und zufrieden in ihre Zirkuswagen stiegen, da wusste Riesalia: heute hatte sie etwas ganz Besonderes geschafft: Sie hatte den letzten Rest Angst überwunden, Menschen mit ihrer Ehrlichkeit vor den Kopf zu stoßen und sie hatte sich endlich entschieden, ihr Leben ganz der Wahrheit zu widmen, was immer diese von ihr fordern würde. Und war es nicht so, dass sie nur dann erfahren konnte, dass sie ankam bei den Menschen? Was nutzte all das schonende, rücksichtsvolle Schweigen, um niemanden zu kränken, wenn sie

doch mit jener Kraft der Offenheit so viel erreichen konnte?
Ja, sie konnte mit ihren Worten Welten bewegen.
Riesalia hatte den Schlüssel zu den Herzen der Menschen, vielleicht weil sie das Leben so sehr liebte und alle Menschen im selben Licht dieser Liebe sah. Um sie herum strahlte der Zauber ihrer Lebensfreude und nichts konnte sie mehr davon abhalten, ihren Weg mit voller Kraft zu gehen. Wer auch immer sie als Zumutung empfinden würde und ihre Worte als anmaßend erlebte, konnte die Ohren zuklappen und sich abwenden. Aber sie wollte nicht schweigen. Viel zu wichtig war es Riesalia, die vielen Menschen zu erreichen, die sie hören wollten, die auf ihre Worte warteten und denen sie Kraft geben konnte und wollte. Zufrieden lächelnd sank Riesalia in einen tiefen Schlaf, voller Gewissheit, dass ihr Leben einen Sinn hatte und dass sie getragen war.

8

Im Laufe der folgenden Jahre durchreiste der Zirkus noch so manches andere Land. Neben Italien, Holland und Spanien machte ihnen allen Schweden die meiste Freude. Dieses Land schien sie mit offenen Armen zu empfangen und alles, was sie zu bieten hatten, aufzusaugen wie lang ersehnte Muttermilch. Dankbar genossen sie alle die Freundlichkeit der Menschen, den leichten Humor und die Tiefsinnigkeit.

Eines Abends saßen Riesalia und Helga noch lange mit einer alten Schwedin, die bereits 5 Mal ihre Show besucht hatte, an einem See. Gemeinsam blickten sie über das Wasser, das von dichten Bäumen umsäumt war und tauchten ein in den Zauber jenes Abends, da begann die Schwedin zu erzählen: „Als ich ein Kind war, hatte ich nur einen Traum: Ich wollte Schriftstellerin werden. In all den Jahren hielt ich jenen Traum dicht bei meinem Herzen. Mit dem Erwachsen - Werden kamen viele Zweifel und Ängste, sowohl in mir selbst, als auch von außen in mich gestreut. „Was willst du?" fragten mich all die Stimmen. „Mit Schreiben macht kein Mensch viel Geld und die wenigsten sind erfolgreich. Mach eine Ausbildung, mach einen Job und vergiss deine Träume", sagten einige. Und doch war da die Sehnsucht nach meiner ureigenen Selbstverwirklichung und ich habe sie mir bewahrt. Ich wollte mein Leben wahr machen. Nach langen Jahren voller Fragen kam schließlich und endlich doch noch die lang ersehnte Stunde meines Erfolgs: mein erstes Buch kam heraus. Kinder, ich kann euch nicht sagen, was das für mich bedeutete! Es war, als würde ich neu geboren. Ich war glücklich wie noch nie. Von dem Zeitpunkt an wusste ich, dass ich tatsächlich lebe. Endlich hatte meine Sehnsucht Resonanz gefunden und meinem Erfolg als Senkrechtstarterin stand nichts mehr im Wege. Im Laufe des folgenden Jahres veröffentlichte ich drei weitere Bücher - alle mit großem Erfolg."

Die Schwedin schwieg einen Moment und sah auf das Wasser. Dann nickte sie, wie um sich selbst zuzustimmen und fuhr fort: „Wenn ich jetzt, im Alter von 86, sagen sollte, was das höchste Glück in meinem Leben war, so kann ich ohne Zögern sagen, dass es dies war: das Wahrwerden meiner Träume. Endlich war ich soweit, der Welt ganz mich selbst schenken zu dürfen, als die, die ich bin: Autorin. Meine Eltern hätten mich oft genug gern in einem Büro sitzen sehen, wisst ihr. Meine Mutter hatte die Vorstellung, mich als Rechtsanwältin zu sehen, mein Vater wünschte sich, ich möge Bürokauffrau werden. Ich habe oft gegen ihre Vorstellungen von Sicherheit durch einen festen, gesellschaftlich anerkannten Beruf angekämpft. Ich hatte ja selbst oft genug Angst, es nicht zu schaffen. Und doch war da immer diese Stimme, die sagte: „Geh weiter, glaub an deine Träume und zeig der Welt, dass es sich lohnt, an sich selbst zu glauben."

Ich vermute, auch ihr zwei verwirklicht eure Träume in eurer Arbeit, denn das, was ihr der Welt bietet, kommt mit so viel Herzblut und Innigkeit bei den Menschen an. Was ihr beiden zeigt und gebt, hat eine Tiefe, wie sie nur aus gelebten Träumen strömen kann. Wer in dieser Gesellschaft funktioniert, als Marionette einen Platz einnimmt und austauschbar ist, hat zumeist den Zugang zu jenen Quellen verloren. Es ist ein Jammer, dass nur wenige Menschen an die Verwirklichung der eigenen Träume glauben. Die Welt könnte anders aussehen, würden mehr Menschen das wahr machen, was in ihnen steckt und den Mut aufbringen, dieser Welt, die nach Äußerlichkeiten fragt und die Menschen auffordert, ihre Seele zu verkaufen, die Stirn zu bieten und ihren eigenen Weg zu gehen. Was ihr mit eurem Zirkus verbreitet, ist großartig, weil es so eigen ist. An eurem riesigen Erfolg kann jeder sehen, dass die Kraft der Selbstverwirklichung letztlich zu Erfolg führt. Man muss nur stark genug daran glauben und alles darein setzen, es zu leben.

Ich bin sehr dankbar, dass ich euch erleben und kennen lernen durfte. Das war in meinem hohen Alter ein sehr wichtiges Erlebnis für mich." Hand in Hand saßen Helga und Riesalia neben der alten Schwedin und spürten ein tiefes Glück in sich, mit ihrer Arbeit so sehr bei dieser Frau angekommen zu sein. Ihnen allen war, als ob ihre Träume sich im All vereinigt hätten und zusammen lachten. War dies nicht die allergrößte Freude wirklich da zu sein? Nicht nur körperlich anwesend, den Wünschen und Ideen anderer folgend, freundlich nickend und ohne eigenen Willen, sondern mit der ganzen Kraft ihrer Sehnsucht, die sie aus vollen Händen lebten. Und war es nicht auch die Kraft ihrer Freundschaft, die sie zusätzlich so reich beschenkte? Zusammen diesen Weg zu gehen, schien Helga und Riesalia das größte Glück zu sein.

Sie hatten einander auf dieser Straße der Selbstverwirklichung immer bestärkt und ermutigt und niemals der anderen die Kraft durch Zweifel und gesellschaftliche Werte von Sicherheit und Anpassung genommen. Hand in Hand hatten sie jede Herausforderung des Schicksals gemeistert, waren den Berg hinaufgeklettert, um schließlich gemeinsam lachend auf dem Gipfel ihres Erfolgs zu stehen. Was konnte es Schöneres geben, als dieses Glück zu teilen?

Und nun teilten Riesalia und Helga es sogar mit dieser alten Frau, die ihnen das Geschenk ihrer Begeisterung zu Füßen gelegt hatte. Freude war es, die sie drei verband - Freude am Verwirklichen der eigenen Wahrheit, Freude am Leben, Freude an der Zufriedenheit, gemeinsam einen Strom in die Welt zu setzen, der gegen alle Kälte Herzen öffnete und Glück verteilte.

Sie saßen an der Quelle und durften immer wieder neu aus ihr trinken, Tag für Tag Diese Quelle war ihr gelebter Traum, das geteilte Glück und das Wissen, das ihre Herzen für viele Menschen Tore zu einer anderen Welt waren. Aus dieser konnten sie alle den Mut schöpfen, Realität als etwas zu begreifen, dem sie nicht willenlos unterworfen waren, sondern das sie glücklich selbst gestalten durften und konnten.

Helga und Riesalia atmeten die Fülle und legten sie wie einen Mantel um die alte Schwedin. Diese antwortete ihnen mit ihrem Dank und dem Zauber, sie aus tiefstem Herzen zu verstehen.

9

Die Jahre vergingen, doch Riesalias Freude an ihrer Arbeit im Zirkus wurde nicht weniger, sondern wuchs beständig, wie ein Baum. Dieser Baum hatte tiefe und starke Wurzeln, viele, viele Äste und ein riesiges Meer von Blättern, die fröhlich im Wind tanzten. Er stand fest wie ein Fels und würde niemals umfallen, das schien allen sicher.

Im Alter von 67 stürzte Riesalia bei einer besonders ausgefallenen Nummer vom Hochseil und lag 4 Wochen im Krankenhaus. Das Zirkusteam und die Besucher vermissten Riesalia sehr und einzelnen wurde bewusst, wieviel dem Zirkus fehlen würde, wenn die Clownin einmal nicht mehr wäre. Doch so sehr der Unfall Riesalia auch zur Ruhe zwang, konnte sie es doch kaum erwarten, endlich wieder in der Manege zu stehen.

Der Beifall bei ihrer Rückkehr war gewaltig. Ein Orkan der Begeisterung schien das Zelt zu erfüllen und an den Pflöcken zu reißen, die das Zeltdach festhielten. Die Heimkehrerin schleuderte in hohem Bogen Konfetti und kleine Bälle ins Publikum und rief laut und beherzt „Ich bin wieder da, ich bin wieder da!" Niemand konnte an dieser Tatsache vorbeisehen, denn wo Riesalia auch ging und stand, war ein Menschenknäuel um sie, das sie mit Lachen und Liebe umgab.

In einer der folgenden Shows gab sie eine urkomische Nummer mit den Krücken zum Besten. „Seht her, liebe Leute!" rief sie und

hob die Behelfsteile gen Himmel. „Was ist ein Mensch ohne seine Krücken? Nichts! Wir sind zum Leiden bestimmt, wir müssen uns immerzu Fallen graben, damit wir stürzen und wieder was zu tun haben: hinausklettern. Wie unerträglich und fade, es uns einfach gut gehen zu lassen! „Wie geht das?" werden manche von euch fragen. Leute, ich habe 4 Wochen im Krankenhaus gelegen, Wochen, in denen ich über vieles nachgedacht habe. Jeden Tag bewegen wir uns fort - zu Fuß, im Auto, im Bus... Doch gehen wir wirklich weiter? Oder halten wir nicht viel mehr so sehr an Altem fest, dass Stillstand unser treuester Begleiter ist? Wir wollen wachsen und schauen doch zurück. Wir suchen Wege und stieren in die Finsternis unserer Angst. Wir suchen Trost und Hilfe und kapseln uns von der Umwelt ab. Um weiterzukommen, müssen wir uns bewegen und offen sein für die Welt und für andere Menschen. Und nun – genug gequatscht! -
die „One woman-Krückenshow!"

Und dann gab Riesalia, die noch kaum ohne Krücken gehen konnte, ihr Bestes. Sie robbte um Hilfe wimmernd auf die im Sand liegenden Krücken zu, sie sang den Krücken ein Schlaflied, sie küsste das kalte Metall und rief:

„Ich liebe es, zu leiden,
mein schönstes Glück ist, zu verzweifeln.
Und wenn ich dann auf diesem kalten Boden friere,
gedenke ich all jener armen Tiere,
die ohne Liebe und gequält ihr Dasein fristen,
dann mal ich in Gedanken lange Listen,
mit Sorgen, Nöten, arger Pein,
die niemals sollten nötig sein
und dann schlaf ich voll Elend ein.
So aber kenn ich meine Welt, ihr Lieben
und kann voll Stolz jederzeit sagen:
„Es ist alles beim Alten geblieben!"

Zuletzt wiegte sie die Krücken in ihren Armen und sagte ernsthaft blickend: „Wir dürfen niemals leichtsinnig sein. Vergesst nie, was jederzeit an Üblem geschehen könnte, damit ihr stets vorbereitet seid, wenn es vor der Tür steht. Das Bewusstsein über das stets präsente Elend wird uns immer daran erinnern, uns nicht zu sehr zu freuen, damit wir nicht zu arg enttäuscht werden können. Ist es nicht wunderbar, wie wir uns so vor zu viel Glück schützen können? Zu viel Glück stürzt uns zwangsweise ins Unglück - das wissen wir ja nun alle. Lasst uns deshalb stets Vorsicht üben und niemals zu heftig lieben!"

Dann warf Riesalia sich auf den Boden und streute Sand über ihre Haare, während sie rief:

„Oje, oje, ich armer Tropf,
ich bastele mir meinen Leidenszopf,
ich backe mir meinen Schwermutskuchen
und will dann auch den Tränentee versuchen.
Wer gibt mir Trost, wer gibt mir Halt
in diesem finsteren, üblen Lebenswald?"

Schluchzend wandte sie sich schließlich ab, um in der hinteren Ecke der Manege zu verschwinden,
von wo sie kurz darauf zurückkam, die Hände voller Konfetti. „Ich hoffe, ihr habt mir kein Wort geglaubt, Leute, denn all das war pureste Ironie. Hier stehe ich und ich liebe das Leben - vergesst das nie!" Brausender Applaus folgte
und wie immer war Riesalia der Star des Abends. Die Menge schrie ihr zu und warf Kußhändchen, signalisierte laut und deutlich, dass sie auch heute wieder alle erreicht hatte.
Die Clownin strahlte über ihr geschminktes Gesicht und lachte: „Ja, ich liebe euch auch, das ist doch klar da hinten, oder?"

10

Mit 69 erreichte Riesalia einen ihrer künstlerischen Höhepunkte, als sie die „Sonnenshow" erschuf. In dieser äußerst beliebten Aufführung tanzte sie knallgelb gekleidet durch die Arena, bis plötzlich aus einer Ecke der Manege ein Knall ertönte. „Huch", rief sie mit vor Schrecken weit aufgerissenen Augen, „der Urknall! Leute, ich glaube, das war ein Zeichen! Es wird Zeit für uns, Zeit für uns alle!" Sie machte mehrere Überschläge in der Luft und juchzte beherzt und auf einmal hielt sie lauter kleine gelbe Bälle in der Hand, die sie ins Publikum zu schleudern begann. „Achtung, Achtung!" rief sie laut, „wer einen dieser Bälle berührt, begibt sich in Lebensgefahr! Ja, denn es sind kleine Sonnen, getankt voller Freude und Magie und es besteht die Gefahr, dass ihr bei der Berührung damit Lust zu leben bekommt!"

„Nein, bloß nicht! Alles, nur das nicht! Hilfe, hilfe!" tönten da entsetzte Schreie von oben aus der Zirkuskuppel. Eine lange Gestalt kam die Stufen zur Manege hinuntergelaufen, die Hände wie zum Gebet gefaltet und jammerte inbrünstig: „Bitte, Riesalia, hilf mir!" Es war Bibo, der Clown, den sie ausnahmsweise in ihre Show mit aufgenommen hatte. Bibo heulte Rotz und Wasser und flehte die Clownin an: „Oh, weise Zauberin, bitte, hilf mir, befreie mich von dem bösen Fluch! Mir ist das entsetzliche Missgeschick passiert, einen der gelben Sonnenbälle zu berühren. Bin ich nun auf Gedeih und Verderb dem Leben ausgeliefert? Das ist ja schrecklich! Gibt es keine Rettung für mich? Ich meine, ich lebte so wunderbar trübsinnig, eintönig, einsam und mit allem abgeschlossen vor mich hin, da erreichte mich jener gelbe Ball. Auf einmal fühle ich so ein merkwürdiges Kitzeln im Bauch. Mir ist, als wolle ein Gluckern aufsteigen, ein Kichern vielleicht gar? Oh, Gott, Riesalia, so hilf mir doch, am Ende bin ich nun für immer jener schrecklichen Krankheit verfallen, die Lebensfreude heißt, oh, Graus!" Bibo kletterte zu Riesalia in die Manege und warf sich vor ihr auf die Knie. „Oh, Meisterin der Manege, rette mich, du, die du doch zaubern kannst, du hast es uns so oft bewiesen! Rette eine arme, geschundene Seele, die sich noch ein paar gemütliche Jahre der Selbstzerfleischung gönnen will. Raube mir nicht meinen größten Schatz: mein Elend! So gnadenlos kann doch kein Mensch sein - oje, oje - mich armen Tropf so leiden zu lassen!"

„Steh auf, Bibo!" rief Riesalia. „Der Zauber hat dich längst befallen und befreit, auch wenn es dir bedrohlich erscheint. Bibo, der Tanz in der Sonne kann wunderbar sein, wenn du es wagst, selber Sonne zu sein!" Die Clownin reichte Bibo eine Hand und zog ihn vom Boden hoch auf die Füße. Und dann tanzte Riesalia mit ihren 69 Jahren auf so eine beherzte und muntere Art durch die Manege, dass es allen für einen Moment die Sprache

verschlug. Wieder einmal wurde für alle spürbar, dass das, was sie sagte, wirklich aus ihrem Innersten strömte, dass es keine hohlen Phrasen, sondern gelebtes Leben war.
Ja, sie liebte das Leben wirklich.

Und dann nahm Riesalia Bibo bei der Hand, tanzte mit ihm im Kreis und sang:

„Ach, du meine Sonne -
ist das Leben nicht eine Wonne?
ist das Leben nicht eine Freud?
Liebe Leute, es wird Zeit,
dass wir uns aus dem Morast
von Selbstmitleid und Furcht erheben,
dass wir der Welt endlich alles geben,
was in unserm Innern brennt,
damit, wer uns liebhat, uns auch wirklich kennt.
Lasst uns brennen, voller Freude,
wie die Sonne, voller Licht,
denn wir wollen endlich leben,
zeigen jetzt unser Gesicht!"

Zuletzt zündete Riesalia Wunderkerzen an und lief damit durch die verfinsterte Manege. Es war totenstill im Publikum, alle warteten auf ein Wort, eine Geste, ein Zeichen der beliebten Clownin. Diese jedoch lief schweigend durch das große Rund, bis sie wieder bei Bibo angekommen war. Dort verkündete sie ihm und der Menge: „Ich habe soeben das gesamte Zirkuszelt mit jenem Licht ausgeleuchtet. Es gibt nun keinen einzigen dunklen Gedanken mehr in diesem Zelt. Hier und jetzt sind alle glücklich." Und staunend stellten sie alle fest, dass es wahr war, dass Riesalia sie alle für diesen Augenblick verzaubert hatte und dass da, wo bei vielen vorher Sorgen und Ängste, Kummer und Not gewesen waren, jetzt ein warmes Licht brannte, das ihnen Freude schenkte.

„Nehmt alle die Sonne mit und denkt daran: sie ist immer da, nicht nur am Himmel, sondern ganz nah, in euren Herzen. Lasst sie scheinen, tragt es in die Welt und es wird zu euch zurück strömen. Die Lichterfluten werden euch einhüllen und alle Sorgen fortspülen, an denen ihr euch festgehalten hattet. Und ihr werdet auf wundersame Weise getragen sein. Lasst euer Licht scheinen, denn es kann euch sehr, sehr reich machen und sehr glücklich."

Und dann tanzte der gelbe Ball Riesalia noch einmal durch die Manege und da war niemand, der sich nicht mit ihr freute.
Riesalia war die Sonne, die alle an ihr eigenes Licht erinnerte. Sie alle waren Sonnen inmitten all der Dunkelheit und konnten mit ihrem Licht alle Not überwinden, das wussten sie auf einmal. Riesalia, die Clownin, brachte sie nicht nur zum Lachen, sie schenkte ihnen so viel Kraft und Mut. Dankbar verließen die Menschen den Zirkus „LEUCHTENDES LEBEN".

„Ja, dieser Zirkus leuchtet wirklich!" sagte ein Mädchen im Hinausgehen zu seiner Mutter, „vor allem durch diese unvergleichliche Clownin Riesalia."

11

Und dann kam der große Tag, der größte vielleicht in Riesalias Leben: ihr 70. Geburtstag. „Graut es dir nicht davor?" hatte ihre Freundin Gila, eine 53-jährige Artistin, Riesalia gefragt. „Dann gehörst du echt zum alten Eisen und der Weg ins Altersheim rückt immer näher."
„Ts, ts, ts, was sind denn das für Töne?" hatte Riesalia geantwortet. „Für mich ist jeder einzelne Geburtstag eine große Freude. Es gibt Leute, die bereits ab ihrem 25. Geburtstag jedes Jahr aus diesem Tag ihren höchstpersönlichen Horrortrip machen, die schreien: „Huch, ich werde alt!" Das sind die, die sich in die hinterletzte Ecke verkriechen und weinen vor Kummer, weil ihr Leben so schnell an ihnen vorbeizieht und es ihnen so leer vorkommt. Sie leben an sich selbst, an ihren wahren Träumen und Sehnsüchten vorbei und das grämt sie an ihrem Geburtstag immer ganz besonders. Was für ein Jubeltag ist es doch, sich feiern zu lassen, in der Menge zu baden und sich zu freuen, dass alle an dich denken und dich gern haben! Du bist der Mittelpunkt dieses Tages, du bist wichtig, du bist geliebt. Ich finde es wunderbar. Was mich betrifft, so könnte jeden Tag

Geburtstag sein. Und der 70. Geburtstag ist für mich etwas ganz Besonderes - er ist die Einweihung in eine großartige Lebensphase, die Phase der Weisheit." Riesalias Augen blinkten verträumt, als spräche sie von Sternschnuppen, die es von da an für sie regnen könne, von lang ersehnten Träumen, die Wirklichkeit werden.

Dann war der große Tag endlich da und Riesalia lief von früh bis spät in einer knallorangen Tunika umher und strahlte über das ganze Gesicht. Ihre Haare hatte sie blau getönt. Ihre Tunika streifte über das Gras und barfuß hüpfte sie durch den Zirkus. Nach der Abendvorstellung stieg die Geburtstagsparty. Helga hielt eine Rede an Riesalia, es gab kleine Aufführungen, reichlich zu essen und zu trinken, Tanz, Musik und alles, was sie sich nur wünschen konnte. Ein Reporter vom Abendblatt erschien, um den Star des Tages zu interviewen. „Riesalia", richtete er seine Frage an die Clownin, „Sie haben als zentrale Aussage ihrer Darstellungen immer wieder **die Zauberkraft der Freude**. Eine Frage dazu: Was ist Ihre persönliche größte Freude?"

Riesalias Augen leuchteten auf und sie sah den Mann mit großen Augen ernsthaft an: „Meine allergrößte Freude ist es, mich zu versprühen. Ich liebe es, in der Manege zu stehen und zu zeigen, was in mir steckt. Alles aus mir herauszuholen und es wie Perlen in der Menge zu verteilen, sei es mein Lachen, meine Worte, mein Turnen oder mein Schweigen. Ich möchte sichtbar sein, ich möchte mein Können zeigen, umjubelt werden und den Dank empfangen, der es ist, wenn ich die Menschen mit Freude füllen kann. Ich möchte Herzen öffnen und Licht verströmen. Wie könnte ich dies, wenn ich mich in einer Wohnung verstecken, das Tageslicht und die Menschen scheuen würde?
Es gibt viele Menschen, die es scheuen, gesehen zu werden, die sich hinter großartigen Fassaden von Coolness, Starkspielen und Heiterkeit verstecken. Die wenigsten wagen es, einer breiteren Menge ihr wahres Gesicht zu zeigen. Die Welt ist Show, die Menschen verkaufen ihre Seele für Geld und Sicherheit. Natürlich muss man zunächst Unsicherheiten überwinden, wenn man sich dort vorne hinstellt und sich der Menge präsentiert. Aber mit der Zeit spürt man, wie vom begeisterten Publikum Kraft

zurückströmt. Wer sich so offen zeigt, meint zuerst, schutzlos zu sein, aber nur so kann wahre Stärke wachsen. Es ist schön, innere Stärke zu besitzen, aber großartige Kraft kann erwachsen, wenn man diese Kraft nach außen zu tragen wagt. Dann erst kann man die lang ersehnten Früchte ernten: Anerkennung, Dank, Respekt, Zutrauen.

Es ist schön, in der Welt zu sein und meine größte Freude ist es, mich der Welt ganz zu schenken, ganz zu zeigen und alles, alles zu teilen, was ich in mir trage."
„Danke, Riesalia", sagte der Reporter und verabschiedete sich beeindruckt. Ja, diese Frau war mit ihren bereits 70 Jahren tatsächlich nicht k.o. zu kriegen vor lauter Begeisterung und Lebensfreude. Was für ein Erlebnis, sie einmal so gesprochen zu haben. Sie war ein Mensch unter Menschen, ein Star zwar, aber in keiner Weise überheblich. Diese Frau war von Grund auf ehrlich und echt, keine Heuchlerin, keine Geldmacherin und wirklich keine Schlaftablette. „In dem Alter so viel Courage, alle Achtung!" dachte der Reporter bei sich. „Das bringt doch sonst kaum ein jüngerer Mensch auf die Beine." Er freute sich darauf, über die Clownin berichten zu können.

„Was hat Alter überhaupt für eine Bedeutung?
Reden die Menschen, die ihre Barrieren aufs Alter schieben, sich nicht sehr bequem heraus?" Diese und andere Fragen äußerte der Reporter in seinem Artikel über die Clownin Riesalia.
Und zuletzt stand da: *„Diese Person ist Antwort auf alle diese Fragen. Nein, bei so viel Lebendigkeit, Humor, Energie und Freude im Alter kann es einfach nicht sein, dass Alter an sich all dies ausschließen soll. Was ist dies nur für eine Welt, in der alte Menschen vor sich her vegetieren und ihre Zeit absitzen, gerade so als wären sie nicht ebenso wie diese Clownin voller Licht, Leben und Freude? Lasst uns ihnen die Chance geben, ihre Lichter anzünden, anstatt jene Menschen in den Schatten abzuschieben, wo sie wie blinde Motten vergessen, was doch immer noch in ihnen brennt, so wie in uns allen:*
die Zauberkraft der Freude."

12

„Ein Leben unter dem Stern der Freude" - mit 72 Jahren erreichte Riesalia die frohe Botschaft, dass die mittlerweile 95 jährige schwedische Autorin, mit der sie und Helga sich so gut verstanden hatten, ein Buch mit diesem Titel über die Clownin geschrieben hatte.

Dieses Buch wurde nun im Anschluss an jede Zirkusvorstellung verkauft und es war ein Riesenerfolg. Der Zirkus war besser besucht als je zuvor und nicht ohne Grund sagte Helga eines Tages zu ihrer besten Freundin: „Riesalia, du hast uns wirklich die Sterne unters Zelt geholt. Wir haben dir so viel zu verdanken. Ich hoffe, du bleibst noch lange bei uns. Oder beabsichtigst du etwa, dich bald in einen Altersruhesitz zurückzuziehen?"

„Was, ich?" schüttelte Riesalia lachend den Kopf. „Bin ich etwa alt? 72 Jahre, Mädchen...
Ich komme gerade erst mal richtig in Schwung!"
Riesalia lachte und kugelte über den Sandboden.
„Freiwillig gehe ich in kein Altersheim dieser Welt. Da müsstest du mich schon zwangseinweisen. Aber bitte, versuch das mal! Dafür müsstest du mich erst mal einfangen!"

Und dann flitzte Riesalia durch die Manege, hinauf auf die Zuschauertribüne und Helga rannte japsend hinter ihr her. Schließlich gab die Jüngere auf und rief Riesalia zu: „Du hast gewonnen, altes Mädchen, hast mir wieder einmal gezeigt, wer den längeren Atem hat. Komm her und lass dich drücken!"
Kaum hatte Helga ihre Worte ausgesprochen, da war Riesalia ihr auch schon in die Arme gefallen. „Glaubst du im Ernst, ich würde mich von dir trennen? Wo du hingehst, da will auch ich sein. Nicht ich allein, sondern wir beide, Helga, haben diesen Zirkus zum Leuchten gebracht, und so soll es bleiben. Ich danke dir, dass du mir mit diesem Zirkus überhaupt die Möglichkeit gegeben hast, so sehr zu leuchten. Wo sonst hätte ich so viel Licht in die Welt tragen können wie hier? Ich bin so dankbar für diesen Raum, der mich empfangen hat wie ein Kind und in dem ich so sehr wachsen durfte. Danke, Helga!"

Die beiden umarmten sich noch lange und beide waren glücklich in der Gewissheit, auf ein Leben voller Erfüllung, Freude und Sinn zurückzublicken, stets getragen von der Kraft ihrer Freundschaft.

13

Eine Million mal das Lachen, eine Million mal Tränen - eine Reise durch Zeit und Raum, durch die weite Welt, voller Begegnungen mit Menschen, ein Reichtum an Erleben und immer wieder verzaubert sein von Licht und Freude... -
so vielleicht hätte die Clownin ihr Leben in ein paar Worten zusammengefasst, jenes unglaubliche Wunder, auf dass sie nun, mit 74 Jahren, manchmal sehr nachdenklich zurückblickte.
Ja, die Momente des Nachsinnens über dieses und jenes hatten zugenommen und forderten mehr Raum in ihrem Alltag. Wo sie zuvor stets voller Energie umhergesprungen war, tauchte jetzt eine neue Stimmung in ihr auf, die sie die Welt mit einer anderen Tiefe erfahren ließ. Nun geschah es häufiger, dass sie sich zurückzog, um mit ihren Gedanken allein zu sein. Dann dachte sie an England, an den Engel in der Kapelle, an Schweden und an so manchen holprigen Pfad, den ihre Zirkuswagen genommen hatten.

Wie lange war es her, dass sie und Helga einander kennengelernt hatten, wieviel Freude und Leid hatten sie seitdem geteilt? Wer konnte sie zählen, die Millionen Tränen, die Millionen Male voller Lachen, die sie gemeinsam erfahren hatten? Was wäre dieser ganze lange Weg ohne das freundschaftliche Mitgefühl, das gegenseitige Bestärken und die liebevolle Begleitung der anderen gewesen? Vielleicht nur eine Zeit wie Schall und Rauch...

Auch jetzt noch konnte Riesalia häufig den Engel bei sich spüren, wenngleich er sich seit jenem Tag in England nie mehr so deutlich präsent gezeigt hatte. Nun nahm sie seine Gegenwart oft an kühlen Abenden wahr, wenn sie vor ihrem Zirkuswagen saß, die Augen zum Himmel gerichtet und die Gedanken in weiter, weiter Ferne.

Dann sprach er leise und sanft zu ihr: „Es wird Zeit für dich, ruhiger zu werden, Riesalia. Du hast so lange und so unermüdlich in der Sonne getanzt und für die Welt alles aus dir herausgeholt. Du warst das Fieber und hast lichterloh gebrannt Nun werden die Schatten länger und länger und es wird Zeit für dich, tiefer zu schauen. Das heißt nicht, dass du nicht weiter mit beim Zirkus arbeiten könntest, dass du nicht weiter mit vollen Händen Leben teilen sollst. Doch komm mit den Wellen, die du austeilst, zurück an den Strand und finde wieder zur Ruhe in dir. Es ist dein Leben und so sehr du es auch stets genossen hast, in der Menge zu baden, so wird es nun Zeit, dich selbst ins Rampenlicht zu setzen. Dein Rampenlicht, deine Augen, deine Liebe, Riesalia - für dich selbst. Dies gilt an erster Stelle und dafür wird es nun endlich Zeit. Es ist dir immer leicht gefallen, andere zu lieben. Lerne nun, dich selbst zu lieben und dein Leben wird in dir seine Vollendung finden.

Es ist nicht das Alter, das diesen Wunsch der Stille und Selbstfindung an dich heran trägt. Manche Menschen machen diesen Prozess mit 20 Jahren durch, manche mit 30, 40, 50... Bei den meisten umfasst er viele Jahre. Das Leben ist ein einziger Weg der Selbstfindung. Menschen wie du aber, die so extrem in der Menge gebadet und so wenig Stille mit sich selbst erfahren haben, erleben diesen Prozess oft erst im Alter. Die meisten lernen erst, sich selbst zu spüren, wenn ihre Glieder müde werden vom vielen Herumturnen, vom vielen Kreisen um andere, um Äußerlichkeiten. Für viele ist es leichter, ihr Leben der Welt zu widmen, anstatt sich selbst treu zu sein. Doch du, so sehr du auch in der Masse lebtest, hast es geschafft, dir selbst treu zu bleiben, denn du hast dich gegeben und deinen ureigenen Traum verwirklicht. Und dennoch, meine Liebe, wird es endlich Zeit, dass du nach innen schaust. Der weite, weite Himmel ist in dir und du darfst nun endlich nach Hause kommen in dir. All die Reisen haben dir die ganze Welt zur Heimat gemacht. Das ist wunderbar, doch die größte und wunderbarste Heimat liegt in dir selbst. Nimm dich selbst wie ein Kind bei der Hand und fang noch mal von vorne an, dich zu entdecken. Denn sind die Menschen nicht immer beides: alt und jung? Selbst das kleinste Kind kann

schon so weise sein und der älteste Mensch so kindlich.
Jahreszahlen haben ihre Bedeutung auf dem Papier, aber nicht in den Herzen der Menschen. Nach außen hast du diese Freiheit von gesellschaftlichen Normen und Ansprüchen stets demonstriert und verwirklicht. Nun wird es Zeit, dir diese Freiheit nach innen zu schenken. Lass deine Seele baumeln und fange dich im freien Fall auf, so wie du stets für Helga da warst und für all die anderen. Lerne es, dich selbst in Liebe zu umfassen und rückblickend auf dein Leben anzunehmen, was immer du getan, gefühlt und entschieden hast. Du hast stets sehr viel von dir gefordert. Schraube deine Ansprüche an dich selbst nun ein Stück herunter und zeig der Welt, dass du auch nicht mehr und nicht weniger bist als sie alle, dass auch du nicht nur Stärken, sondern auch Schwächen kennst Lass sie alle, für die du Zeit deines Lebens getanzt hast, ein Stück los und nimm dich selbst an erster Stelle wichtig. Und glaube mir: deine Auftritte werden noch erfolgreicher sein als je zuvor."

14

Und sie zogen weiter, von Ort zu Ort, mit dem Zirkus „LEUCHTENDES LEBEN". Im Mittelpunkt der Aufführungen stand nach wie vor die Clownin Riesalia, die die Herzen der Menschen im Sturm zu erobern wusste.
Mit ihren 74 Jahren schien nichts und niemand die Kraft dieser Frau brechen zu können.

„Hast du nicht mittlerweile Gliederschmerzen oder so, wenn du so durch den Sand kugelst?" fragte der Clown Bibo sie einmal. „Ich meine, du wirst doch alt, oder?"
Riesalia lachte und antwortete: „Man ist immer so alt wie man sich fühlt Und glaube mir, Bibo, so schnell wird diese Welt mich nicht los, ebenso wenig wie dieser Zirkus. Ich werde noch so manchen Baum ausreißen und sei es jene dickschädelige Tanne in deinem Kopf auf der in breiten Lettern geschrieben steht:
„Alte Menschen sind schwach, stur, streng, lebensmüde, depressiv, einsam und langweilig."
Vergiss es, Bibo, alles Quatsch!
Schau mich an - bin ich nicht kreuzlebendig?"